KEN PISANI

Der Einarmige, sein Alligator und die sonnigen Seiten des Lebens

Roman

W0185700

Aus dem Amerikanischen
von Sabine Thiele

DROEMER

Die amerikanische Originalausgabe erschien 2016 unter dem Titel
»Amp'd« bei St. Martin's Press, New York.

Besuchen Sie uns im Internet:
www.droemer.de

FSC
www.fsc.org
MIX
Papier aus verantwortungsvollen Quellen
FSC® C083411

Deutsche Erstausgabe Februar 2017
Droemer Taschenbuch
© 2016 Ken Pisani
© 2017 der deutschsprachigen Ausgabe Droemer Verlag
Ein Imprint der Verlagsgruppe
Droemer Knaur GmbH & Co. KG, München
Alle Rechte vorbehalten. Das Werk darf – auch teilweise – nur mit
Genehmigung des Verlags wiedergegeben werden.
Redaktion: Melike Karamustafa
Covergestaltung: NETWORK! Werbeagentur, München
Coverabbildung: Günter Mattei
Satz: Nadine Clemens, München
Druck und Bindung: CPI books GmbH, Leck
ISBN 978-3-426-30560-7

2 4 5 3 1

Für Amanda,
mein Allerbestes

Momente

Wäre das hier ein Buch, dann wüsste man, dass der Typ auf Seite eins, der gebrochen und verstümmelt in den Abgrund starrt, am Ende der Geschichte über sein Schicksal hinauswächst und ein besserer Mann wird. Aber das hier ist kein Buch, sondern ich erzähle euch nur etwas. Und ich bin bestimmt nicht der Mann, der entgegen aller Wahrscheinlichkeiten ein Unglück überwindet. Ich bin der Typ, der im Krankenhaus aufwacht und feststellt, dass man ihm einen Arm amputiert hat, und der voller Inbrunst sagt: Gottverdammte Scheiße.

Das ist er, dachte ich, nachdem der Arzt meine plötzliche Asymmetrie bestätigt hatte, dieser zweite Moment, der auf den ersten folgt. Der erste Moment, der alles änderte, als der SUV in meinen Mittelklassewagen ohne Seitenairbags pflügte. Der zweite Moment ist der, in dem stärkere Männer als ich beschließen, diese riesige, unerwartete Hürde einfach zu nehmen und sich über deren willkürliche Schrecklichkeit zu erheben. Doch ich wusste, dass ich in diesem zweiten Moment nicht stark genug war, den ersten zu verkraften. Die weiteren Worte des Arztes gingen in einem ohrenbetäubenden Tinnitus unter. (Der noch häufig wiederkehren sollte.)

In den darauffolgenden Wochen Reha empfahl man mir, doch das Positive zu sehen, was meine Wut alles andere als linderte. Außerdem musste ich die ständigen »Seien Sie froh, am Leben zu sein« ertragen, den wirklich allerkleinsten Trost, und die aufmunternden »Es hätte so viel schlimmer kommen können«, was vermutlich eine leicht hysterische Freude darüber auslösen sollte, nicht als menschlicher Torso geendet zu sein. Und da ich Rechtshänder bin, sollte mich außerdem die Tatsache trösten, »nur« meinen linken Arm verloren zu haben, den Arm, den andere Autofahrer sorglos aus dem Fenster baumeln lassen. Ja, wahrscheinlich sollte ich wirklich dankbar sein, dass mir mein rechter Arm geblieben ist, mit dem ich unterschreibe, die Computermaus bediene und meinem Hund den Ball zuwarf, damals, als ich noch einen Hund hatte (vor der Scheidung). Die Hand, die ich auf das Bein meiner Frau auf dem Beifahrersitz legte, als ich noch eine hatte (eine Frau, meine ich). Doch es ist schwer, Dankbarkeit zu empfinden, wenn einem von vier Gliedmaßen plötzlich eines fehlt und die Physiotherapie einfach nur verdammt weh tut.

Während der Therapie versuchte ich oft, mich an den Unfall zu erinnern, den ich nur in Einzelbildern vor mir sehe. Zum großen Teil vermutlich eingebildete Erinnerungen, darunter eine Radiowarnung an die anderen Verkehrsteilnehmer, um mein so unglücklich im Weg liegendes, zermalmtes Ich herumzufahren, als die Einsatzkräfte mich mit dem Rettungsspreizer aus den Wagenüberresten zogen.

Und dann schickte man mich schließlich nach Hause. Nicht in das Zuhause, das ich mir nach dem Scheitern meiner Ehe zusammengezimmert hatte (ein Apartment, nicht ganz so schäbig wie das, das ich mir immer ausgemalt hatte, sollte meine Ehe in einer Scheidung enden), sondern in das meiner Kindheit und Jugend im Osten von Illinois, wo mein Vater – auch er war seit kurzem geschieden – mir zu bleiben anbot, bis ich »wieder auf die Füße komme«, eine geradezu höhnische Beschönigung der Situation.

DINGE, DIE MAN MIT NUR EINEM ARM NICHT TUN KANN

- Klatschen
- Bankdrücken
- Zahnseide benutzen
- Ein Auto mit Gangschaltung fahren
- Jonglieren
- Zwei Hunde gleichzeitig streicheln
- Eine Leiter hochklettern
- Sich die Ohren zuhalten
- Ein Hemd zuknöpfen
- Mit Pfeil und Bogen schießen
- Die Schuhe schnüren
- Klettergerüste!
- Handschuhe tragen
- Eine Schubkarre schieben
- Ein Konservenglas öffnen
- Einen Blasebalg betätigen
- Mais enthülsen
- Eine Schneeburg bauen
- Toast mit Butter bestreichen
- Fleischbällchen zubereiten
- Salat schütteln
- Eine dieser Plastikpackungen mit Salat oder anderem Grünzeug öffnen
- Vieh mit dem Lasso einfangen
- Sich an der Stelle auf genau der falschen Seite der Rückenmitte kratzen
- Geld zählen
- Wäsche falten
- Steak schneiden
- Ein Hemd auf einen Bügel hängen
- Ein Instrument spielen*

*Ja, es gibt Instrumente, die man mit einer Hand spielen kann. So was Kleineres wie das Horn, Harmonika oder einen Gong. Doch selbst so unnütze Instrumente wie eine Triangel erfordern eine Hand zum Halten und eine zum Spielen. Außerdem schafft man es mit einem Arm sowieso nicht in ein Orchester, das würde die Abonnenten nur verwirren. (Und bevor jetzt jemand den Drummer von Def Leppard anbringt: Klar, Thunder God Rick Allen hat seinen Job bei der Band nach dem Unfall behalten, aber er hat bestimmt nicht erst nach dem Verlust eines Armes mit dem Schlagzeugspielen begonnen. Das wäre ja mal richtig dämlich.)

Paris

Ich habe früher immer gern erzählt, ich sei in Paris aufgewachsen. Was auch stimmt, nur handelt es sich um Paris, Illinois. Irgendwann fand ich heraus, dass ich mich mit diesem ach so lustigen »Witz« eigentlich selbst demontierte. Mit einer spannenden, erfundenen Kindheit anzugeben, nur um gleich darauf die Pointe anzubringen, in Wirklichkeit geradezu schmerzhaft durchschnittlich aufgewachsen zu sein, ist in etwa so sinnvoll, wie sichtlich betrunken bei der eigenen Scheidungsanhörung aufzutauchen. Mit der Zeit gab ich mich damit zufrieden, von Geburt an uninteressant zu sein. Bis jetzt, da ich als Mann mit nur einem Arm ein ständiges, unvermeidliches Gesprächsthema biete.

Eine Ausnahme bildet mein Dad, der überhaupt nicht darüber spricht. Nachdem er fünfhundert Kilometer gefahren war, um mich vom Illinois Treatment Center Hospital abzuholen, und selbst als ich damit kämpfte, mich einarmig anzuziehen und zu packen (mit der Erkenntnis, dass ab jetzt alles ein einarmiger Kampf sein würde), erwähnte Dad den Unfall mit keinem Wort. Weder kommentierte er meine sichtlichen Mühen, noch nahm er meinen fehlenden Arm zur Kenntnis. Das hatte er auch schon bei den zwei vorherigen Besuchen vermieden, das erste Mal im Krankenhaus direkt nach dem Unfall, das zweite Mal, als ich bereits einen Monat zur Reha im ITCH verbracht hatte. Er hatte auch nicht weiter kommentiert, dass ich mein Essen nicht selbst schneiden konnte oder wegen eines plötzlichen, stechenden Schmerzes aufschrie oder auf die Stelle starrte, an der mein

Arm gewesen war. Er ignorierte, dass wir uns vor ein paar Tagen irgendwie darauf geeinigt hatten, dass ich für eine Weile zurück nach Hause ziehen würde. Während der sechs Stunden langen Fahrt im Auto und auch jetzt, bei unserer Ankunft in Paris, hat er es nicht angesprochen. Was er wahrscheinlich bis zu seinem Tod auch nicht mehr tun wird.

»Aaron …« Dad beginnt neuerdings die meisten seiner Sätze mit meinem Vornamen, den er dreimal sagt. Beim ersten Mal verklingt er wie ein Stein, der in einen Brunnen geworfen wird; beim zweiten Mal wird er zwar wahrgenommen, aber nicht registriert, als gehöre der Name zu jemand anderem; beim dritten Mal durchzuckt mich die Erinnerung, wer ich einmal war.

»Wir sind da«, verkündet er so unnötig, wie ein Maskierter mit Pistole »Das ist ein Überfall!« schreit. Schließlich ist dies das Haus, in dem ich aufgewachsen und aus dem ich schließlich entkommen bin, und ich erkenne es sofort: an dem schiefen Carport, der bei jeder Abfahrt und jeder Rückkehr einzustürzen droht und irgendwie immer noch aufrecht steht, und an dem Fenster im Obergeschoss, von dessen Läden die Farbe abblättert und aus dem ich mich in Moms Zinnien fallen ließ, um in die Nacht zu verschwinden und jugendlichen Unfug zu treiben.

Der Kies knirscht, als Dad den Wagen langsam abbremst und schließlich den Motor ausschaltet. Wie ein brennender Stuntman springt er aus dem Auto, als ob er es keine Sekunde länger aushält, neben meinem Armstummel zu sitzen. Er holt meine Tasche mit einer Hand aus dem Kofferraum, dessen Klappe er mit der anderen zuschlägt, und demonstriert damit gekonnt, dass er als gebückter, verblasster Vater doppelt so sehr Mann ist wie sein Sohn.

Ich folge ihm zur Haustür. Die Hose klammert sich an seine knochigen Hüften, als hätte sie Angst, hinunterzurutschen. Ich erinnere mich an die unzähligen Male, die ich diesem Mann ins Haus gefolgt bin, unzählige Momente im Sprungschnitt aneinandergefügt bis zu diesem letzten, der uns beide reduziert zeigt.

Dad hält kurz inne, sein Haar steht in alle Richtungen ab wie zerzauste Gänsefedern, und dann öffnet er die Tür ohne den Hausschlüssel.

»Du schließt immer noch nicht ab? Aber du warst doch über Nacht nicht zu Hause.«

»Was soll man denn hier stehlen, mein Grammofon?«

»Sei nicht albern, Dad. Du besitzt viele wertvolle Dinge. Es könnten sich ja auch durchgeknallte Methjunkies einschleichen und darauf warten, uns mit deinem Toaster zu erschlagen.«

»Tischbackofen«, korrigiert mich Dad und tritt durch die Tür.

Drinnen sieht es noch genau so aus, wie ich es in Erinnerung habe, was mir ein wenig seltsam vorkommt. Bemerkenswerter wäre es wahrscheinlich, wenn mir die Umgebung überhaupt nicht mehr vertraut wäre, das hieße sauber und ordentlich und ohne den Mief nach Zigarrenrauch. Mom und Dad lebten wie die legendären Messiebrüder Collyer, bewahrten Dinge auf, nicht weil sie glaubten, sie könnten sie noch einmal brauchen, sondern weil es leichter war, sie einfach in eine dunkle Ecke zu schieben, anstatt sich den Kopf über ihre Entsorgung zu zerbrechen. Im Fall der unzähligen Zeitschriftenstapel behaupteten sie meistens, sie eines Tages »noch mal in Ruhe durchsehen« zu wollen, vollkommen ungeachtet der Tatsache, dass Ausgaben von *Money* aus den Neunzigern es sicher nicht mehr wert waren, sie noch mal in Ruhe durchzugehen. Nachdem Mom meinen Vater verlassen hatte, wurde es nur noch schlimmer. Man sollte meinen, ein Collyer-Bruder könne nicht die Arbeit von zweien erledigen, aber Dad bewies einem das Gegenteil.

Ich folge ihm an Reihen von Familienfotos an den mit knotigem Kiefernholz getäfelten Wänden vorbei nach oben, als wäre er ein Hotelpage, und ich bräuchte Hilfe, mein Zimmer zu finden, was nicht der Fall ist. Doch er geht an meinem alten Zimmer vorbei und zieht an dem Seil, mit dem man die Treppe zum Dachboden herunterlässt.

Ich werfe einen Blick zurück zu meiner alten Zimmertür und weiß plötzlich, was sich dahinter verbirgt. Im Gegensatz zu anderen Kinderzimmern, die in Büros oder Nähzimmer umgewandelt oder als Schreine der Kindheit bewahrt werden, nachdem der Nachwuchs flügge geworden ist, ist mein alter Rückzugsort vom Boden bis zur Decke mit Krempel aus Jahrzehnten und einer gescheiterten Ehe gefüllt. Als ich den Knauf drehe, schwingt die Tür etwa fünfzehn Zentimeter nach innen auf, bevor sie gegen eine wahre Wand aus alten Möbeln, Kisten, Zeitschriften, Büchern, Schallplatten, Kleidung, Gepäck, Decken, Kunstgegenständen, Vorhängen, kaputten Fernsehern und anderen nicht länger einsatzfähigen elektronischen Geräten stößt. Gegenstände, die für sich genommen nicht viel Platz wegnehmen, bis sie über die Jahre übereinandergestapelt wurden und jeden Zentimeter dieses drei Komma fünf mal vier mal zwei Komma fünf Meter großen Raumes füllten. Der Raum, der einmal das Reich eines Jungen und später das Gefängnis eines Teenagers gewesen war, bis man ihn freiließ, um auf ein College in einer weit entfernten Stadt zu ziehen, und der jetzt zurückkehrte, ein verletzungsbedingter Rückfall, um auf den Dachboden zwangsversetzt zu werden. Ein weiterer Hinweis auf die Verdrängungsmechanismen meines Vaters.

»Dürfte besser als der Keller sein. Da unten gibt es keine Fenster, und es stinkt irgendwie. Schaffst du das?« Er wirft einen Blick auf die Dachbodentreppe.

Ich ergreife die Gelegenheit, ihn zu zwingen, endlich mein fehlendes Körperteil zur Kenntnis zu nehmen. »Warum, was sollte mich denn davon abhalten?«

Dad zuckt mit den Schultern und starrt auf meine Kehle. Ein Punkt, der nur Zentimeter von meinen Augen und doch kilometerweit davon entfernt zu liegen scheint.

Scham überkommt mich, weil ich ihn in die Enge getrieben habe. »Ich komme schon klar.«

»Geh du voran. Falls die Wahnsinnigen eingebrochen sind.«

»Du meinst, einfach *reingegangen* sind«, verbessere ich ihn, aber ich weiß, dass er mich zuerst nach oben schickt, damit er meinen Fall mit seinem gebrechlichen Körper abfangen kann, falls ich ausrutschen sollte.

Mit einem fehlenden Arm bemerkt man nicht zuerst das Offensichtliche – das heißt, all die Dinge, die man nun nicht mehr tun kann –, sondern dass das Gleichgewicht plötzlich verrückt spielt. Als wenn man ein Glas vom Tablett eines vorbeieilenden Kellners nehmen würde und die anderen Gläser deshalb zu Boden fallen. Aufstehen ist schon schwierig, und im Stand ist ein einzelner herabbaumelnder Arm wie ein Pendel, das einen von den Füßen holen will. (Und dann versuch mal, ohne schwingende Arme zu gehen.) Als ich das Geländer packe, um mich hochzuziehen, kann ich wenigstens kurzzeitige Standfestigkeit im Gegensatz zum sonst ständigen Ungleichgewicht des Einarmigen genießen.

Als ich den Kopf durch die Luke zum Dachboden stecke, bin ich überrascht von dem Anblick, der sich mir bietet. Es sieht tatsächlich recht gemütlich aus, wenn man bedenkt, in welcher Eile der Raum eingerichtet worden sein musste. Zuerst einmal ist es hier sauberer als in jedem anderen Zimmer im Haus, und es wurde frisch gestrichen, auch wenn wohl gerade nur Gartenschuppengrün zur Hand gewesen war. Ich werde träumen wie ein Mann, der es sich in einer Martiniolive gemütlich gemacht hat.

Dad hat einen kleinen Plüschteppich auf die Holzbohlen gelegt, die unter jedem knarzenden Schritt leicht nachgeben, und irgendwie hat er eine Klappcouch hier hochgebracht. (Ich stelle mir Seile und Flaschenzüge und genervte Lieferanten vor, die unter Dads, vom sicheren Boden aus gebrüllten, Befehlen litten und danach vielleicht noch ein zerbrochenes Fenster austauschen mussten.) Er hat auch ein altes Schwarzlichtposter aufgehängt, das meiner älteren Schwester Jackie gehörte und in sechs Einzelbildern das schmelzende Gesicht einer unter Drogen stehenden Cartoonfigur zeigt, die verkündet: »Stoned Agin«. Außerdem hat er alle Bücher, die meiner Erinnerung nach überall im Haus auf wackligen Stapeln verteilt gewesen waren, auf einem schmalen Regal angeordnet, das an der Längsseite des Dachbodens entlangführt und neben den Büchern außerdem noch etwas Verstörendes enthält: meine alten Sportpokale aus der Schule und dem Sommerlager.

»Wir haben versucht, das Beste daraus zu machen.«

»Wir?«

»Deine Mutter hat mir geholfen. Und ihr Freund. Er ist Feuerwehrmann.«

Gütiger Gott, Mom ist mit einem Feuerwehrmann zusammen.

Als ob er meine Gedanken lesen könnte, fährt Dad fort: »Sie hat ihn auf einem dieser Wohltätigkeitskalender gesehen. Die mit den halb nackten Kerlen. Hat wie ein Jagdhund seine Witterung aufgenommen. Er hatte keine Chance.«

»Wie alt …?«

»Ein ganzes Stück jünger. Aber deine Mutter ist ja auch zehn Jahre jünger als ich. Ich würde sie gar nicht erst danach fragen.«

»Wohnen sie …«

»Lass uns früh zu Abend essen, ich bin ziemlich erledigt von der Fahrt.« Dad geht zur Treppe und verschwindet mit der Autorität eines U-Boot-Kapitäns zurück in die Sicherheit unter der Oberfläche, wo die Flutwellen aus Gefühlen zwar um ihn herumwirbeln, ihm in seinem trockenen Gefährt aber nichts anhaben können.

Ich bleibe allein auf dem Dachboden zurück, wo sich eigentlich der Müll eines ganzen Lebens angesammelt haben sollte. Stattdessen bin ich der einzige zerbrochene Gegenstand, der hier oben als Ersatzteillager aufbewahrt wird, falls man ihn eines Tages doch noch mal brauchen sollte, bevor man die Überreste draußen auf den Gehsteig wirft.

Ich bin beinahe vierzig, geschieden, jämmerlich außer Form, klinisch depressiv, befinde mich in einem »Sabbatical« von meinem Job als Highschoollehrer, allein und lebe einarmig auf dem Dachboden im Haus meines Vaters. Vor allem »einarmig« wird von jetzt an jede Beschreibung von mir überlagern, ein Ausrufezeichen nach allem Vorausgegangenen, eine Litanei der Enttäuschungen des Lebens, eine letzte, traurige Coda hinter dem Menschen, der ich einmal war.

Ich muss mich hinlegen.

In meinen Träumen stelle ich mir vor, wie mein fehlender Arm aus dem Himmel der amputierten Gliedmaßen auf mich herunterblickt. Beine, die der Krebs eingefordert hat, Füße, die bei einem Unfall zerquetscht wurden, Zehen, die dem Frost zum Opfer fielen, Finger, Hände und, genau, Arme. Der Arm beobachtet mich und weiß: Er ist am Arsch. Das hier ist kein Mann, der sich einer Herausforderung stellt und als besserer, vollständigerer Mensch daraus hervorgeht. Was ihn nicht umbringt, macht ihn nicht stärker, sondern mit der Zeit nur immer kleiner, bis er irgendwann ganz verschwindet.

Ausnahmen

Randy Pausch war Professor für Computerwissenschaften an der Carnegie Mellon University in Pittsburgh und hat im September 2006 erfahren, dass er unheilbar an Bauchspeicheldrüsenkrebs erkrankt ist. Ein Jahr später hielt er an der CMU eine Rede mit dem Titel *Die letzte Vorlesung: Wie man seine Kindheitsträume verwirklicht*, ein inspirierender Monolog aus Lebensweisheiten im Angesicht des sicheren Todes. Auf YouTube hat der Mitschnitt achtzehn Millionen Aufrufe, und es werden täglich mehr. (Aber, wie ich betonen möchte, immer noch weniger Klicks als Hunderte von Musikclips, ein Schenkelmassagevideo, etwas, das sich *Charlie hat mich in den Finger gebissen* nennt, und der Livezusammenbruch einer Teilnehmerin bei einem Schönheitswettbewerb.) Pauschs Vortrag wurde in einem Bestsellerbuch verarbeitet, er selbst zu einer Inspiration für alle Todkranken sowie zu einem Paradebeispiel von menschlicher Tapferkeit.

Doch wir anderen sind nicht wie Randy Pausch. Deshalb nennen wir ihn und andere wie ihn Ausnahmen, weil sie genau das sind. Wir anderen sind nicht mutig oder stark oder furchtlos. Wir kämpfen nicht gegen alle Schwierigkeiten an, wir hätten sie gern auf unserer Seite. Wir heißen die Herausforderung des Unglücks nicht willkommen, sondern laufen vor ihr davon, und der einzige Kampf, auf den wir uns einlassen, wenn sie uns einholt, ist zu weinen und um uns zu schlagen und zu schreien: »Ach wäre es doch nicht so«. Wir sind nicht Warren Macdonald, dessen Beine nach einem Unfall unterhalb des Oberschenkels amputiert werden mussten und der im Jahr 2003 den Kilimandscharo erklomm, oder Aron Ralston, dessen Arm beim Klettern eingeklemmt wurde und den er sich selbst amputierte, um sein Leben als einarmiger Abenteurer fortzusetzen. Wir sind nicht Sir Douglas Bader, der beide Beine 1931 bei einem Flugzeugabsturz verlor, um später ein RAF-Geschwader im Zweiten Weltkrieg zu leiten. Oder der baskische Admiral Blas de Lezo y Olavarrieta, der zu Beginn des achtzehnten Jahrhunderts sein linkes Bein durch eine Kanonenkugel verlor, sein linkes Auge bei der Verteidigung von Toulon und seinen rechten Arm bei der Belagerung von Barcelona, nur um später elf feindliche britische Schiffe gefangen zu nehmen. Wir sind nicht Franklin Roosevelt, der trotz seiner Erkrankung an Kinderlähmung amerikanischer Präsident wurde, oder Stephen Hawking, dessen Geist nicht von der Amyotrophen Lateralsklerose, kurz ALS, eingesperrt werden konnte, die seinen Körper in Besitz nahm. Wir sind nicht Helen Keller oder Randy Fucking Pausch. Wir sind nicht einmal Cher mit ihrer Dyslexie.

Wir anderen sind zerstört, wenn unsere Körper zerstört sind. Und diese heroischen Ausnahmen mit ihren unglaublichen Fähigkeiten, sich über die schlimmstmöglichen Umstände zu erheben, lassen uns nur noch schlechter aussehen.

Morgen

Die Morgen sind am schlimmsten. Die Desorientiertheit, zuerst im ITCH, jetzt auf dem Dachboden, wird durch die Stunden Schlaf verschlimmert, in denen die Schmerzmittel nachgelassen haben, und durch die stechende Erkenntnis, die mich trifft, noch bevor ich die Augen öffne: Mein Arm ist weg. Noch schlimmer sind die Morgen, an denen ich aus einem Traum aufwache, in dem ich – egal ob ich von Hunden verfolgt werde, meine Zähne verliere, fliege, ertrinke oder mit einer unbekannten Frau schlafe – beinahe ganz bin.

Ich beginne den Tag mit einem V^2-Boost (Vicodin und Valium) und steige zu Dad ins Auto, um mit ihm zum Frühstücken zu fahren, bevor mich die Benommenheit übermannt. Ich bin nicht gerade begeistert davon, mich der Welt da draußen zu zeigen, vor allem, wenn sie so klein wie diese hier ist. Es ist immer noch der Ort, an dem ich aufgewachsen bin. Das einzig Unbekannte hier bin ich, der vorübergehende Makel eines rot entzündeten Pickels.

Das Dröhnen des Radios weicht hinter dem flirrenden Tinnitus zurück, der wie eine Nachbarskatze in unregelmäßigen Abständen auftaucht. Doch dann gräbt sich eine Frauenstimme durch das Klingeln. Sie ist süß, sexy, klug und gehört der Wissenschaftsreporterin des Senders. Ihr Name ist Sunny Lee, und ihre Sendung – neunzigsekündige Beiträge mit witzigen wissenschaftlichen Themen – heißt *The Sunny Side*.

Glauben Sie, das GPS Ihres neuen, glänzenden Autos ist hoch entwickelt? Nun, dieser kleine Wandersmann ist ihm weit voraus: die Ameise! Plündernde Ameisen legen Strecken von über zweihundert Metern von ihrem Nest zurück. Das mag Ihnen und mir nicht besonders weit erscheinen, aber für eine Ameise ist es schon sehr ordentlich. Wie finden sie aber den Weg zurück zu ihrer Kolonie? Auf demselben Weg, auf dem eine Mutter die Sportklamotten ihres Teenagersohnes aufspürt: Sie folgt dem Geruch! Ameisen hinterlassen einen charakteristischen Duft, über den sie selbst im Dunkeln den Rückweg finden können.

Aber was ist, wenn die Ameise schlecht riechen kann, weil sie, sagen wir mal, erkältet ist? Ameisen können auch hervorragend sehen, und manche navigieren anhand einer Kombination aus Orientierungspunkten und der Position der Sonne, während andere das magnetische Feld der Erde wahrnehmen können. Einige von ihnen messen sogar die Distanz mit einem inneren Schrittzähler. Unglaublich! Und die ganze Zeit dachten wir, sie hätten einfach nur richtig gute Instinkte. Sie hörten Sunny Lee und The Sunny Side.

In den kommenden Tagen und Wochen wird Sunny Lee mir von Dingen erzählen, von denen ich noch nie gehört hatte. Von der Geschwindigkeit fallender Regentropfen, der peripheren Sicht von Hammerhaien, dem Drehmoment eines in der Luft rotierenden Pizzateiges. Verliebt bin ich aber schon, als wir vor dem Four Corners Diner halten.

Auch wenn das Four Corners an einer ungewöhnlichen Kreuzung mit fünf Ecken steht, scheint man hier bei der Namensgebung das Gewöhnliche bevorzugt zu haben. Irgendwann nach meinem Weggang aus Paris begann Dad damit, hier zu frühstücken. Für jemanden, für den auswärts essen sonst vollkommen unverständlich ist (»Warum soll ich jemanden dafür bezahlen, dass er mir ein Steak zubereitet? Das kann ich selbst. Und sieben Dollar für ein Bier? Davon kann ich ein ganzes Sixpack kaufen.«), stürzt sich Dad hier mit einem Enthusiasmus auf das Frühstück, den normalerweise nur Kinder beim Klingeln eines Eiswagens an den Tag legen.

Ich könnte ihm unter die Nase reiben, dass Eier nur zehn Cent das Stück kosten oder dass er sich für den Preis von drei oder vier Tassen Kaffee eine ganze Kanne kaufen könnte, aber das würde er genauso ignorieren wie mein fehlendes Körperteil. Dad genoss beim Frühstück die Gemeinschaft, den puren Trost des Vertrauten – der sich bei unserer Ankunft wie ein Vogelschwarm in die Lüfte erhebt und davonfliegt.

Köpfe drehen sich, Gespräche verstummen. Dads ältester Freund, Fred Weber, ist mit einer Gabel voll Omelett vor seinem Mund erstarrt. Hinter dem Tresen wird Michelles Aufmerksamkeit von einer nachzufüllenden Kaffeetasse abgelenkt, doch das ist egal, denn – und das schwöre ich – sogar der aus der Kanne fließende Kaffee ist in der Luft hängengeblieben. Selbst die Küchenschaben sind beim Umherhuschen eingefroren. Die einzigen sichtbaren Bewegungen im Raum sind zuckende Pupillen, als alles und jeder – das Essen auf den Tellern, die Flecken auf den mit Kunststoff bezogenen Tischplatten, der Fussel auf George Jones' Ärmel, das verblasste Gemälde an der Wand (ein Boot auf einem Kanal in Venedig, das den Raum jahrzehntelang unbemerkt geschmückt hat) – plötzlich nach intensiver Betrachtung verlangt.

Dad rutscht in eine Sitzecke und bedeutet mir, ihm gegenüber Platz zu nehmen. Dann verschwindet er hinter einer Zeitung. Ohne das Klingeln in meinen Ohren wäre es totenstill.

Doch als das Frühstück gebracht wird (Ich: Eiweiß-Pilz-Omelett. Dad: Holzfäller Spezial, trotz fehlender Holzfällererfahrung) hat sich fast wieder Normalität eingestellt. Michelle verteilt großzügig ihr strahlendes Lächeln, und Mr. Weber hält im Anwaltsmodus eine Rede in einer Lautstärke, die seinem nachlassenden Gehör geschuldet ist, während der Kaffee fließt und die Schaben wieder umherhuschen.

Dad macht die Runde bei seinen Nachbarn und verweist gelegentlich auf mich – »Du erinnerst dich doch an Aaron« –, und ich nicke höflich vom Tisch aus und winke mit meiner verbliebenen Hand, damit ich nicht beidseitig amputiert erscheine.

»Du siehst gut aus«, flirtet Michelle, wie sie es früher mit dem gutaussehenden Teenager getan hat, der ich einmal war, und ich wünschte, ich könnte im Gegenzug mit einer schmeichelhaften Lüge aufwarten.

»Er hat abgenommen!«, ruft Mr. Weber von seinem Tisch, und während die Anwesenden sich jetzt den Kopf darüber zerbrechen müssen, wie viel so ein Arm wohl wiegt, legt sich erneut Stille über den Raum, und George Jones konzentriert sich wieder auf den problematischen Fussel auf seinem Ärmel.

Michelle bietet uns eine rhetorische Ablenkung – »Noch Kaffee?« –, der Raum zwischen Angebot und Lieferung zu klein, um abzulehnen. Das ist meine dritte Tasse, und die anderen, die schon viel länger hier sind, haben sicher schon ihre fünfte oder sechste hinter sich. Ein Wunder, dass unser verschnarchtes kleines Nest nicht an kollektiver Schlaflosigkeit leidet.

Dad rutscht wieder zurück an seinen Platz. »Wie war das Omelett?«

»Nun, du weißt ja, dass man dafür ein paar Eier zerschlagen muss.«

»Warum kostet es mehr, wenn es nur aus Eiweiß ist? Man bekommt doch viel weniger ohne das Eigelb.« (Das klingt schon eher nach Dad.) »Ich frage mich, was sie mit dem Eigelb machen«, überlegt er.

»Ich glaube, sie gießen es einfach über das Holzfäller Spezial.«

Dad stößt ein Stück Wurst auf seinem Teller mit der Gabel an, als wolle er eine Reaktion hervorrufen. »Hast du schon darüber nachgedacht, was du tun willst?«

»Ich werde fertig frühstücken. Und später Mittag essen.«

»Ich meine, wenn du dich wieder fit fühlst.«

»Ich weiß nicht genau, was ›fit‹ bedeuten soll, aber ich werde dabei definitiv weiterhin nur eine Hand haben.«

»Planst du, zurück an diese schicke Highschool zu gehen?«, fragt er, als die Wurst vor seiner Gabel flüchtet.

Jede Rückkehr in mein früheres Leben erscheint mir vollkommen unwahrscheinlich, vor allem in meine bisherige Position als Lehrer für Sozialkunde für die zutiefst Uninteressierten. Das Unbehagen zu überwinden, die Aufmerksamkeit eines ganzen Raumes auf mich zu ziehen, hat mich mein ganzes erstes Semester als Lehrer gekostet, und ich habe überhaupt keine Lust, mich den forschenden Blicken von Teenageraugen zu stellen, die an der Stelle kleben werden, an der sich früher einmal mein Arm befunden hat. Oder mit dem seltsamen Gegenteil zurechtzukommen, den ausweichenden Blicken und gefrorenen Lächeln meiner

Kollegen im Lehrerzimmer (ganz abgesehen vom einarmigen Jonglieren mit Kaffeebecher und trockenen Donuts).

»Sie ist nicht schick«, verbessere ich Dad. »Wir haben dieselben Probleme wie alle anderen Highschools, die versuchen, Kinder auf eine Zukunft in einer gefährlichen Welt vorzubereiten. Wir sind wie die NASA, die Astronauten für eine Marsmission trainiert, die unseres Wissens nach nur schlecht ausgehen kann.«

Hier sind wir nun, in unserer eigenen Zukunft, in diesem Moment, auf den alle Ereignisse und Umstände in unserem Leben hingeführt haben, hier im Four Corners, wo Dad mich fragt, was für eine Arbeit ich im Ort finden will, und meine Ohren klingeln noch lauter.

Ich entschuldige mich und gehe zur Toilette, und einen Moment zieht mich mein verbleibender Arm zur Seite, ebenso wie die balancebeeinträchtigende Wirkung des V^2. Die Blicke der anderen weichen meinem aus und von meinem ungeschickten Weg ab. Als die Toilettentür hinter mir ins Schloss fällt, stelle ich mir vor, wie sie alle aus dem Diner vor der unangenehmen Situation flüchten. Ich schaffe es gerade noch in die Kabine, bevor ich mein Frühstück wieder von mir gebe, etwas getröstet von der Tatsache, dass meine Medikamentendosis bereits ins Blut übergegangen ist.

Ich betrachte mein Gesicht im Spiegel, das immer noch jungenhaft und gutaussehend genug für Michelle ist, mit ruhelosen Augen, die mir sagen, dass ich nicht wieder da raus kann, um mich Dad und seinen Hoffnungen für meine Zukunft zu stellen oder den anderen Gästen und ihrem Unbehagen oder Michelles unerschöpflicher, Herzklopfen bereitender Fröhlichkeit. Die Toilette ist plötzlich die Lösung für all meine Probleme.

JOBS, DIE MAN MIT EINEM ARM NICHT AUSÜBEN KANN

- × Baseballspieler
- × Torwart
- × Schiedsrichter
- × Kranführer
- × Croupier
- × Krokodilbändiger
- × Polizist
- × Dirigent
- × Feuerwehrmann
- × Gerichtsstenograf
- × Barkeeper
- × Bodenlotse am Flughafen
- × Dachdecker
- × Rettungssanitäter
- × Chirurg
- × Astronaut
- × Gepäckträger
- × Tellerjongleur
- × Hotelpage
- × Cowboy
- × Boxer
- × Und natürlich Tapezierer

Klar, jemand wird jetzt den Typ erwähnen, der entgegen aller Wahrscheinlichkeit eine dieser Arbeiten ausgeführt hat oder es vielleicht immer noch tut. Wie Jim Abbott, der ohne rechten Unterarm auf die Welt kam und es irgendwie geschafft hat, für die Yankees, die Angels, die White Sox und die Mariners zu pitchen (alles Teams der American League, weshalb er nicht schlagen musste). Als ob das den Sinn der Aufzählung schmälern würde. Ausnahmen widerlegen nicht die Regel, und die Regel ist, dass Typen mit einem Arm keinen dieser Jobs machen. Und wenn man jemanden für einen dieser Jobs bräuchte und ein einarmiger Kerl auftauchte, dann würde man nach einem mit zwei Armen verlangen. (Zumindest ich würde das tun.)

Auf die harte Tour

Ich bin schon früher durch das Klofenster im Four Corners abgehauen, als ich noch daran glaubte, Dinge, die ich nicht tun wollte, auch nicht tun zu müssen. Damals wollte ich auf keinen Fall ein unangenehmes Mittagessendate mit meinem Teenagerkumpel Joel und zwei Mädchen durchstehen, deren Namen ich vergessen habe. Joel musste danach nicht nur die Rechnung übernehmen, sondern sich auch in Stereo auf dem langen, schmachvollen Heimweg die Tiraden der Mädchen anhören. Erst nach viel zu langer Zeit konnte ich mir meine Flucht als die unverzeihlich grausame Tat eingestehen, die sie gewesen war.

Dieses Mal ist der Ausstieg sehr viel komplizierter, und mein guter Arm ist mit Splittern des verfaulten Fensterrahmens übersät, nachdem mir mein Karma ein Vierteljahrhundert hinterhergereist ist. Auf der engen Straße, die alles ist, was unsere Stadt in Sachen »Hauptstraße« zu bieten hat, habe ich kaum Versteckmöglichkeiten. Für die Kneipe ist es zu früh, das Loading Zone hat noch geschlossen. Im Buchladen bräuchte man zwei Hände, um ordentlich stöbern zu können. Und in der Bank herumzulungern würde genau die gesteigerte Aufmerksamkeit erregen, die ich zu meiden versuche.

An der Bushaltestelle sehe ich eine wunderhübsche Frau, die auf ihr Handy starrt. Ich würde sie gern ansprechen oder mit meinem Wagen vor ihr halten und ihr eine Mitfahrgelegenheit anbieten, nur um dann mit ihr zum See zu fahren, wo wir lachen und eine gute Zeit und vielleicht sogar Sex haben würden (im Auto oder am See, egal). Stattdessen frage ich mich, ob ich irgendetwas davon – eine schöne Frau treffen, ein Auto fahren, in einem See schwimmen, in Gesellschaft eines anderen Menschen lachen, Sex haben, ob im Auto oder am See oder irgendeinem anderen Ort der Welt – je wieder tun werde. Es bräuchte schon eine sehr spezielle Frau, um über mein Defizit hinwegzusehen. Vielleicht eine blinde, aber auch da würde sich mein Handicap nicht lange verbergen lassen und seine Entdeckung wahrscheinlich mit panischen Schreien enden. Die beste Option, um mich zu verkrümeln, scheint der Secondhandplattenladen Broken Records zu sein, mit seinen vielen Reihen mit Alben, die man mit einer Hand leicht durchstöbern kann.

Der Inhaber ist älter, als ich ihn mir vorgestellt hätte, sofern ich das überhaupt versucht hätte. Weniger Jack Black in *High Fidelity*, als vielmehr Jack Palance in *City Slickers – Die Großstadt-Helden*.

»Ich schaue mich nur ein wenig um«, verkünde ich, bevor er mich fragt, ob er mir helfen könne und ich antworten müsste: »Ja, wenn Sie mir da mal zur Hand gehen könnten …«

Ich beginne, das Fach mit dem Buchstaben A durchzublättern und überlege, dass, wenn ich es in meinem benebelten Zustand bis ZZ Top geschafft habe, der größte Teil des Tages vorüber sein dürfte. Doch ich bin kaum bei ABBA angekommen, als er schon das Gespräch sucht.

»Du warst doch auf der Paris Middle School.«

»Ja, das stimmt«, bestätige ich schnell, um mir einen Kommentar zu seinem Alter zu verkneifen. »Waren wir in derselben Klasse?«

»Ich habe Mathematik unterrichtet. Oder habe es in deinem Fall zumindest versucht.«

Es ist Mr. Madnick, mein Mathelehrer aus der achten Klasse. Ich habe ihn damals neun Monate lang genervt wie eine ungewollte Schwangerschaft, nach der das Kind auf die Welt kommt und dem Vergessen des Sommers ausgesetzt wird, um danach wie von der Bildfläche zu verschwinden. Bis jetzt. Von allen Plattenläden in allen Städten dieser Welt, muss er gerade denken, kommt der Kerl ausgerechnet in meinen.

»Mathe ist ein abstraktes Konzept, das ich nicht begreifen konnte«, erkläre ich. »Und mit weniger Fingern bin ich inzwischen noch viel schlechter darin, genauso wie im Greifen. Ich meine bei der Luftgitarre.«

»Das hatte überhaupt nichts mit Konzepten zu tun. Du wolltest dich nur nicht anstrengen.«

»Vielleicht hätte ich nur einfachere Angaben gebraucht. ›Aaron verlässt die Stadt Richtung Westen mit neunzig Stundenkilometern. Als er fünfundzwanzig Jahre später auf einen SUV trifft, der nach Osten fährt, wie viele Körperteile verliert er da?‹«

»Es ist also erst kürzlich passiert? Du würdest doch sicher nicht wegen etwas herumheulen, das schon lange her ist.«

Ich schlage die bereits durchgesehenen Schallplatten im Fach A zurück und starre ihn an.

»Hab Respekt vor dem Vinyl«, sagt er und macht die Schallplatten damit auf einen Schlag genauso uncool wie Lehrbücher. »Also, Aaron. Was treibst du jetzt so?«

»Ich bin Lehrer«, erwidere ich und muss selbst grinsen, auch wenn ich gegen sein Gelächter keine Chance habe.

»Himmel, und du erzählst mir was von abstrakten Konzepten? Ich liebe es, was das Universum manchmal fertigbringt.« Er kommt hinter dem Tresen hervor, und seine Verwandlung in einen echten Menschen ist so umfassend, dass ich mich sofort schuldig fühle wegen der blöden Bemerkung, die eigentlich nur ein vierzehnjähriger Junge auf einen Lehrer abfeuern kann.

»Und mein Mathelehrer aus der achten Klasse ist im Ruhestand und hat einen coolen Plattenladen eröffnet.«

»Um genau zu sein, hatte ich Sex mit einer Schülerin und wurde gefeuert. Saß sogar im Gefängnis deswegen. Du wärst überrascht, wie sich echte Scheiße in etwas Gutes verwandeln kann.«

»Klar. Sagt man mir immer wieder.«

»Oh. Dein Arm«, bemerkt er plötzlich. »Nein, das habe ich nicht gemeint. Das ist wirklich total beschissen. Ich wüsste nicht, was daran positiv sein sollte.«

Ich bin mir nicht sicher, ob er es ernst meint oder ob das irgendein übrig gebliebener Lehrertrick ist, der mich herausfordern soll, ihm das Gegenteil zu beweisen, doch selbst in meinem zugedröhnten Zustand glaube ich ihm nicht.

»Also, hast du einen Plattenspieler, oder schaust du dich nur um?«

»Mein Vater hat immer noch eine Stereoanlage mit Stapelkomponenten, wie man sie in den späten Achtzigern hatte.« Hätte Dad doch bei seiner Sammlung auch mein jüngeres, unversehrtes Selbst aufbewahrt.

»Nur einer von vielen Fehlern der Achtziger. Bequemlichkeit war wichtiger als Wirkung. Ein gutes Stereosystem besteht aus den besten Bestandteilen. Das kann ein Fisher-Tuner sein, ein Marantz-Verstärker, Lautsprecher von JBL und ein Plattenspieler von Technics. Und natürlich ist der Tonabnehmer wichtig und sogar die Nadel. Aber das ist natürlich zu viel Aufwand, weshalb man einen Stereoturm im Elektromarkt kauft, komplett mit Plexiglastür davor, um seine eigene Mittelmäßigkeit zu demonstrieren.«

»Oder ich lasse einfach meinen iPod über die Dockingstation des Radioweckers laufen.«

»Eine langsame Abwärtsspirale«, erwidert er lachend. »Keine Art, unsere besten Erinnerungen zu behandeln.«

Er zieht die Allman Brothers aus dem A-Fach und betrachtet die Platte, als sei sie ein Spiegel, der ihm sein jüngeres Gesicht zeigt.

»Unsere Lieblingsversionen von uns selbst sind immer mit Musik verbunden. ›Whipping Post‹, ›Ramble On‹, ›Layla‹.«

»›It's A Long Way To Tipperary‹.«

»Okay, okay, schon kapiert, ich bin alt! Na gut, für dich also …«, er mustert mich, »irgendein Neunziger-Grunge-Mist? Hootie and the Blowfish? Oder bist du eher ein Überbleibsel aus den Achtzigern?«

»Wenigstens haben Sie nicht ›Achy Breaky Heart‹ vorgeschlagen.«

»Musik kann so viel transportieren …«

Er blättert durch die Schallplatten im B-Fach, eine Reise durch die Musikgeschichte von Basie zu den Butthole Surfers.

»Aber sie verliert ihre Macht durch die Vertrautheit. Wenn ich heutzutage Bowie ›Changes‹ singen höre, kann ich unmöglich in die Zeit zurückkehren, als ich zum ersten Mal darauf aufmerksam wurde. Weil die ganzen Male, die ich es seither gehört habe, darüberliegen. Es hat keine zeitliche Resonanz mehr. Aber ›Eight Line Poem‹? ›Quicksand‹? Die habe ich über die Jahre unregelmäßig genug gehört, damit ich 1971 zumindest ansatzweise spüren kann.«

Er geht zum gegenüberliegenden Fach mit dem Buchstaben M und lässt die Finger geübt über die Schallplattenkanten tanzen, bis er Morrisseys *Viva Hate* herauszieht.

Er sieht erst das Album an, dann mich. Offensichtlich hat er gefunden, wonach er gesucht hat.

»Ich könnte ›Everyday Is Like Sunday‹ spielen oder ›Suedehead‹, und du würdest es gern wieder hören.« Er geht hinüber zum Plattenspieler. »Aber würdest du dich dabei wieder wie fünfzehn fühlen? Nein. Doch hierbei …«

(Das dumpfe Geräusch beim Aufsetzen der Nadel und das anfängliche Kratzen reichen beinahe aus, um mich in die Vergangenheit zurückzuversetzen.)

»Vielleicht schon.«

Er vermutet richtig. Ich habe »Little Man, What Now?« wahrscheinlich nicht mehr gehört, seit es herausgekommen ist, aber mit der Eröffnungsdrumsequenz kann ich sofort alle Gefühle des Jungen, der ich damals war, heraufbeschwören. Ich war damals dreizehn, schätze ich, und hatte all die unzähligen großen und kleinen Veränderungen, aus denen sich ein Leben formt, noch vor mir. Damals hatte ich noch das Gefühl, dass Erwachsensein Beständigkeit bedeutet, dass ich immer irgendwie eine Version meines damaligen Selbsts sein würde: ausreichend sympathisch, um ein paar Freunde zu haben, aber weit entfernt von beliebt; gutaussehend genug, um Mädchen auf mich aufmerksam zu machen, in deren Gegenwart ich mich jedoch nur ungeschickt fühlte. Ich glaubte daran, diesen Geist, dieses *Ich*, das immer Comics lieben würde und Nintendo und Toasterpizza, bewahren zu können. Das Ich in einem größeren, ausgefüllteren Körper, der für das Erwachsenendasein besser geeignet war. Mit zwei Armen. Ich muss an meine drei Jahre in der Mittelschule denken und die drei darauffolgenden in der Highschool. Jahre, die wie ein ganzes Leben erschienen. Warum sind die letzten drei dann so verschwommen? Und warum habe ich das Gefühl, dass die nächsten drei vielleicht schon vorbei sind, bevor ich noch diesen Gedanken beendet habe? Was ist aus mir geworden, in der Tat.

Knappe 1:49 Minuten später fällt der Groschen: Ich bin high und müde vom langen Stehen, hungrig, und mir ist übel, meine Ohren klingeln wieder, und mein Ex-Arm schmerzt erneut. In den Millionen von Rhythmen auf den Tausenden von ordentlich sortierten Platten in Hunderten Reihen verstecken sich sicher unzählige Songs, die auf ähnliche Weise Erinnerungen hervorrufen können, doch keiner davon könnte meinen Allgemeinzustand verbessern.

Ich verabschiede mich von Mr. Madnick und danke ihm, dass er mich vor all den Jahren nicht hat durchfallen lassen. Nachdem ich nach draußen geschwankt bin, sehe ich, dass Fred Weber mit besorgtem Gesicht zusammen mit Dad vor dem Four Corners wartet, und ich erkenne, dass ich nun für eine weitere unverzeihlich grausame Fensterflucht Buße tun muss.

Dad

Dad war ein Zeitreisender.

Weil wir an der Grenze zwischen zwei Zeitzonen lebten, ist er jeden Tag auf dem Weg zur Arbeit und zurück durch die Zeit gereist. Er musste um fünf Uhr morgens aufstehen, um das Haus um sechs zu verlassen, eine Stunde zur Arbeit fahren, die ihn, weil dort nicht die Central Time (wie hier in Edgar County), sondern die Eastern Time (dort in Terre Haute) herrschte, eine Stunde in der Zukunft nach vorn katapultierte. Er kam um acht Uhr in der Arbeit an, damit er früh genug von dort aufbrechen konnte, um gegen vier Uhr nachmittags wieder zu Hause zu sein, wenn Jackie und ich aus der Schule kamen. All das fand in dem futuristisch klingenden Lincoln Mark IV statt, der in Silber »Mondstaub« Metallic lackiert war, mit dazu passender silberner Lederausstattung und silbergemasertem Vinyldach, einem zu allem fähigen V8-Motor und ovalen Opernfenstern, durch die die Gegenwart auf die Vergangenheit prallte.

Schon damals hatte ich den Eindruck, dass die ganzen Zeitsprünge ihren Tribut forderten. In meinen jungen Augen erschien mir mein Dad älter als die Väter meiner Freunde, die nicht jeden Tag zweimal das Zeitkontinuum bekämpfen mussten. In einem Jahrzehnt der Ausschweifungen, für die man sich danach nur schämen konnte, schmückten sie sich mit floridaförmigen Koteletten und breiten Jackenaufschlägen, wohingegen Dad dreiteilige Anzüge trug und einen, von viel Weiß durchzogenen, Astronautenhaarschnitt. Mom dagegen schien weder das Fundament von Dads Vernunft noch die Kühnheit seiner Zeitreisen zu schätzen. (Es war allerdings nicht immer eindeutig, was Mom wollte, und das hat sich bis heute nicht geändert.)

Bevor er zum Zeitreisenden wurde, war Dad Athlet, ein Langläufer, der es sogar ins US-Biathlonteam geschafft hatte. Für das untrainierte Auge mag dieser Sport wie eine sinnlose Mischung aus Langlauf und Zielschießen erscheinen. Tatsächlich besteht die Herausforderung jedoch gerade darin, von einer anstrengenden Tätigkeit mit hohem Puls sofort in einen Zustand absoluter Bewegungslosigkeit überzugehen, der für das Treffen des Ziels erforderlich ist. Dad schien daraus gelernt zu haben, alles auf der mittleren Gefühlsebene zu empfinden: weder herzrasende Aufregung noch ausgeglichene Konzentration. Wenn möglich vermied er übersprudelnde Freude ebenso wie allzu deprimierende Niedergeschlagenheit. Stattdessen lebte er lieber in der stumpfen Mitte, in der nichts Furchtbares, aber auch nichts Großartiges geschieht. Er mied Konflikte, die vielleicht einige Dinge klären könnten, und erhob nie die Stimme. Er hörte auf, nach großen, erhebenden Momenten zu streben aus Angst vor Versagen und Enttäuschung oder sogar nur aus Furcht vor der Ernüchterung, die zwischen den siegestrunkenen Augenblicken lauert.

Doch 1964, bevor er sich für das weite Nichts in der Mitte entschied, reiste Dad als Mitglied des US-Biathlonteams zu den Olympischen Spielen in Innsbruck, wo er Siebenundvierzigster wurde. (Selbst der beste amerikanische Biathlet hat bis heute keinen besseren Platz als den achten bei Olympischen Spielen erreicht. Offensichtlich sind wir wie ein Muscle-Car gebaut: Kraft und Schnelligkeit anstelle von körperlicher und emotionaler Komplexität.) Wenn ich Dad früher nach Innsbruck fragte, erzählte er immer nur von seinem Zimmergenossen Tommy Baker, der als bester Amerikaner Sechzehnter geworden war. Außerdem hatte Tommy eine russische Eiskunstläuferin, eine ostdeutsche Rodlerin sowie alle drei österreichischen Medaillengewinnerinnen in der Abfahrt gevögelt. Das ist vielleicht nicht gerade die geeignetste Information für ein Kind, doch ich kapierte zumindest, dass Tommy sowohl beim körperlichen Durchhaltevermögen als auch bei der Treffsicherheit außerordentlich gute Leistungen erbracht hatte. Und während sich Tommy der Alaskan National Ski Patrol anschloss und Buschpilot für die Alaska Mountain Air wurde, wählte Dad den Weg des geringsten Widerstands und des niedrigen Lohns, der sich dafür näher an seinem Zuhause befand.

Ich erinnere mich, sogar als Teenager die Grenzen von Dads emotionalen Fähigkeiten erkannt zu haben. Und auch wenn ich mir nicht wünschte, Tommy Baker wäre mein Vater – ich vergötterte Dad und vermutete, dass Tommy sicher nicht als Erster um vier Uhr nachmittags zu Hause war, um seine Kinder zu begrüßen –, stellte ich mir manchmal sehnsüchtig vor, er hätte insgeheim mit Mom geschlafen und sie mit einer ungestümen, rücksichtslosen Version von mir geschwängert.

Die Fahrt nach Hause nach dem Frühstück, das ich nicht bei mir hatte behalten können, verläuft in völligem Schweigen. Eine Erinnerung daran, wie wirkungsvoll ein vorwurfsvoll schweigender Dad sein kann. Sehr viel effektiver als ein schimpfender oder gar schreiender Vater, der mich schon immer eher zum Lachen brachte, was wiederum den rotgesichtigen, superwütenden Dad hervorrief.

Wir fahren an »Crawlywood« vorbei, ein lächerlicher Name, den kleine Jungs als spöttische Hommage an das ferne Hollywood ersonnen haben. Die unübersichtlichen Ackerflächen voller Wäldchen und Unterholz boten einen willkommenen Rückzugsort, um Feuerwerkskörper in die Luft zu jagen, gestohlene Zigaretten zu rauchen oder Lagerfeuer zu entzünden (wobei all das vermutlich besser an einem Ort ohne »Wald« im Namen stattgefunden hätte).

Während wir durch unser Viertel fahren, wird mir bewusst, wie unordentlich alles aussieht. Keine zwei Häuser sind gleich, manche sind eingezäunt, offen, mit Bäumen, ohne Bäume, Vorgärten oder schlammigen Auffahrten, sich windenden Straßen, von denen manche in einer Sackgasse enden und einen halben Kilometer entfernt plötzlich weiterführen, und gelegentlichen Wäscheleinen mit in der Sonne trocknender Kleidung. Paris, Illinois ist das Gegenteil der nach einem festen Muster errichteten Siedlung, in der ich mich außerhalb Chicagos niederließ – schachbrettartig angelegte Straßen mit von außen vollkommen gleich aussehenden Häusern (manche revolutionär spiegelverkehrt angeordnet) –, eine vollkommen ungeplante Gegend, doch das willkürliche Wachstum ergibt für mich mittlerweile sehr viel mehr Sinn. Es ist vermessen, zu glauben, dass man alles planen kann, ganz zu schweigen von den Bedürfnissen einer Gemeinschaft angesichts einer ungewissen Zukunft mit unzähligen Möglichkeiten der Weiterentwicklung. Unser Universum besteht aus Chaos, nicht Ordnung. Wenn sich in der Natur Muster finden lassen, spiegeln diese nur wiederholte Anarchie wider.

Bei unserer Ankunft zu Hause verkünde ich, mich hinlegen zu wollen, und falls Dad das als Zeichen von Depression auffassen sollte, vor der ihn die Ärzte im ITCH gewarnt haben, lässt er es sich zumindest nicht anmerken. Falls er es nur ärgerlich findet, wie damals, als ich als Teenager übermäßig viel Zeit schlafend in mein Bettzeug gewickelt verbracht habe, verbirgt er es hinter einer Miene vollkommener Ausdruckslosigkeit. Und falls er nur abwarten will, bis ich eingeschlafen bin, um dann auf den Dachboden zu schleichen und erst mich mit seinem Präzisionsgewehr umzubringen und anschließend sich selbst, ist auch das nicht erkennbar. Auch wenn Letzteres angesichts der bevorstehenden Tage, Wochen, Monate mit mir – *dieser* Version von mir – vollkommen verständlich wäre.

Phantome

Schmerzen können einem wirklich auf den Sa… ich meine, auf den Geist gehen!

Seit prähistorischen Zeiten leiden Menschen an zwei Arten von Schmerzen: akuten und chronischen. Akuter Schmerz wird durch einen momentanen schädlichen äußeren Einfluss hervorgerufen, zum Beispiel wenn man eine heiße Oberfläche berührt oder von einem Mastodon ausgeweidet wird. Die Schmerzrezeptoren senden einen chemischen Impuls von dem betroffenen Bereich ins Rückenmark und bis hinauf ins Gehirn, und das alles im Bruchteil einer Sekunde! Der schnellste Bote der Welt sagt einem, man soll die Hand von der heißen Oberfläche zurückziehen oder unverzüglich vor dem prähistorischen Dickhäuter davonlaufen. Akuter Schmerz ist also etwas Gutes – wenn man ihn nicht spürt, kann man auch nichts dagegen unternehmen.

Chronischer Schmerz ist eine ganz andere Nummer, da hierbei die Schmerzsignale monate- oder gar jahrelang im Nervensystem aktiviert bleiben. Himmel! Und das Gehirn kann dem Körper keine Befehle geben – es gibt ja keine heiße Herdplatte, von der man Abstand halten soll, ebenso wenig wie das Mastodon. Chronischer Schmerz ist echt kein Spaß. Stellt euch vor, ihr werdet jahrelang ausgeweidet! Da kann man schon mal ein wenig unleidlich werden … und nicht die allerangenehmste Gesellschaft. Ich bin Sunny Lee für The Sunny Side.

Ich wache im Dunkeln auf und weiß, dass Sunny Lee meinen Schmerz versteht. (Noch ein Grund, sie zu lieben.) Ich setze mich auf und reibe meine Schulter, während ich versuche, mich zu erinnern, wo ich bin. Mein linker Arm brennt, als würde er von lauter kleinen heißen Elektroschocks durchlaufen. Nur dass ich keinen linken Arm habe.

Wie jeder grausame Scherz ist »Phantomschmerz« schlichtweg brillant. Ein weiterer Beweis dafür, dass derselbe Gott, der einem ohne Vorwarnung Heavy Metal entgegenschleudert, auch Sinn für Humor hat. Der einzige Vorteil, einen Arm *nicht* zu haben, sollte darin bestehen, darin auch keine Schmerzen empfinden zu können. Doch die Nerven, die die Verwüstung außen am Körper nicht sehen können, schicken weiterhin Signale in die Extremität, und wenn diese Signale nicht an ihrem Bestimmungsort ankommen, sondern stattdessen gegen einen fleischigen, kauterisierten Stummel knallen, antworten die Nerven mit heißen Elektroschocks, diesen kosmischen Scherzartikeln.

Auf einem kleinen Tisch vor mir steht auf einem Frühstückstablett Dads Markenzeichengericht: Thunfischauflauf. Außer Rührei und Fleisch auf dem Außengrill brutzeln kann er nämlich nur das kochen. Der tatsächliche Vorteil des Auflaufs – dass er heiß und kalt serviert werden kann – offenbart sich gerade, da er das Stadium »lauwarm« schon lange hinter sich gelassen hat. Dad hat mir eine Flasche Bier dazugestellt, was heißt, dass er entweder nicht weiß, wie viel Vicodin ich nehme, oder dass er alles vergessen hat, was er je über Teenager wusste, die Pillen und Alkohol durcheinander mischen wie die Tänzer beim Squaredance ihre Partner.

Ich hole zwei Filmtabletten aus dem kleinen Vorrat in der Schlüsseltasche meiner Jeans, spüle tausendfünfhundert

Milligramm Vicodin mit einem langen, dankbaren Schluck Bier herunter und schaufele dann gierig Thunfischauflauf in mich hinein, bis der Teller leer ist.

Das Bier in meinem Körper erinnert mich daran, dass es auf dem Dachboden keine Toilette gibt und ich schon einmal nachts zum Badezimmer im oberen Stockwerk herunterklettern musste (ein weiteres kleines Ärgernis, das wie fleischfressende Bakterien an mir nagt). In meinem schläfrigen, sedierten Zustand habe ich erst nach einer Weile den lebenden Alligator in der Badewanne entdeckt, der mich fixierte. Ich erinnere mich, dass ich mich an der großen Wahrscheinlichkeit festklammerte, er sei nur das Resultat von zu viel Schmerzmitteln, doch dann öffnete das Tier das Maul und zischte mich an.

Neugierig, wenn auch nicht unbedingt klarer im Kopf, klettere ich die ausgeklappte Treppe des Dachbodens hinunter. Von der untersten Stufe kann ich ins Badezimmer sehen. Der Schwanz des Alligators zuckt wie ein Periskop über der Wanne.

Eine verschwommene Erinnerung aus der Vergangenheit kämpft sich an die Oberfläche. Mom, die mir erzählt, dass sie Dad einen winzigen Alligator zum Hochzeitstag gekauft hat. (Auf keiner Liste mit traditionellen Hochzeitstaggeschenken steht etwas von Reptilien, nicht einmal irgendwo eingequetscht zwischen Holz und Porzellan, doch Mom erschien es offenbar angemessen, ihre gemeinsamen Jahre mit einem Reptil zu feiern.) Sie nannten ihn Muhammad Ali Gator (kurz Ali), und auch wenn ich mir nicht vorstellen kann, dass es sich bei dieser über einen Meter langen Echse um ihn handelt, frage ich vorsichtshalber bei Dad nach, der im Wohnzimmer auf der Couch liegt, die nahe genug am Fernseher steht, dass er in blaues Licht getaucht wird.

»Da ist ein Alligator in der Badewanne.«

»Ich dachte, du wüsstest das.«

»Wenn ja, habe ich es vergessen.«

»Jetzt weißt du, wie es mir mit allem geht.«

»Ist das überhaupt legal? Einen ausgewachsenen Alligator zu halten, meine ich.«

Dad zuckt mit den Schultern. »Es ist mein Haus.«

»Nur weil du ein Haus gekauft hast, heißt das nicht, dass du darin einen Alligator halten darfst oder einen Bären, einen Flüchtling darin verstecken kannst oder eine Pfadfinderin im Keller einsperren«, erwidere ich. »Immobilienanzeigen wären sonst sehr viel lustiger.«

Als ich mich neben Dad auf die Couch fallen lasse, lehnt er sich von mir weg, als säßen wir in einer Achterbahn, die gerade in eine scharfe Kurve fährt. Ich kann immer noch nicht klar denken und weiß nicht, wie lange ich geschlafen habe. Angesichts des Dämmerlichts vor den Fenstern könnte es abends oder frühmorgens sein.

»Wie spät ist es?«

»Ich weiß es nicht. Früher konnte man die Uhrzeit noch an dem ablesen, was gerade im Fernsehen zu sehen war. Waren es Typen, die auf einer Couch herumjammerten, war es nach halb zwölf. Ältere Typen, die gebetet und um Geld gebettelt haben, liefen später am Nachmittag. Das verdammte *SportsCenter* kommt inzwischen so oft, dass es Mitternacht oder sieben Uhr morgens sein könnte.«

»Der Kabelreceiver sagt, es ist zwanzig nach sechs.«

»Wieso glaubst du, ich könnte diese kleinen schwebenden Zahlen auf dem Receiver erkennen?«

(Dad hat recht, die Zahlen schweben wirklich.)

»Es ist Abend«, bemerkt Dad und fügt hinzu: »Schlaf einfach. Dein Körper wird dir sagen, wenn er genug hat.«

Wir sitzen eine Weile schweigend da und schauen uns die unglaublichen Kunststücke der Baseballspieler auf dem Bildschirm an. Ohne Mühe spielen sie den Ball über die Außenwand und bringen einen Line Drive und einen Double-Play-Spielzug fertig. Alles Dinge, für die man zwei Hände braucht, was ich einfach nicht ignorieren kann. Selbst der Pitcher muss einen Ball, der zu ihm zurückgeschlagen wird, mit einer behandschuhten Hand aus der Luft fangen, und ein Runner wirft sich mit zwei ausgestreckten Armen in Richtung der zweiten Base. Die finale Demütigung ist der Schiedsrichter, der mit zwei Armen, die er ausbreitet wie die Flügel eines Flugzeugs, einen Spieler, der das Base regelgerecht berührt hat, als »safe« beurteilt.

Als ob er meine Gedanken erneut lesen könnte, schaltet Dad auf einen anderen Kanal um. Wir sehen uns Kabelnachrichten an, in denen sich sechs Experten rundherum anschreien. Ein Davidwurfstern aus Lärm, abgefeuert auf den Hals der Vernunft. Mein Kopf und mein Nicht-Arm beginnen, einstimmig zu pochen.

»Brokaw hat nie gebrüllt«, brummt Dad. »Koppel auch nicht. Oder Rather, aber man würde von einem Typ in einem Pullunder auch nicht erwarten, dass er sich so aufregt. Und wer braucht bitte sechs Leute, die alle gleichzeitig reden? Ich habe einen großen Fernseher, warum muss ich mir dann sechs Gesichter in kleinen Fenstern ansehen? Die sehen aus wie Baseballkarten. Allerdings von Spielern, die keiner will und die man nicht eintauschen kann.«

Auch wenn er recht hat, ich habe ganz vergessen, wie anstrengend Dads Schimpftiraden sein können.

»Und was soll die ganze Schrift auf dem Bildschirm? Da in der Ecke steht etwas, der Titel in der anderen, und am unteren Rand läuft auch noch eine Zeile durchs Bild.«

Der kombinierte Mord-Selbstmord mit dem Gewehr, über den ich zuvor nachgedacht habe, erscheint mir immer realistischer, jedoch nicht mehr in der ursprünglichen Reihenfolge. Ich komme zu dem Schluss, dass wir unsere erzwungene Nähe am besten überstehen, wenn wir sie möglichst gering halten.

»Ich glaube, ich gehe hoch und lese ein wenig.«

»Gut.« Dad nickt knapp. Er denkt wahrscheinlich, Himmel ja, geh hoch auf den Dachboden, damit ich deine Anwesenheit vergessen kann und nicht mehr so tun muss, als wäre es für uns beide keine Qual.

Während ich mich nach oben schleppe, höre ich, wie Dad wieder auf das *SportsCenter* umschaltet und die Moderatoren ein weiteres atemloses Spiel präsentieren, während die Menge im Hintergrund jubelt. Ich ziehe mich die Stufen nach oben und übertöne die Feier der körperlichen Perfektion unter mir.

Widerstand

Ich kauere mich unter die Dachschräge neben das niedrige Bücherregal, von dem aus mich die Sportpokale meiner Jugend höhnisch anzugrinsen scheinen. Siebzehn Zeugnisse der athletischen Leistungen eines kräftigen Jugendlichen mit vier voll funktionsfähigen Gliedmaßen. Ich habe meistens den zweiten oder dritten Platz gemacht, einmal sogar den ersten (im Schwimmen). Beweis dafür, dass ich ein guter, aber nicht herausragender Sportler war. Und wenn ich mir die kleinen, angelaufenen Figuren auf den Pokalen ansehe, weiß ich auch, warum. Es waren zu viele Sportarten, in denen man unmöglich gleichzeitig gut sein kann. Eingefroren in der Bewegung, erzählen die Figuren die Geschichte eines Jungen, dessen Verlangen, viele verschiedene Dinge auszuprobieren, großartige Leistungen in allen verhindert hat: Kurz- und Langstreckenlauf, Schwimmen, Tauchen, Basketball, Lacrosse, und da ist sogar ein winziger silberner Junge, der einen Speer wirft. (Was auch immer mich dazu getrieben hat.) Ich reiße erst ihm und dann allen anderen metallenen Figürchen den linken Arm ab und drapiere sie zu einem Haufen aus siebzehn ausrangierten Gliedmaßen, der wie ein Stapel medizinischer Abfall in einem Krankenhaus nach einem anstrengenden Tag voller Amputationen aussieht.

Nach vollendeter Tat nehme ich ein Buch vom Regal. Etwas Einfaches, das ich in meiner Halbbenommenheit erfassen kann, einen dünnen Band mit dem Titel *Widerstand* aus einer Time-Life-Reihe über den Zweiten Weltkrieg aus den frühen Achtzigern. Wir hatten einen ganzen Haufen davon, wenn nicht sogar die ganze Reihe. Alle trugen Ein-Wort-Titel wie *Belagert, Nachwehen, Moloch* und *Blitzkrieg*. Mom hatte sie abonniert, um mir damit beim Geschichtsunterricht zu helfen, und sie trafen alle paar Wochen mit der Post ein, bis ich Geschichte durch Sozialkunde ersetzte und Mom versuchte, das Abonnement zu kündigen. (Ich erinnere mich noch, wie sie durchs Telefon die Verursacher der Fortsetzungsreihe anbrüllte: »Hören Sie endlich auf, diese verdammten Bücher zu schicken. Wir zahlen keinen verfluchten Dollar mehr dafür!«)

Das Buch besteht hauptsächlich aus Bildern und Unterschriften. Wie in der fünften Klasse überblättere ich die wenigen eng bedruckten Seiten. All die Menschen auf den Bildern sind mit Sicherheit mittlerweile tot, selbst diejenigen, die bei der Aufnahme noch am Leben waren (es gibt einige entsetzliche Bilder von exekutierten Résistancekämpfern, deutschen Soldaten und Dorfbewohnern, die man als Verräter hingerichtet hatte). Besonders erschüttert mich ein Kapitel mit der Überschrift *Subversive Gerätschaften,* ein überwältigendes Fotoessay von James-Bond-artiger Genialität: winzige handgefertigte Funkgeräte in Streichholzschachteln, Kurzwellen-Sendeempfänger in Form von Vogelhäusern, Rasierhobel, in denen versteckte Botschaften transportiert wurden, Stifte voller Gift, hohle Schuhabsätze, in denen Dinge geschmuggelt werden konnten, falsche Böden, Geheimfächer, ausgehöhlte Bücher als Verstecke für Pistolen, Sprengstoff, Bomben. Ich bin überrascht, wozu Menschen angesichts unvorstellbar schlimmer Umstände fähig …

Moment mal.

Ich beuge mich vor und schaue mir die Bücher im Regal

näher an: eine endlose Reihe von Titeln, die Hoffnung, Triumph, die Tugend des Kampfes und den Kampf der Tugendhaften hervorheben. Darunter *Im Canyon: Fünf Tage und Nächte bis zur schwersten Entscheidung meines Lebens* und *Soul Surfer: Meine Geschichte,* beides Autobiografien von erst seit kurzem armlosen Autoren. Außerdem diverse Selbsthilfebücher: *Turning Obstacles Into Opportunities: The Jujitsu Of Positive Thinking, Adversity Is Not Your Adversary* und *Beggars* CAN *Be Chosers!* Ich muss mir nicht erst *Overcoming Amputation for Dummies* ansehen, um zu wissen, was hier vor sich geht. Willkürlich ziehe ich zwei Bücher heraus und lese zwei identische Geschichten über viel gepriesene Arme und die Menschen, die sie einst trugen.

Dan Donnelly war ein Boxer aus Dublin, der zu einem von Irlands berühmtesten Sportlern aufstieg, als er 1815 den englischen Boxer George Cooper nach elf Runden besiegte. Donnelly starb im Alter von zweiunddreißig Jahren. Seine Leiche wurde wenige Tage nach der Beerdigung gestohlen, die Spur führte schließlich zu einem Dubliner Chirurgen, der die menschlichen Überreste nur zurückgeben wollte, wenn er Donnellys rechten Arm behalten durfte, der dem Verstorbenen so viele Siege eingebracht hatte. 1953 stellte der Besitzer des Hideout in Kilcullen den mumifizierten Arm in seinem Pub aus, wo er bis heute zu besichtigen ist.

Als General Stonewall Jackson und seine Männer am 2. Mai 1863 ins Lager zurückkehrten, wurden sie irrtümlich für eine Kavallerie der Nordstaaten gehalten und beschossen. Jacksons linker Arm wurde von zwei Kugeln getroffen und musste amputiert werden. Er ist bei Ellwood House in Orange County in der Nähe des Feldkrankenhauses beerdigt. 1921 ließ Marine Commander General Smedly Butler die Stelle aufgraben, weil er daran zweifelte, dass der Arm wirklich dort lag, doch er fand ihn tatsächlich in einer Holzkiste. Er ersetzte diese durch eine Metallkiste und beerdigte die Überreste erneut unter einem Grabstein mit der schlichten Aufschrift: »Stonewall Jacksons Arm – begraben am 3. Mai 1963«.

Ich weiß sofort, dass Mom für diese ungeschickte Propaganda verantwortlich ist. Verärgert schlage ich das Buch zu und richte mich auf, wobei ich mir den Kopf an der Dachschräge stoße. Noch schlimmer, die linke Kopfseite, weshalb mein Armstumpf instinktiv nach oben fährt, um die schmerzende Stelle zu reiben, und nutzlos in der Luft zuckt. Ich lasse das Buch fallen und versuche, mit der rechten Hand ungeschickt den betreffenden Bereich zu erreichen. (Und ich schwöre, ich höre Sirenen.)

Und so findet mich Dad, fluchend unter der niedrigen Dachschräge zusammengekauert wie Gollum, den rechten Arm um den Hals gewunden, als ob ich mir selbst einen Nackenhebel verpassen wollte, als er den Kopf durch die Dachbodenluke steckt, um Moms Ankunft zu verkünden.

Mom

Der Feuerwehrwagen fährt aus der Auffahrt, und ein schnauzbärtiger Feuerwehrmann, der zehn Jahre jünger ist als Mom, winkt ihr von dem Trittbrett an der Rückseite aus zu, während der Fahrer dreimal rasch hintereinander das Signalhorn ertönen lässt.

Mom winkt zurück, bevor sie sich zu mir umdreht. Ihr schmales Gesicht wird von einem mir unbekannten kinnlangen Bob eingerahmt. (Sie hat ihr Haar sonst immer lang getragen.) Sofort lässt sie den Blick zu der Stelle wandern, an der mein Arm sitzen sollte, und sagt: »Sieht doch gar nicht so schlimm aus.«

Im Gegensatz zu Dad ist Mom keine schweigende Stoikerin, allerdings auch keine Hysterikerin. Seit sie Dad verlassen hat (warum, weiß ich immer noch nicht so genau), ist sie so etwas wie eine Zenmeisterin ihres eigenen Lebens geworden. Sie lebt in einer Jurte und akzeptiert gelassen jeden Einfall des Universums, selbst wenn es gerade auf die Idee kommt, ihrem einzigen Sohn einen Arm zu rauben.

»Aber genau das ist es«, widerspreche ich. »*So* schlimm.«

Sie zieht mich an sich, und als ich sie mit meinem guten Arm umschlinge und mein Gesicht an ihrer Schulter vergrabe, beginne ich hemmungslos zu weinen und am ganzen Körper zu zittern. Dabei gebe ich keinen Laut von mir. (Als ob dieses eine Zugeständnis die ganze Situation weniger peinlich machen würde.)

Mein Vater nimmt seine Jacke vom Haken und steuert auf die Tür zu. »Ich fahre mal Tanken.«

»Na, na«, sagt Mom immer wieder, und ich fühle mich durch die sinnlosen Wiederholungen seltsam getröstet.

Als ich noch klein war, war Mom ein kettenrauchender Billardcrack. Sie hat Stunden am Tisch in unserem Keller verbracht, mit im Mundwinkel wippender Zigarette, und Winkelstöße, Caroms und Kill Shots geübt – normale Stöße für offizielle Spiele. (Trickstöße seien »Mist«, wie sie mir immer wieder versicherte.) Sie bevorzugte die lineare Einfachheit von 9-Ball, das gezielte Versenken einer Kugel nach der anderen, im Gegensatz zum willkürlicheren Aufbau des 8-Ball. Mom mochte die Dinge geradlinig, wenn nicht gar systematisch. Wahrscheinlich hat sie mich deshalb Aaron genannt, um mir den lebenslangen Vorteil zu verschaffen, immer der Erste in einer alphabetischen Aufreihung zu sein, falls nicht gerade ein Norweger namens Aage vor mir war.

Ich leerte Moms Aschenbecher und richtete die Kugeln mit einem rautenförmigen Rahmen, dem Rhombus, an. Diese Ordnung zerstörte sie allerdings sofort wieder, indem sie unzählige Zigaretten ausdrückte und die Kugeln mit einem Anstoß auseinandertrieb, der wie ein Donnerschlag durch das ganze Haus dröhnte. Wenn sie sich über den Tisch beugte, ähnelte sie einer Gottesanbeterin, deren hagere Gliedmaßen – von den Füßen in Pantoffeln bis zu den Fingerspitzen, die staubig vor Kreide waren – in seltsamen Winkeln vom Körper abstanden. Der Ellbogen stach hinter ihr in die Luft, während sie sich dicht über die Spielfläche beugte, und ich stand neben ihr und atmete heimlich den Rauch ihrer Zigarette ein.

Ich vermisste den Geruch, als Mom von einem Tag auf den anderen mit dem Rauchen aufhörte, nachdem wir im

Keller ein altes Gemälde mit einem Rennpferd abgenommen hatten und darunter ein sauberes Rechteck an einer ansonsten gelblich grau verfärbten Wand zum Vorschein gekommen war. Es war eine ebenso deutliche Warnung wie ein Fleck auf einem Röntgenbild. (Da wir kein anderes Bild mit passenden Maßen fanden, hängten wir das Rennpferd schließlich wieder an seinen alten Platz, woran sich bis heute nichts geändert hat.)

Mom war nie besonders freigiebig mit ihrer Liebe. Sie verteilte sie immer nur in kleinen und unregelmäßigen Dosen, wie ein Schiffbrüchiger, der seine Wasservorräte rationiert. Doch wenn sie den Tisch umkreiste, den Blick fest auf die Filzfläche geheftet, blieb ich nahe genug bei ihr, um gelegentlich einen sanften Klaps auf den Kopf zu ergattern, wenn sie an mir vorbeiging, ein kurzes Liebkosen meiner Haare, das ich noch heute spüre, wenn ich daran denke. Dann beugte sie sich wieder vor und wiederholte den ewigen Kreislauf – rauchen, ausholen, stoßen, Kugel versenken, um den Tisch gehen, Kopf tätscheln.

Ich erinnere mich, dass mir die Billardkugeln leidtaten, die so sicher in der Rhombusform lagen, bis diese hochgehoben wurde, und sie sich der erschütternden Kraft des weißen Spielballs ausgesetzt sahen. Nachdem sie aus ihrer schützenden Gruppe gestoßen worden waren, verschwanden manche sofort in der Dunkelheit, andere rollten noch durch die Gegend und dachten vielleicht über ihr Schicksal nach, während sie unerbittlich wie die Täter in einem Agatha-Christie-Kriminalroman verfolgt wurden. Manchmal halfen ihre eigenen numerierten Brüder bei ihrem Niedergang, in Bewegung gesetzt vom Spielball, und stießen sie in die dunklen Taschen des Vergessens. Doch selbst der Spielball verfügte über keinen eigenen Willen; er war nur ein Schläger, der die Befehle des Queues ausführte, und das Queue nahm keine Rücksicht.

Mom und ich sitzen in der Dämmerung im Garten. Insekten schwirren um die brennenden Lichter und werfen ihre riesigen, flatternden Schatten auf uns. Sie trägt einen Hosenanzug und hat ein Bein über das andere geschlagen, lässt einen an der Ferse offenen Schuh baumeln, als warte sie nur darauf, dass er herunterfällt.

Wir trinken Limonade aus Zitronen, die vom Baum der Jaffes auf unsere Seite des Zauns gefallen sind. Ich erinnere mich noch, wie Dad früher zu mir sagte: »Wenn es auf unsere Seite des Zauns fällt, gehört es uns«, und ich immer hoffte, irgendwann würde etwas Wertvolleres als Zitronen auf unserem Grundstück landen. Zum Beispiel ein Koffer voller Diamanten aus einem vorüberfliegenden Flugzeug oder die sechzehnjährige Pam Jaffe, die nackt aus ihrem Fenster ins Moms Zinnien stürzt.

»Hast du über eine Prothese nachgedacht?« Mom nippt ungerührt an ihrer Limonade.

»Die sind teuer. Und unhandlich. Ich habe keinen Ellbogen und keine Unterarmmuskeln mehr, um mit einer der richtig guten Prothesen zurechtzukommen. Es ist wahnsinnig umständlich, sie an- und wieder auszuziehen, und sie reiben die Haut wund. Eine Infektion kann ich jetzt wirklich überhaupt nicht gebrauchen.«

»Du bekommst ja noch etwas Geld von der Versicherung«, sagt Mom und vernachlässigt damit alle anderen von mir aufgeführten Argumente, wie ein Löwenbändiger, der den Rudelführer einschüchtert, damit die anderen folgen. »Heutzutage gibt es die unglaublichsten Dinge.«

»Wir können ihn wieder aufbauen, besser, als er zuvor

war. Besser, stärker, schneller«, zitiere ich sarkastisch aus der Serie *The Six Million Dollar Man*.

»Schatz, jammer, so viel du willst, ich bin immun dagegen.«

»Habe ich gejammert? Ich dachte, ich glänze hier mit meinem bionischen Witz.«

»Du bist nicht der Erste in der Familie mit dieser Art Problem. Dein Vater hat letzten Februar einen Herzschrittmacher eingesetzt bekommen. Genauer gesagt einen Kardioverter/Defibrillator gegen Herzrhythmusstörungen.«

»Wieso hat sich niemand die Mühe gemacht, mir das zu sagen?«

Sie zuckt mit den Schultern. »Ist doch keine große Sache.«

»Klar, keine große Sache. Komm, leg dich auf den Tisch und lass mich dir ein Messer in die Brust rammen, ein paar Elektroden unter deiner Haut befestigen und Drähte in dein Herz bohren.«

»Das ist ein Routineeingriff.«

»Dann bin ich *doch* der Erste in der Familie mit dieser Art Problem. Denn das hier …« Ich wedele mit dem Stumpf vor ihrem Gesicht. »Das hier ist irgendwie schon eine große Sache.«

»Genau deshalb mache ich mir Sorgen um dich, Schatz. Wenn die Dinge schlecht laufen, kippst du auch noch Brandbeschleuniger darauf.« Mom trinkt schweigend von ihrer Limonade. »Mit Alkohol würde es besser schmecken.«

Ich sage ihr lieber nicht, dass ich meine Limo bereits mit Wodka gemischt habe, ein Spritzer, den ich aus Dads Barschrank geklaut habe, als Mom gerade nicht hinsah. Als ich die Flasche zurückstellte, sah ich das Preisschild – fünf Dollar achtundneunzig – und den Namen, Fleischmann's, eine Marke, die ich ohne Mr. Jaffes Zitronen und löffelweise Zucker niemals trinken wollen würde.

»Ich weiß, es ist nicht leicht«, fährt sie fort. »Sprich mit mir. Erzähl mir alles.«

»Es ist überraschend schwierig, in der Nase zu bohren.«

Mom weigert sich, pikiert zu sein. »Darüber willst du reden? Wie man in der Nase bohrt? Gut, dann tun wir das.« Sie steht auf und geht nach drinnen.

Ich folge ihr, das Schlagen der Fliegengittertür hinter mir einst die Ankündigung vom Kommen und Gehen ihrer Kinder und jetzt nur noch ein von mir verursachtes, wütendes Geräusch.

»Im Ernst«, beharre ich, während sie sich zu dem Barschrank herunterbeugt, der ihr einmal zusammen mit Dad gehörte, und den Fleischmann's hervorholt. »An so etwas denkt man sonst nicht.«

»Nein, das stimmt.« Sie gießt eine beeindruckende Menge kaum destillierten Wodkas in ihr jungfräuliches und mein bereits beflecktes Glas.

»Versuch es mal«, fordere ich sie heraus. »Versuch mal, mit der entgegengesetzten Hand in der Nase zu bohren.«

»Du glaubst, ich würde es nicht tun?« Und schon schiebt sie ihren linken kleinen Finger in ihr rechtes Nasenloch.

»Alles ist spiegelverkehrt, nicht wahr?«, dränge ich sie. »Als ob man versucht, sich die Schuhe vor dem Spiegel zu binden.«

»Ja, ich verstehe, wo es schwierig wird«, schnaubt sie. »Es fühlt sich irgendwie verkehrt an.«

»Mit dem Zeigefinger ist es am schlimmsten.« Ich ramme ihn mir in die Nase. »Alles fühlt sich so dünn an, als könnte man sich die Nase abziehen.«

Und so findet uns Dad bei seiner Rückkehr, nasebohrend

in der Küche mit seiner Flasche Fleischmann's als unserem schuldigen Komplizen.

»Ihr habt recht«, sagt er. »In dieser Stadt war noch nie viel los.«

»Aaron hat mir gerade gezeigt, wie schwierig alles mit nur einem Arm ist.«

Schweigend holt Dad eine Kaffeetasse aus der Spüle und gießt den Rest Wodka hinein.

»Noch ein toter Soldat«, verkünde ich, als er die Flasche leert.

»Noch nicht ganz«, erinnert er mich.

Dad hat eine Theorie der relativen Leere aufgestellt, die besagt, dass jede angeblich leere Flasche immer noch elf Tropfen enthält. Über die Jahrzehnte hat er das beim Abendessen reihenweise an Hunderten von Bier-, Wein- und Schnapsflaschen nachgewiesen, unter den weit aufgerissenen Augen seiner Kinder, die sprachlos waren angesichts dieses winzigen Wunders. Manchmal strahlten wir vor Freude, wenn nur zehn Tropfen kamen und er schweigend auf den elften wartete, der irgendwann immer erschien. Wenn Dad der Meinung war, dass sich sogar noch mehr Tropfen in der Flasche befinden könnten, hielt er diese minutenlang umgedreht, auch wenn sie sich letztendlich doch als leer herausstellte. Kinder wollen glauben, dass ihre Eltern zu allem fähig sind.

»Ich dachte, wir könnten einen Happen beim Chinesen essen«, verkündet Dad, während er die leere Flasche über seine Tasse hält.

Eins.

»Ein Restaurant?« Mom schnappt übertrieben nach Luft. »Ich bin dabei.«

Zwei.

»Was ist mit deinem Freund?«, frage ich mit der Reife eines vorlauten Schuljungen.

Drei.

»Er isst mit den Jungs auf der Wache.« Mom glättet das T-Shirt über meinem Stumpf. »Und versuch nicht, mich zu provozieren. Wenn du über meinen ›Freund‹ sprechen willst, dann tu es offen.«

Vier. Fünf.

»Nein, lieber nicht.«

Sechs.

»Wie du willst.«

Sieben.

»Dein Zen wird langsam etwas nervig. Das Universum ist kein angenehmer Ort.«

Acht. Neun.

»Es ist so, wie du es wahrnimmst.«

Zehn.

»Ich will ein Universum voller armloser Wesen, in dem der Einarmige König ist.«

Elf.

»›Wollen‹ und ›Wahrnehmen‹ sind zwei verschiedene Dinge, Schatz.« Sie tätschelt mir wie früher am Billardtisch den Kopf, und ich bekomme eine Gänsehaut.

Dad hält die Flasche immer noch kopfüber, wartet auf den zwölften Tropfen, der niemals kommen wird, bevor er sie schließlich abstellt. Er trinkt und versteckt das zufriedene Lächeln hinter dem Tassenrand.

Ich bin seltsam erleichtert, dass Dad immer noch kleine Wunder wirken kann.

Glück

Dad unterzeichnet die Rechnung im Dim Sum & Then Some und steckt den Stift ein – ein persönlicher Ausgleich für die Extravaganz des aushäusigen Essens. (Im Lauf der Jahre hat er so Tausende von Stiften gesammelt, die er bündelweise daheim lagert.)

Mom bricht ihren Glückskeks auf. Als ich die Hand nach meinem ausstrecke, verfehle ich ihn. Das gemeinsame Werk von drei Tsingtaos und zwei Vicodin, die heute Abend so gewissenhaft an meiner Zurechnungsfähigkeit gearbeitet haben wie die Männer, die die Eisenbahn erbauten. Auch wenn ich die Wahrsagequalitäten eines Glückskekses bezweifle – schließlich hat mich keiner von denen vor einer einarmigen Zukunft gewarnt –, sehne ich mich dennoch nach einem kleinen bisschen Hoffnung. Stattdessen bekomme ich:

Viel Glück beim Ergebnis guter Planung

»Das ist nicht mal eine Wahrsagung, sondern … eine Art Predigt.« Ich beiße in ein Stück Keks. »Und eine zweifelhafte Aussage. War mein Pech schlechte Planung? Bin ich links abgebogen anstatt rechts, später abgefahren und nicht früher? Ist es schlechte Planung, die mich mit einem zu schnell fahrenden SUV kollidieren ließ?«

»Nur weil eine Sache wahr ist, muss das nicht heißen, dass es das Gegenteil auch ist«, sagt Dad und nimmt damit mein »Pech« beinahe schon offiziell wahr. »Hunde, die bellen, beißen nicht, heißt nicht zwingend, dass ein ruhiger Hund es nicht tun wird.«

»Wäre nicht eigentlich ›miauende Katze‹ das Gegenteil von ›bellender Hund‹?«

Mom liest ihren Kekszettel vor:

Ein Mitglied Ihrer Familie wird bald etwas tun,
auf das Sie stolz sein können.

»Da muss Jackie ran. Ich bin ein wenig erschöpft.«

»Nun, deine Schwester kommt übrigens zu Besuch.«

»Was?«

»Heißt das, du hast mich nicht gehört, oder bist du so erfreut über die Neuigkeiten, dass ich sie wiederholen soll?«

»Sie muss doch nicht extra herkommen.«

»Laut diesem Glückskeks schon.« Mom steckt sich eine Hälfte in den Mund.

Dad mustert seinen Zettel. »Was zum Teufel ist das denn?«

»Lass mal sehen …« Mom nimmt ihm das Stück Papier aus der Hand und liest laut vor:

chī(chee) – essen

»Das ist das chinesische Wort für ›essen‹. *Chee.* Siehst du, der Spruch steht auf der einen, chinesische Ausdrücke auf der anderen Seite.« Ich drehe meinen Zettel um.

kuàilè (kway-UR) – glücklich

»*Kway*-UR. ›Glücklich‹.«

»Deine Schwester kommt jedenfalls. Sie will helfen.«

»Und wie genau gedenkt sie, das zu tun?«

»Versuch bitte, nett zu sein.«

»Ich werde versuchen, *kway*-UR zu sein.« Ich entreiße Mom ihren Zettel und drehe ihn um.

»Was machst du da?«

»Chinesisch lernen.«

yīng'ér (yin-UH) – Baby

»Siehst du? Ich habe gerade einen ganzen Satz gelernt: *Kway*-UR *yin*-UH *chee.* Glücklich Baby essen. Oder vielleicht auch Essen glücklich Baby. Ja, das ist besser! Wenn ich das nächste Mal ein chinesisches Baby sehe, kann ich seinen Eltern sagen, dass sie es essen sollen. Hey, wenn ich jede Mahlzeit in den nächsten zehn Jahren hier einnehme, habe ich ein chinesisches Vokabular von … fast elftausend Wörtern. Ich könnte in der amerikanischen Botschaft in Peking arbeiten oder für eine Computerfirma, die von Kinderarbeitern beliefert wird.«

Dad hat bereits seine Jacke angezogen und ist auf dem Weg zum Ausgang.

Als der Kellner kommt, um die Rechnung zu holen, sage ich zu ihm: »Dieser Mann hat Ihren Stift gestohlen.«

Am nächsten Morgen klettere ich die Dachbodentreppe nach unten, die mit jedem Mal leichter zu bewältigen ist, auch wenn ich nicht ganz ausblenden kann, dass ich jederzeit fallen und mir eins meiner drei verbliebenen nützlichen Gliedmaßen brechen könnte.

Ich bin nicht überrascht, als ich Mom und Dad in der Küche beim Frühstück antreffe. Mitten in der Nacht wurde ich von Grunzen und anderen Geräuschen wach, die nach einem Kampf klangen. Ein Einbruch vielleicht, und natürlich hätten die Angreifer keine Ahnung, dass sich ein einarmiger Mann auf dem Dachboden befand. Während ich noch überlegte, ob ich nach unten stürzen und mich im selben Blutbad niedermetzeln lassen sollte, dem mein Vater wahrscheinlich gerade zum Opfer fiel, erkannte ich, dass die Laute eher einvernehmlich klangen. Meine Eltern haben Sex, dämmerte es mir. Es hätte kaum schlimmer sein können, wenn ich sie als Zehnjähriger dabei ertappt und nicht verstanden hätte, warum Dad so aggressiv gegenüber Mom war.

Mom tätschelt Dads Hand am Frühstückstisch, eine rührend beiläufige Geste, bei der ich mich frage, wie Dad jemals gegen einen Feuerwehrmann verlieren konnte, selbst gegen einen, der auf dem Februarkalenderblatt nur einen Helm und einen falschen Abraham-Lincoln-Bart trägt.

»Ich wusste nicht, dass du über Nacht bleibst.« Ich lasse mich auf einen Stuhl fallen.

»Ja, ich bin ›über Nacht geblieben‹.« Mom grinst mich über den Rand ihrer Kaffeetasse an. »Das tue ich ab und zu. Du solltest dir ein nettes Mädchen suchen, bei dem du auch mal ›über Nacht bleiben‹ kannst.«

»Okay, wir müssen nicht weiter um den heißen Brei herumreden.«

»Sex war nie ein Problem zwischen deinem Vater und mir.«

Dad vergräbt die Nase so tief in seiner Müslischüssel, als hoffte er, *sie* möge ihn essen.

»Wie findet das dein Feuerwehrmann?«

»›Brandbekämpfer‹ ist ihnen lieber«, korrigiert mich Mom sanft. »Wir haben eine Vereinbarung.«

»Dad, wie siehst du das?«

»Was kümmert es mich? Wir sind nicht mehr zusammen. Außer wenn wir zusammen sind.«

»Und dann ist kein Feuerwehrmann dabei.«

»Brandbekämpfer«, erinnere ich Mom.

Sie erdolcht einen Stapel Frikadellen mit der Gabel und wirft mir einen brennenden Blick zu, der besagt, dass ich sie immer noch reizen kann, auch wenn ich das vielleicht nicht unbedingt tun sollte.

»Ich werde mal Ali füttern«, sagt sie und geht aus der Küche.

Dad schiebt mir die Schachtel mit den Frühstücksflocken vor die Nase. »Hier, iss was. Wir haben keinen Fleischmann's mehr.«

Ich schütte mir etwas in eine Schüssel, und wir essen schweigend, untermalt von den gurrenden Geräuschen und dem leisen Plätschern aus der Badewanne im oberen Stockwerk.

»Mom sagt, du hättest einen Herzschrittmacher bekommen?«

»Hat sie? Nun ja, keine große Sache«, antwortet Dad, den Mund voll Flocken.

»Das hat sie auch gesagt.«

»Was ist mit dir? Hast du gut geschlafen?«

»Ja, ging schon«, erwidere ich, obwohl ich mich überhaupt nicht daran erinnern kann, wie ich geschlafen habe.

»Sedierung ist kein Schlaf«, er schluckt, »sondern induzierte Lähmung und Gedächtnisverlust. Keine Erholung. Und ›wieder zu sich kommen‹ bedeutet nicht dasselbe wie aufwachen.«

»Wer sagt, dass ich sediert war?«

»Wem willst du hier etwas vormachen? Ich wusste immer, wenn du in der Highschool high warst. Glasige Augen, debiles Grinsen. Du dachtest, du wärst lustig. Wie gestern Abend, aber das warst du nicht.«

»Es tut mir leid. Ich habe nur Spaß gemacht.«

»Du warst ein Idiot auf Drogen. Was nimmst du – Oxycodon? Vicodin? Oder, Gott steh uns bei, irgendeinen selbst zusammengemischten Medikamentencocktail?«

»Ich soll also tapfer sein und mich durchbeißen?« Ich stehe auf und schlage mit der Handfläche auf den Tisch. »In diesem Moment spüre ich meine *beiden* Hände vor mir auf dieser Tischplatte. Nur dass die linke aus heißen Nadeln besteht.« Ich nehme ein Messer und steche auf die fehlende Hand ein, bis die Klinge stecken bleibt.

Dad starrt sie an. »Ich wollte medizinisches Marihuana vorschlagen«, sagt er leise. »Anstelle des ganzen Chemiemists. Weber nimmt es auch. Gegen seine furchtbare Arthritis, die ihn nicht schlafen lässt.«

»Ich soll Pot rauchen?«

»Wäre auf jeden Fall besser als der Pillencocktail.«

»Das mit dem Tisch tut mir leid«, flüstere ich.

»Ich glaube, dein Arzt von früher ist noch in der Stadt. Ich kann dich hinbringen, dann kannst du dir ein Rezept besorgen.«

»Dr. Mittman ist Kinderarzt.«

Dad zuckt mit den Schultern, ein stummes »Na und?«, als Mom von der Alligatorfütterung zurückkehrt. Ohne ein Wort zieht sie die Klinge mit der Gewandtheit eines Messerwerfers aus der Tischplatte und legt sie in die Spüle.

Patienten

Ich bin mit Abstand der größte Patient in Dr. Mittmans Wartezimmer, und Dad ist bei weitem das älteste Elternteil. Extreme, die in anderen Kulturen vielleicht Ehrfurcht oder Respekt hervorrufen würden, doch wir wirken auf die anderen anwesenden Kinder und Eltern einfach nur seltsam.

Beim einhändigen Durchblättern einer Ausgabe von *Sports Illustrated Kids* will ich allerdings trotzdem wissen, ob LeBron James schneller als ein Strauß rennen kann. Dad dagegen hat gerade Clowngesichtblumen in einer Ausgabe von *Highlights* gefunden. Ohne Zweifel hätte er noch mehr großartige Entdeckungen gemacht, doch dann werden wir aufgerufen.

Dr. Mittman war wahrscheinlich in den Dreißigern, als ich ihn das letzte Mal sah, weshalb er jetzt Mitte sechzig sein muss. Ich frage mich, wie sein Leben in der Zwischenzeit verlaufen ist; so wie er sich fragen muss, was mit meinem Arm geschehen ist. Wie jeder gute Kinderarzt wendet er sich in dieser Angelegenheit an meinen Vater.

»Autounfall«, erwidert dieser und gibt damit einem Dritten gegenüber zu, was er bei mir noch nicht ein einziges Mal angesprochen hat. »Schrecklich. Die Knochen waren zu zertrümmert und die Arterien zu zerrissen, als dass man den Arm hätte retten können.«

Dr. Mittman misst den Puls an meinem Handgelenk. »Hat er Schmerzen?«

»Ja, starke, fürchte ich. Er nimmt Vicodin.«

»Ich bin auch noch hier«, verkünde ich.

Der Arzt steckt mir ein Thermometer unter die Zunge.

»Wie lange nimmt er das schon? Man muss sehr vorsichtig mit dem Zeug sein. Es wurde wegen seiner suchterzeugenden Eigenschaften gerade erst als Schedule-II-Medikament eingestuft.«

»Wir hoffen, auf medizinisches Marihuana umsteigen zu können. Davon habe ich nur Gutes gehört.«

»Möglich«, überlegt Dr. Mittman und betastet die Tränensäcke unter meinen Augen. »Allerdings ist es nicht ganz einfach, die richtige Dosierung zu finden.« Er holt das Thermometer aus meinem Mund und überprüft es. »Keine Temperatur. Das ist gut. Wir müssen auf Anzeichen für eine Infektion achten. Schläft er?«

Bevor ich ihm antworten kann, drückt er meine Zunge mit einem Spatel nach unten. »Aaaah …«

»Viel, aber oft unter Tags.«

»Das kann ein Zeichen dafür sein, dass er in der Nacht nicht genügend Schlaf bekommt.« Er tastet die Lymphdrüsen an meinem Hals ab. »Medizinisches Marihuana könnte auch dabei helfen.«

Er beendet die Untersuchung und gibt mir einen Lolli.

»Total zudröhnen darf er sich allerdings nicht«, wendet Dad ein. »Er muss wach sein, wenn er wieder in die Schule geht.« Bevor Dr. Mittman fragen kann: »In welcher Klasse ist er denn?«, erklärt Dad: »Er ist Lehrer.«

Ich stecke mir den Lutscher in den Mund und baumele mit den Beinen, während Dr. Mittman Dad die Vorteile von medizinischem Marihuana auflistet. Es gibt verschiedene Arten, die extra für die diversen Anwendungsgebiete gezüchtet wurden – Bekämpfung von Schmerzen, Angst, Übelkeit, Schlaflosigkeit und andere Krankheiten. Es gibt sogar Sorten, die einen wach und aufmerksam machen.

Auf dem Weg durch das Wartezimmer zum Ausgang unterdrücke ich den Impuls, die anderen Kinder abzuklatschen, als ich mit dem Potrezept in der Hemdtasche an ihnen vorbeigehe.

Dad fährt mich zu The Hemp Collective, kurz THC, das praktischerweise in der Nähe der fünf Ecken liegt, an denen das Four Courners beheimatet ist. Er kann also einen Kaffee mit seinen Kumpels trinken, während ich mich in diesem wundersamen Warenhaus bewusstseinserweiternder Substanzen verlustiere.

Der schäbige, enge Vorraum, den ich wegen der Sicherheitskontrolle durchqueren muss, bereitet einen nicht auf die Wunder vor, die einen dahinter erwarten. In Auslagekästen und auf Regalen stehen Dutzende von großen Gläsern, in denen man Gehirne aufbewahren könnte (auf einem steht sogar »Abby Normal«, ein Verweis auf Mel Brooks' *Young Frankenstein*). Stattdessen enthalten sie jedoch eine Reihe von stechend riechenden, farbenfrohen Marihuanablüten. An einer anderen Wand befindet sich eine weitere Auslage, die wie ein Minigewächshaus aussieht und in der kleine Hanfpflanzen unter LED-Wärmelichtern knospen. Gegenüber steht ein Schaukasten, der die verschiedenen »Arten, die Medizin einzunehmen« veranschaulicht, wie mir der bärtige Gärtner erklärt, also Pfeifen, Bongs und Verdampfer. Hinter dem Tresen rollen einige Angestellte pflichtbewusst Joints, andere wiegen und sortieren dicke Bündel Marihuana. Sie sind sachkundig, eifrig und höflich, mit der Effizienz eines Apothekers und dem Elan eines Sommeliers. Im Handumdrehen weist man mich in die süße Wissenschaft medizinischen Marihuanas ein:

- Es gibt zwei Varianten von Hanf, *cannabis sativa* und *cannabis indica,* sowie Hybride von beiden:
- *Cannabis sativa* beeinflusst das Gehirn und das zentrale Nervensystem und kann Angst, Depression und chronischen Schmerz lindern.
- *Cannabis indica* wirkt vor allem auf den Körper und das Muskelsystem und wird in erster Linie bei akutem Schmerz, zur Sedierung, gegen Übelkeit und als Muskelrelaxans eingesetzt.
- Es gibt Übersichten mit verschiedenen Sorten medizinischem Marihuana, die Kush Hour heißen, Marley's Ghost, Brainspotting sowie das offensichtlich keinen Rechtsstreit fürchtende Skywalker.
- Man kann es gleich so rauchen, in Wasser kühlen oder verdampfen.
- Es ist in verzehrbarer Form erhältlich, von Keksen bis zu Softdrinks, über Biopulver, das man wie Kakao trinken kann, bis hin zu köstlichen Käsecrackern in Goldfischform; außerdem gibt es Marihuanabutter, die man aufs Brot schmieren kann, eine THC-Soße für Steaks oder angereichertes Olivenöl für den Salat.
- Man kann es sogar wie Lipgloss auftragen oder als Lotion auf einen schmerzenden Nacken.
- Die Läden bieten Geschenke beim ersten Besuch an, *werden jeden Preis noch unterbieten,* von Montag bis Freitag zwischen zwei und vier gibt es innerhalb einer Happy Hour zehn Prozent Rabatt, und bei jeder »Spende« kann man ein Glücksrad drehen und etwas gewinnen (da man ein Betäubungsmittel nicht einfach so weitergeben darf).
- Es gibt diverses Marihuana-Merchandise zu kaufen, für den persönlichen Gebrauch oder als Geschenk, T-Shirts, Kapuzenpullover und Mützen, Tassen, Mousepads und

Nummernschildhalter. (Letzteres könnte allerdings zu genauerer Inspektion einladen. Und wie ein Verkehrspolizist auf einen an den Straßenrand gebetenen Fahrer reagiert, der eine Cannabismütze sowie einen dementsprechenden Kapuzenpullover trägt und aus einer ebensolchen Tasse trinkt, kann ich mir nur allzu gut vorstellen.)

Auf der Fahrt nach Hause drücke ich den Hanfbeutel mit meiner neuen Bong, der Glaspfeife, dem tragbaren Verdampfer, der Butanfackel, den gerollten Joints und einer Auswahl an fetten, goldenen Knospen so fest gegen meine Brust wie ein Junge, der gerade ein lang ersehntes Weihnachtsgeschenk bekommen hat.

»Versprich mir, dass ich das nicht bereuen werde.«

»Du kannst nicht das bereuen, was du tust, sondern nur das, was du nicht tust«, belehre ich Dad und bereue sofort, es nicht mit Yodas verdrehter Grammatik ausgedrückt zu haben.

»Wortklauberei«, knurrt Dad. »Man kann jede Entscheidung negativ formulieren. ›Ich bedauere, Kinder zu haben‹ kann man genauso mit ›Ich bedauere, nicht kinderlos geblieben zu sein‹ ausdrücken.«

»Ich habe dir das gekauft«, sage ich und setze ihm ein Truckercap mit einem riesigen Hanfblatt darauf auf. »Aber warte mal … Bereust du es etwa, Kinder bekommen zu haben?«

»Nur. Gerade. Jetzt.«

DINGE, DIE MAN STONED NICHT MIT EINEM ARM TUN KANN

- Einen Joint rollen
- Eine Büchse Thunfisch öffnen
- Eine Bong halten und anzünden
- Eine Flasche Wein entkorken
- Samen auf einer LP säubern
- Ein Turbobier trinken
- Noch mehr Schwarzlichtposter aufhängen
- Einen Nüchternheitstest bestehen, indem man seine Nase mit beiden Händen berührt
- Ein großes Backblech mit Brownies aus dem Ofen holen
- Masturbieren und gleichzeitig eine Zeitschrift halten
- Gefrorene Eiscreme essen
- Einem Alligator das Maul zuhalten*
- Ein Erdnussbuttersandwich machen

*Ich weiß nicht genau, warum ich das versucht habe, aber es hätte mich beinahe meine verbliebene Hand gekostet. Der benebelte Geisteszustand und die mangelnde Koordination, die das Kiffen mit sich bringen, machen bereits im nüchternen Zustand schwierige Handgriffe unmöglich. Ganz zu schweigen vom Urteilsvermögen. Andererseits ist es einem dann irgendwie auch ziemlich egal.

Jackie

Da ich sonst nichts Besseres zu tun habe, teste ich in den nächsten Tagen verschiedene Sorten Marihuana und bewerte die Wirksamkeit anhand der Skala von Jackies Retro-Schwarzlichtposter mit den sechs »Stoned Agin«-Bildern, auf denen das Gesicht eines Mannes immer mehr zerfließt.

Das »Körperhoch« des *indica* wirkt ungefähr auf dem Level von Gesicht zwei, das ein wenig zu verschwimmen beginnt. Das *sativa* – das eher ein »Kopfhoch« hervorruft – ist stärker. Im Moment bin ich deutlich weniger bekifft als das letzte Gesicht in der Reihe, jedoch gefährlich nahe an Bild fünf. Mein Ziel ist es, beständig zwischen Gesicht drei und vier zu schweben, also schon richtig stoned zu sein, aber auf keinen Fall so daneben wie Bild sechs, auf dem die Augen aus dem Kopf fließen und dieser in sich zusammengesunken ist. (Das angenehme Surren von Bild eins kann ich so schnell überspringen wie eine Pfütze auf dem Weg.) Ich ertappe mich auch dabei, wie ich wie eine Katze fasziniert mein eigenes Spiegelbild betrachte und von solch klugen Einsichten überwältigt werde wie: »Ich habe nur einen Arm, aber trotzdem zwei Achselhöhlen«, und dass ich bei einem Herzinfarkt die Symptome nicht in meinem linken Arm spüren würde wie Pa Kent in *Superman – Der Film.*

Es wäre vollkommen abwegig zu glauben, dass ich in diesem ständig zugedröhnten Zustand einem Job nachgehen könnte. Selbst wenn es eine untergeordnete Arbeit gibt, die man einhändig erledigen kann, wäre mir das Risiko, dabei in irgendeine mahlende Fabrikmaschine zu fallen, zu hoch. Und da ich mich im Moment so leicht ablenken lasse, kann ich mir auch nicht vorstellen, eine ganze Unterrichtsstunde in meinem alten Job als Lehrer durchzustehen, geschweige denn einen ganzen Tag.

Vor dem Haus hupt Dad ungeduldig und erinnert mich daran, dass er auf mich wartet, während ich gerade nach oben gegangen bin, um … was auch immer zu holen. Jetzt muss es ohne gehen.

Ich stolpere nach draußen zum Auto. Die Fahrt verläuft schweigend, und das Klingeln in meinen Ohren ist dadurch noch lauter, weshalb ich das Radio einschalte und darauf warte, dass mir Sunny Lee etwas erzählt, das ich noch nicht wusste oder woran ich nie gedacht hätte. Zum Beispiel von der Beschaffenheit von Seife oder der Anatomie von Bäumen oder dem geheimen Leben eines Kamels. Oder, in diesem Fall, von einem Katzendarm.

Jeder Teenagerjunge möchte ein Gitarrengott sein … aber hat er das auch in sich? Hier spricht Sunny Lee mit The Sunny Side.

Saiteninstrumente werden mit etwas bespannt, das sich »Katgut« nennt, Katzendarm – jedoch nichts mit Katzen zu tun hat. Doch bevor ihr Tierfreunde euch jetzt entspannt zurücklehnt, Katgut wird traditionell hergestellt aus … anderen Tierdärmen – meistens aus Schaf oder Ziege, aber auch aus Kuh, Schwein, Pferd oder Maultier. Die Därme werden von Fett gereinigt und anschließend erst in Wasser und dann in Lauge eingeweicht, bevor sie langgezogen und zu Strängen von einem bestimmten Durchmesser gedreht, getrocknet und poliert werden. Wer hätte gedacht, dass Gedärme so widerstandsfähig

sein können. Vielleicht kommt daher der Ausdruck »er hat es in sich« als Synonym für Stärke.
Für die meisten heutzutage produzierten Instrumente werden Saiten aus synthetischen Materialien wie Stahl oder Polymer benutzt, auch wenn Darmsaiten bei vielen Klassikspezialisten und Barockmusikern nach wie vor sehr beliebt sind. Mit diesem Wissen wird mein nächstes klassisches Konzert sicher ein bisschen … schwerer zu verdauen sein.

Ich stelle mir vor, der junge Gitarrengott zu sein, von dem Sunny gesprochen hat, der mit der rechten Hand auf Stahlsaiten eindrischt und gleichzeitig mit der linken den Gitarrenhals auf- und abfährt – ein Akt der Verführung, dem keine Frau widerstehen kann. Ich will ein Leben mit Groupies für eine treue Beziehung mit Sunny hinter mir lassen, in die ich mich jedes Mal, wenn ich ihre Stimme höre, noch ein bisschen mehr verliebe.

Vollkommen versunken in meine amourösen, zweihändigen Fantasien habe ich nicht gehört, was Dad gerade gesagt hat, sondern nur das vertraute Seufzen gefolgt von Schweigen – der universelle Ausdruck des Missfallens aller Väter dieser Welt.

Bis zum Flughafen Decatur sind es hundertzwanzig Kilometer, und die Formbarkeit der Zeit unter dem Einfluss verschiedener Drogen lässt mich jede lange Minute der dreistündigen Fahrt spüren. Gegen Dads Wunsch experimentiere ich weiterhin mit Vicodin und habe dabei bemerkt, dass eine ungerade Anzahl der Pillen einen negativen Effekt zu haben scheint: zwei sind perfekt, aber von drei oder einer wird mir schlecht. Mit vier Pillen kann ich mein Sichtfeld extrem auf einen Punkt fokussieren. Es fühlt sich an, als würde ich durch ein Blendenloch sehen, um das herum alles verschwommen ist. Das ist nützlich, wenn ich mich nur auf einzelne Dinge konzentrieren will, wie eine schöne Frau, oder wenn meine Umwelt, wie jetzt, um mich herum verschwinden soll.

Jackie ist aus Kalifornien eingeflogen und bricht bei meinem Anblick in Tränen aus. So zieht sie die Aufmerksamkeit aller Umstehenden auf mich, als hätte ich sie mit meinem guten Arm geschlagen.

Ich ziehe Jackie eng an mich und flüstere: »Na, na.«

»Na, was?«, schnieft sie, und wir müssen beide lachen, wovon sie noch mehr weinen muss.

Währenddessen beobachte ich hinter ihr einen Barista, der sich an einer Espressomaschine zu schaffen macht, einen Gepäckträger, der Koffer von einem Wagen ablädt, und einen Securitybeamten, der einen Reisenden mit beiden Händen abtastet. Drei weitere Jobs, die ich nie werde ausüben können.

Dad steht so weit von uns und unserem Gefühlssturm entfernt, dass er auch ohne Vicodin zu einem kleinen Punkt zusammengeschrumpft ist.

»Daddy!« Jackie läuft zu ihm, wirft ihm die Arme um den Hals und weint schon wieder.

»Warum weinst du denn?«, rufe ich ihr hinterher. »Er hat doch zwei Arme.«

»Das muss der Jetlag sein«, seufzt Jackie, als wir nach draußen zum Auto gehen.

»Hey, Kumpel.« Die Begrüßung ihres Mannes Steve klingt nicht gerade sympathisch. »Gehst du mir mal mit dem Gepäck zur Hand?«

Ich drehe mich zu ihm um. »Wie bitte?«

»Nur ein Spaß!« Er verspritzt Speichel beim Lachen. »Hey, sollen wir es etwa ignorieren? Wäre es nicht schlimmer, wenn wir so täten, als sei nichts passiert? Wir können doch über alles reden.«

»Vielleicht sollten wir uns auf einen Mittelweg einigen.«

Als Jackie damals von Paris nach Los Angeles zog, fürchtete ich, dass sie irgendein reiches Arschloch aus der Unterhaltungsbranche heiraten würde. Stattdessen hat sie sich ein vollkommen anderes Arschloch ausgesucht, eines ohne die ausgleichende Eigenschaft monetären Erfolges. Steve ist groß, schlank und dumm. Als ob ein gottgleiches Wesen einen durchschnittlich großen Mann genommen und ihn in die Länge gezogen hätte, wobei der Kopf jedoch leider ein bisschen Schaden genommen hat. Im Vergleich zu Jackies Typ-A-Persönlichkeit fällt er noch weiter im Alphabet zurück, vielleicht nicht ganz bis auf Z, aber mindestens bis auf U oder V, wie eine nicht mehr hörbare Frequenz. Es ist vollkommen unklar, was die beiden aneinander finden – Gegensätze ziehen sich an, fügen sich wie ein Puzzle ineinander, nicht verarbeitete Probleme aus der Kindheit, die das Selbstbewusstsein des einen unterdrücken, während sie beim anderen blind für dessen wahres hirnloses Selbst sind. Wenn Liebe ein Rätsel ist, dann sind diese beiden Wissenschaftler, die in Stonehenge graben wollen und auf den Osterinseln die Sphinx finden.

Im Auto setzt sich Steve hinter Dad und weigert sich weiterzurutschen, damit Jackie und ich uns auf der langen Fahrt nach Hause besser unterhalten können. Während Jackie um das Auto herum zur anderen Seite geht, denke ich, dass Steves Einstellung zu Kooperation keine besonders kooperative ist.

Wir halten an, um den Parkplatzwächter zu bezahlen,

der, wie mir auffällt, das Geld mit der linken Hand entgegennimmt.

Nachdem die Gebühr entrichtet ist, schaltet Dad auf »Fahren« und rast mit einer Geschwindigkeit auf die Straße zu, die uns alle in die Sitze drückt. Das hier ist kein Lincoln Mark IV, doch Dad scheint erpicht darauf zu sein, alles aus seinem Wagen herauszuholen, damit wir vier so wenig Zeit wie möglich eingesperrt zusammen verbringen.

Zwanzig Minuten später lässt mein Medikamentennebel nach, was das Abtauchen in seliges Vergessen erschwert, weshalb ich das seit neunzehn Minuten andauernde unangenehme Schweigen breche.

»Und, wie läuft es im sonnigen Kalifornien?« Himmel, ich klinge wie irgendein Onkel.

»Viel zu tun!«, kreischt Jackie, wieder in ihrem üblichen Zustand angespannter Hektik. »Es hört nie auf. Ich habe keine Sekunde für mich.«

Jackie ist Marketingdirektorin in einem Jenga-artig vertikal integrierten internationalen Firmenkonglomerat, das Zahnpasta, Seife, Deodorant, Shampoo, Windeln, Reinigungsmittel und Rasierklingen verkauft. Produkte, die in der zivilisierten Welt unentbehrlich geworden sind, auch wenn wir es im Gemetzel einer postapokalyptischen Dystopie ohne sie schaffen würden (in der ich all diese Dinge wahrscheinlich gegen eine ordentliche Rolle Klopapier eintauschen würde). Ich stelle mir vor, dass sie ihren Tag wie ein Comicoktopus verbringt, der einen Fischbabykindergarten leitet.

»Ich habe auch alle Hand voll zu tun«, antworte ich, und Dad tritt noch stärker aufs Gaspedal.

Steve lässt lange genug von seinem Smartphone ab, um zu fragen: »Können wir mal anhalten?«

»Ich würde die Fahrt lieber nicht unterbrechen«, sagt Dad, der die Trägheit eines ruhenden Körpers zu fürchten scheint.

»Ich müsste mal das Monster trockenlegen«, beharrt Steve, weshalb Dad beim nächsten Rastplatz abfährt und hinter dem Steuer sitzen bleibt mit der Geduld eines Indycar-Fahrers, dessen Crew endlich die neue Reifen montieren soll.

Jackie und ich steigen aus und lehnen uns, sie bei meinem guten Arm eingehakt, gegen den Wagen, während Dad immer wieder den Motor aufheulen lässt.

»Wirklich? ›Das Monster trockenlegen‹?«

»Frag nicht«, warnt sie mich. »Ich habe es schon zehntausend Mal gehört, und jedes Mal ist es wie Nägel auf einer Tafel.«

»Du weißt schon, dass wir heutzutage keine Tafeln mehr benutzen, nicht wahr? Auch wenn ich zugeben muss, dass ›Nägel auf einem Whiteboard‹ längst nicht so gut klingt.«

»Glaubst du, du wirst in den Unterricht zurückkehren?«

»Schwer zu sagen«, sage ich ohne Schwierigkeiten, weil ich weiß, dass ich das nicht tun werde. Nicht dass ich bereit wäre, mich einer unsicheren Zukunft zu stellen, sondern realistisch genug, um zu wissen, dass jeder Versuch, wieder der zu werden, der ich einmal war, der Erniedrigung eines Baseballspielers gleichkommen würde, der am Old-Timers' Day alles zu geben versucht.

»Hast du schon überlegt, was du stattdessen machen könntest?«

»Allein in der letzten halben Stunde habe ich Barista ausgeschlossen, Gepäckträger, Securitybeamter, Parkplatzwächter und Chauffeur.«

Steve kommt mit zufriedenem Gesichtsausdruck und einem Sixpack Bier zurück. Bevor er einsteigen kann, stürzt sich Jackie auf seinen Platz hinter Dad, ein wenig zu erfreut über ihren kleinen Sieg.

Blitzschnell sind wir zurück auf der Straße, um die Verzögerung aufzuholen, und Steve öffnet ein Bier mit dem Flaschenöffner, den er wie eine Dummheitsmedaille an seinem Schlüsselring trägt.

»Hey! Eine offene Flasche Alkohol im Auto ist gegen das Gesetz!«, erhebt Dad Einspruch.

»Achtzig in einer Fünfundsechzigerzone auch«, entgegnet Steve, und als wäre das die Lösung für unser Problem, beschleunigt Dad auf fünfundachtzig.

Drei Biere später sind wir daheim.

Bis auf die jährlichen Feiertage, die wir beide nach Möglichkeit vermieden haben, haben Jackie und ich als Erwachsene nie gemeinsam zu Hause gewohnt. Als ich fünfzehn war, ging sie aufs College; als sie ihren Abschluss gemacht hatte und nach Hause zurückkehrte, war ich bereits ausgezogen, und als ich vom College zurückkam, lebte Jackie schon einige Zeit in Kalifornien. Dreitausend Kilometer und fünfundzwanzig Jahre sind ganz schön viel Abstand zueinander. Unsere zwischenmenschliche Beziehung ist auf dem Stand von Teenagern, eingeschlossen wie ein Insekt in Bernstein.

Auch deshalb ist Steve eine solche Enttäuschung. In der Highschool hatte Jackie eine Reihe cooler Freunde, die vorgaben, mich zu tolerieren, in dem Glauben, es würde an den primitiven Aufzuchtreflex appellieren, der laut dem Gesundheitsunterricht in der Schule bei rätselhaften weiblichen Wesen zu erwarten war. Ein Senior, mit dem sie mal zusammen war, klatschte mich im Schulgang sogar ab, und nicht einmal der Gruß – »Hey, kleiner Mann« – konnte diese Haut-zu-Haut-Übertragung von Coolness entzaubern.

»Ist mein Zimmer noch so wie früher?«, fragt Jackie, als wir durch die unverschlossene Haustür treten.

»Nur wenn es schon damals ein Lagerraum war«, warne ich sie. »Ihr schlaft in Dads Zimmer. Er ist auf den Dachboden gezogen.«

Jackie schlendert durch den Flur und betrachtet zerstreut die Bilder an der Wand. Sie wirkt ein bisschen wie ein Amnesiepatient, der versucht, sich an den möglichen Zusammenhang zwischen ihm und diesen Dingen zu erinnern.

»Muss mal das Monster trockenlegen«, sagt Steve grinsend, als wäre es das erste Mal. »Wo ist denn die Toilette?«

»Gleich oben am Treppenabsatz«, antworte ich lächelnd.

Steve folgt Dad nach oben und trägt pflichtbewusst das Gepäck.

Ich zähle bis fünf, bis …

»Gottverdammte Scheiße!«

Jackie eilt aus dem Flur herbei. »Hast du ihm von Ali erzählt?«

»Habe ich vergessen«, erwidere ich grinsend.

»Ob mit einem Arm oder zwei, du bist immer noch ein Idiot.« Sie rennt nach oben, als Steve gerade rückwärts aus dem Bad stolpert, die Hose um die Knöchel schlackernd.

»*Kway*-UR, dass du wieder da bist.«

Jackie und Steve sind »erschöpft« von der Reise und müssen sich hinlegen, trotz der Tatsache, dass es laut ihrer inneren Westküstenuhren eigentlich erst zwei Uhr nachmittags ist. Dad und ich machen es uns gerade vor dem Fernseher gemütlich, als wir kurz darauf die unmissverständlichen Geräusche unbeholfenen Geschlechtsverkehrs über uns hören, und ich denke, Steve ist kein Mann, der einfach nicht die Finger von seiner Frau lassen kann. Dieser Mann genießt das Unbehagen, das er ganz bewusst mit jedem Stoß in die Tochter des Mannes erzeugt, in dessen Bett er gerade herumstößt.

»Wir haben keinen Fleischmann's mehr«, verkündet Dad, greift nach seiner Jacke und verschwindet.

Als die beiden Stunden später wieder auftauchen, grinst mich Steve stolz mit erhobener Augenbraue und einem wissenden Nicken an, als ob das Vögeln meiner Schwester im Bett meines Vaters genau das verbindende Element sei, das unserer Beziehung noch gefehlt hat. Doch seine Miene ändert sich schlagartig, als er merkt, was ich gerade tue – Dads Alligator mit übrig gebliebenen Hähnchenschlegeln füttern –, und er geht rasch die Treppe nach unten.

Jackie kommt herein und kauert sich neben mich. Während sie Ali streichelt, meidet sie meinen Blick so angestrengt, wie Steve ihn vorher gesucht hat.

»Hot Wings?«, schnaubt sie.

»Hähnchenschlegel«, korrigiere ich sie. »Ich habe die scharfe Soße abgewaschen. Sie sollten einfach nur nach Hähnchen schmecken – so wie Ali, wenn man's genauer bedenkt.«

»Himmel, hier drin stinkt es.«

»Sch, er kann dich hören ...«

»Ich kann nicht glauben, wie groß er geworden ist.«

»Einen Meter zwanzig friedlicher Alligator«, schwärme ich. »Aber das musst du Steve nicht unbedingt erzählen. Seine gesunde Furcht vor dem Tier lässt mich als Einziges glauben, dass er doch nicht so dumm ist.«

»Du musst Steve nicht mögen ...«

»Okay, super, wenn da kein Druck dahinter ist!«

»Aber du musst ihn auch nicht hassen.«

Auch wenn sie den Blick weiterhin abgewandt hat, sehe ich die Tränen, die in ihren Augen schimmern, und zum ersten Mal seit dem Unfall habe ich Mitgefühl mit einem anderen Menschen außer mir. »Ich richte mich auf irgendetwas dazwischen ein.«

Sie dreht sich zu mir und lächelt. »Das wäre schön. Wir machen gerade eine schwierige Zeit durch. Er hat es nicht leicht in der Arbeit.«

Steve ist Ableser für den Energieversorger PG&E, ein Job, der im einundzwanzigsten Jahrhundert genauso unnötig erscheint wie Milchmann, Lampenanzünder oder Sextantbediener. Ich sollte ihre »schwierige Zeit« respektieren und nichts dazu sagen, aber ich kann mich natürlich nicht beherrschen.

»Er fährt herum und liest Stromzähler ab. Stell dir vor, dein Telefonanbieter würde jemanden schicken, der daheim jeden Monat auf dein Telefon schaut und abliest, wie viele Minuten du verbraucht hast, bevor er die Rechnung stellt. Ganz schön nutzloser Job.«

Die Tränen in ihren Augen gefrieren unter ihrem eisigen Blick.

Klugerweise rudere ich ein wenig zurück. »Ich sage nur, dass ich weiß, wie sich Nutzlosigkeit anfühlt.«

Ihr Blick wird weicher. Es ist schwer, meinem Status als Mitleidsobjekt etwas entgegenzusetzen, eine wunderbare Macht, die ich wohl besser für etwas Gutes einsetzen sollte, nicht das Gegenteil, doch ich weiß, dass ich sie wie ein Bauer melken werde.

»Steve bleibt hier und macht ein Nickerchen«, heitert sie mich auf. »Ich dachte, wir drei könnten etwas essen gehen, du, ich und Dad.«

»Für zwei von uns wird es sicher nett. Hey, willst du vor dem Essen was rauchen und auf dein Schwarzlichtposter starren?«

Einen halben Joint Grandmaster Stash später muss Dad uns von dem Poster auf dem Dachboden wegziehen, und wir kichern auf dem gesamten Weg zum Dim Sum & Then Some, wo Jackie und ich viel zu viel bestellen und trotzdem irgendwie alles aufessen. Dad bezahlt die Rechnung und steckt den Stift ein.

Als wir das Lokal verlassen, hakt sich Jackie wieder bei meinem guten Arm ein, drückt sich eng an mich und lässt mich erst los, als wir wieder daheim sind.

Schlafprobleme

Jackie muss sich hinlegen, und ich gehe in die Küche. Dad schläft im Schein des Fernsehers, ins bläuliche Licht ungesehener Sporthighlights getaucht. Ich ziehe die Gefrierfachtür auf und sehe Caramel-Swirl-Crunch-Eis, das mich sofort in seinen Bann zieht. Ich stelle die Box auf den Tresen und wühle in der Besteckschublade nach einem angemessenen Werkzeug, um mir die gewirbelte, knusprige Herrlichkeit einzuverleiben, und entscheide mich für die Löffelhälfte eines riesigen Salatbestecks. Ich stelle die Box in eine Schublade und schließe sie, quetsche das Eis ein, um den Deckel besser abziehen zu können, als Steve in die Küche schlurft.

»Kann nicht schlafen. Total durcheinander vom Zeitunterschied. Gib her.«

Er nimmt mir sanft die Eiscremebox weg, stellt sie in die Mikrowelle und stellt zweiundzwanzig Sekunden ein, was wohl eine weitere Arbeitsersparnis ist (sein Finger kann die Nummer zwei zweimal drücken, ohne sich nach unten zur Null bewegen zu müssen, was bei zwanzig Sekunden notwendig wäre). Steve beobachtet erschöpft, wie sich das sowieso schon gewirbelte Dessert noch weiter dreht, und ich denke mir, dass er eine sehr viel angenehmere Gesellschaft wäre, wenn er jeden Tag vom Jetlag geplagt wäre.

Die Mikrowelle piept, und kurz darauf sitzen wir uns am Küchentresen gegenüber und löffeln Eiscreme.

»Wenn du was von dem medizinischen Marihuana verkaufen willst, nur zu.«

(Aha, daher weht der Wind.)

»Willst du es mal versuchen?«, biete ich ihm mit der ganzen Ernsthaftigkeit eines Fünfjährigen an, der seine Spielsachen mit dem Trottel von nebenan teilen soll.

»Ich rauch den Scheiß nicht. Macht mich nur blöd im Kopf.«

Zum Glück ist meine Zunge unter einem Klumpen Eis eingefroren.

»Könnte dir aber beim Schlafen helfen«, bringe ich schließlich heraus. »Das wird mittlerweile für ganz bestimmte Zwecke gezüchtet. Der Laden, zu dem ich gehe, hat zweiundzwanzig verschiedene Sorten. Ich habe etwas, das beruhigt, und eine andere Mischung, die wach macht. Sie haben sogar eine Sorte ohne psychoaktive Wirkung, man wird nicht stoned davon. Die habe ich allerdings nicht hier.«

»Wie alkoholfreies Bier – totale Zeitverschwendung.«

»Entkoffeinierter Kaffee.«

»Frauen, die nicht vögeln.«

»Okay, ich bin fertig.« Ich stelle meine halb leere Schüssel in die Spüle.

»Hat noch was offen?«

»Was denn?«

»Eine Kneipe?«

»Keine Ahnung. Als ich das letzte Mal hier durchgemacht habe, war ich zweiundzwanzig.«

»Nun, dann schauen wir doch mal nach dem Rechten.«

»Was auch immer das heißen soll.«

»Alter Klugscheißer.«

»Ich scheiße auch nicht klüger als du.«

»Dann reißen wir der Welt den Arsch auf und schauen nach dem Rechten.«

Unser anspruchsloses Midwesterndorf bietet genau eine Möglichkeit, um spätabends noch was trinken zu gehen: das Loading Zone, in dem besagtes Trinken mit bemerkenswerter Effizienz erledigt wird. Es riecht nach Bier und Sägespänen, und die Sitznischen sind beinahe dunkel genug, um die Risse in den Polstern, aus denen die weiße Füllung quillt, übersehen zu können. Dies ist kein Ort für einen gepflegten Martini oder frivole Cocktails. Hier gibt es Bier und Schnaps, und die haben nicht mal einen Namen, weder Jack noch Jägermeister. Selbst als ich ein Sam Adams statt eines Bud bestelle, bringt mir das einen verächtlichen Blick des Barkeepers ein. Ich frage ihn beinahe, warum zum Teufel es dann überhaupt auf der Karte steht, doch die Antwort könnte ein schlichtes »Um die Vollidioten zu erkennen« sein, während er mir ein Queue über den Kopf zieht, weshalb ich die Klappe halte.

Unsere Mittrinker sind allesamt erfahrene Stammgäste, die wie Wachhunde über ihren Gläsern kauern und die fahle Gesichtsfarbe tageslichtscheuer Menschen haben: arbeitslose Stadtbewohner, die ihren Notgroschen versaufen; Arbeiter, die in ein paar Stunden Gabelstapler manövrieren werden; Kriminelle, die sich hier nach einem Coup getroffen haben, um die Beute aufzuteilen und zu planen, wie sie sich gegenseitig kaltmachen. Und Fred Weber.

»Kann ums Verrecken nicht schlafen«, vertraut er mir an, als wir uns zu ihm in eine Nische setzen.

»Ich dachte, Sie nehmen medizinisches Marihuana?«

»Erzählt der Potverkäufer alles weiter?«

»Nein, das war mein Dad. Sorry, Sie haben recht, er hätte mir das nicht sagen, und ich hätte es nicht erwähnen sollen.«

»Vergiss es«, winkt er ab. »Ich bin seit siebenunddreißig

Jahren der Anwalt deines Vaters. Wenn wir Geheimnisse voreinander haben, dann nur, weil wir sie vergessen haben.«

Der Typ am Nebentisch hustet einen daumengroßen Klumpen Schleim hoch und spuckt ihn in sein leeres Bierglas. Jetzt, da wir gegenseitig unsere Anwesenheit wahrgenommen haben, starrt er lange auf die Stelle, an der sich einmal mein linker Arm befunden hat, als ob er die Zusammenhänge zu begreifen versucht. Ist der Arm weg oder habe ich ihn nur hinter mich geklemmt, handelt es sich um eine optische Täuschung oder gar um eine alkoholbedingte Halluzination?

Genau deshalb verlasse ich nur ungern das Haus, außer um im Four Corners frühstücken zu gehen oder einen gelegentlichen Ausflug ins Dim Sum zu unternehmen, wo man sich mittlerweile an mich gewöhnt hat. Doch hier fühle ich mich besonders unwohl, wo selbst zwei Arme eine unzureichende Verteidigung gegen das Unvorhersehbare sein können, und der Grund zu sein, dass jemand seinen Augen nicht trauen mag, kann schon eine Konfrontation hervorrufen. Oder, in diesem Fall, einen Gast vom Nebentisch vertreiben, der rasch zur Bar humpelt und sich dort niederlässt.

»Wie auch immer«, fährt Mr. Weber fort, »ich musste aufhören. Ich konnte zwar schlafen, wurde aber auch blöd im Kopf.«

»Was Sie nicht sagen!« Steve strahlt bei dieser Bestätigung, als sei er ein Quantenphysiker, dessen Theorie von unendlichen Universen gerade von mehreren Versionen seiner selbst bestätigt worden wäre.

»Haben Sie schon Sleepapalooza versucht?« Ich hole zwei kleine Haschkuchen aus meinem Grasbeutel. Ich müsste die

Tasche nicht bei mir tragen, doch ich genieße die Gesellschaft ihrer stillschweigenden Gesetzeswidrigkeit, die durch ein Rezept aufgehoben wird.

»Davon habe ich so viele gegessen, dass ich vier Kilo zugenommen habe.« Mr. Weber sucht etwas in seiner eigenen kleinen Ledertasche, und Dreamboat, Happy Nap und Sandmancipation fallen auf den Tisch, friedlicher Marihuanaschlaf eingepackt in die Abkürzungen ergrauter Klischees: Comicfiguren mit Nachtmütze, die in einer Gedankenblase Holz zersägen, Schafe, die über ein Gatter springen und viele Z.

»Nach zwei davon werde ich schläfrig, ich weiß aber nicht mehr, von welchen zwei. Ich kann es überhaupt nicht gebrauchen, hinzufallen und mir die Hüfte zu brechen. Am besten wäre es, wenn man sofort umkippt, einfach einschläft, wie ein betäubtes Rennpferd. Es wäre würdevoller als alles, was unausweichlich folgt.«

Das ist dann doch zu viel Beweis für Steve, der zur Bar flüchtet.

»Bei der Handelsmarine musste man mir nur einen einzigen Stern am Himmel geben und einen Horizont, und ich konnte zehntausend Kilometer übers offene Meer navigieren. Jetzt schaffe ich es nicht mal mehr ins Bad, bevor ich mir in die Hose pisse.«

Mr. Weber mustert meinen Nicht-Arm. Vielleicht wird ihm gerade bewusst, dass sich sein körperlicher Niedergang über eine längere Zeit erstreckt und langsam wie Haare in einem Abfluss verdichtet, meiner jedoch nicht. Er klopft mir auf die Schulter, was sich gut anfühlt. Er ist der erste, der mich vollkommen normal berührt. Als ob das alles nicht so wichtig wäre.

»Manchmal frage ich mich, wie es wäre, mein linkes Bein

zu verlieren. Ich wäre vertikal zwei Drittel eines Menschen«, überlege ich, während ich mir das Bild im Kopf vorstelle.

Doch dann bemerke ich Mr. Webers Unbehagen und bin dankbar, als Steve mit drei Schnapsgläsern mit braunem Inhalt zurückkommt und sich wieder in die Sitznische schiebt.

»Ihr benehmt euch wie alte Schachteln, wenn ihr über eure Medizin redet. Räumt den Mist weg, kippt einen Shot und schaut euch die Titten im Fernsehen an.«

»Die Titten im Fernsehen« gehören den Teilnehmerinnen eines jahrzehntealten Wet-T-Shirt-Wettbewerbs auf einem körnigen VHS-Tape, dessen Bilder über den Fernseher über der Bar flimmern. Wenn sich irgendjemand auch nur eine Sekunde darüber Gedanken machen würde, sähe man, dass der gegenwärtige Zustand dieser Brüste genauso ausgeleiert und abgenudelt sein muss wie das Videoband, auf dem sie für zukünftige Generationen unsterblich gemacht wurden. Doch das Loading Zone ist kein besonders nachdenklicher Ort, weshalb es keinem etwas auszumachen scheint.

»Amen.« Mr. Weber kippt seinen Schnaps, und im Handumdrehen sind wir alle sturzbesoffen.

Am nächsten Morgen wache ich auf einer fremden Couch auf, und da Mr. Weber auf mich herabstarrt, gehört sie wohl ihm.

»Nun, das war ganz schön bescheuert«, sagt er, und so, wie der blutige Verband auf meinem Stumpf aussieht, muss ich ihm zustimmen.

Es ist schwer, die Tageszeit anhand des diffusen Lichts zu bestimmen, das durch die matten Fenster von Fred Webers Badezimmer hereinfällt, doch ich höre Sunny Lee im Radio, die erklärt, wie man aus einer Wassermelone eine Batterie macht …

Und ihr denkt, eine Autobatterie ist umständlich zu tragen …!

… weshalb es kurz vor neun Uhr morgens sein muss. Steve schläft in Mr. Webers Badewanne, und ich kann mir den Gedanken nicht verkneifen, dass ich, wären wir daheim, ohne Bedauern auf seine von einem Alligator angeknabberten Überreste starren würde.

Mr. Weber zieht vorsichtig die Gaze von meinem Stumpf, und ich blicke auf eine verschorfte Cartoonseeschlange. Selbst für ein an sich schon dämliches Tattoo ist es außergewöhnlich albern. Und es zuckt wie ein sterbendes Untier, als Mr. Weber Peroxid darauftupft, auch wenn die dazugehörigen Schreie von mir kommen.

»Jackie wird mich umbringen.« Steve bewegt sich stöhnend hinter mir. »Sie hat gesagt, wenn ich mir noch ein Tattoo stechen lasse, schneidet sie es raus.«

»Da habe ich wohl den umgekehrten Weg gewählt.«

Steve zieht die Kompresse von seinem Bein und freut sich trotzdem sichtlich über das Cartoonteufelchen, das einen Dreizack hält und auf seinen Oberschenkel uriniert. »Hey, cool geworden!«

»Wie konntest du eigentlich glauben, dass das eine gute Idee war?«

»Hey, gib mir nicht die Schuld. Weber ist auf dem Rücksitz eingeschlafen, und ich durfte ihn nicht aufwecken. Ich konnte ja nicht einfach nur besoffen herumfahren!«

»Weshalb du das einzige Tattoostudio in der Stadt gefunden hast, das die ganze Nacht offen hat.«

»Du warst Feuer und Flamme.«

»Ich wäre wahrscheinlich auch Feuer und Flamme gewesen, wenn du vorgeschlagen hättest, mit den Stieren in Pamplona herumzurennen oder uns von einem Katapult abfeuern zu lassen.«

»Nun, das haben wir ja nicht gemacht«, sagt er, als er aufsteht und lange und unüberhörbar in die Toilette pinkelt. »Aaaah … besser als Sex. Die ganze Arbeit, und dann schießt man seine Ladung in ein paar Sekunden ab. Das hier ist eine Minute pure Ekstase.«

Mr. Weber beugt sich vor und schüttet Peroxid auf Steves Penis, und mein Schwager schreit noch lauter als ich.

»Au! Was soll das denn?«

»Das ist für die Prostituierte.«

»Ich war bei keiner Prostituierten!«

»Aber das wäre gut möglich. Ich habe schließlich im Auto geschlafen.« Mr. Weber stellt das Peroxid zur Seite und grinst mich an. »Danke, dass ihr mich habt schlafen lassen. Fühle mich richtig gut heute! Ich rufe deinen Dad an und sage ihm, dass es seinen Jungs gutgeht.«

Das Tattoo, das Infektionsrisiko, die mögliche Alkoholvergiftung, die Geschlechtskrankheit, die wir uns vielleicht von der Prostituierten geholt haben, bei der wir gar nicht waren, oder der nur knapp umgangene Tod in einem brennenden Autowrack werden doch tatsächlich von der Vorstellung übertrumpft, dass Dad von Steve und mir als »seinen Jungs« denken könnte. Das ist mit Abstand die schlimmste Aussicht dieses Morgens.

Und dann schlägt der Tinnitus wieder zu und verbannt gnädigerweise Steves Proteste in den Hintergrund.

Caroms

Falls man sich wegen unseres »Vermissten«-Status Sorgen gemacht haben sollte – Angst um unser Wohlergehen, Verhandlungen über unsere sichere Rückkehr –, haben sich diese wie die Assistentin eines Zauberers in einer leeren Kiste in Luft aufgelöst. Stattdessen ist das Haus von verschiedenen Leveln intensiver Gefühle erfüllt: Wut (Jackies Schreie aus dem Obergeschoss, wo sie Steve hinter verschlossener Tür, die ihrer Aufgabe nicht gewachsen ist, zusammenfaltet) und Zen (die Donnerschläge deuten darauf hin, dass Mom ihre Gefühle im Keller herauslässt). Dazwischen schmollt Dad in schweigender väterlicher Enttäuschung vor dem *SportsCenter.*

Ich gehe nach unten, wo ich die vertraute Mutter meiner Jugendzeit vorfinde, wie sie sich über den Tisch beugt, immer noch von hagerer und eckiger Gestalt, die Finger staubig von der Kreide, jedoch ohne die gelben Flecken der schon lange nicht mehr gerauchten Zigaretten daran. Sie hämmert den Einser- in den Sechserball und versenkt beide in der nächsten Tasche, und plötzlich ist das Spiel vorbei.

Ich sammele die Kugeln mit geübter Handbewegung mit dem Rahmen ein, hole die Neun aus der Tasche und lege sie dazu. Mom wartet geduldig, während sie schweigend das Queue nachkreidet.

Schließlich hebe ich den Rahmen.

Mom beugt sich vor und macht den ersten Stoß, beinahe ohne hinzusehen. Die Neun rollt in die Tasche. Spiel beendet.

»Wenigstens einer von uns ist immer noch so gut wie früher«, sage ich, während ich abermals die Kugeln einsammele.

»Nicht. Das ist Mist, und du weißt es auch.«

»Tut mir leid, so eine Enttäuschung zu sein.«

»Das glaubst du doch selbst nicht. Dir tut das Unbehagen leid, das wir deiner Meinung nach alle empfinden, doch dann betonst du, du seist nicht so gut wie früher. Das ist Schwachsinn, und du solltest damit aufhören, aber es ist deine Entscheidung und wird nicht zu meinem Problem werden.«

»Das hier«, ich winke mit meinem bandagierten Stumpf, »ist also keine Enttäuschung?«

»Nur für jemanden, der dumm genug ist, sich von anderen enttäuschen zu lassen. So wie dein Vater. Und deine Schwester, die noch nicht herausgefunden hat, dass man das Verhalten eines anderen Menschen nicht beeinflussen kann. Ich kann kontrollieren, wie sehr es mich beeinflusst. Richtest du die Kugeln jetzt aus oder nicht?«

Niemand kann so austeilen wie Mom, vollkommen urteilsfrei, wie ein Anwalt, der unbestreitbare Tatsachen im Schlussplädoyer sammelt und die Gegner unruhig werden lässt, weil sie dieser Argumentation nur fadenscheinige Ausreden entgegensetzen können.

»Sieh mal, was du gerade getan hast«, sage ich grinsend, während ich die Kugeln zu einer perfekten Raute arrangiere. »Du hast mich von einem Typen, der einfach nur herumsteht, in jemanden verwandelt, der deine Kugeln ausrichtet. Man kann das Verhalten anderer Menschen also doch beeinflussen.«

»Wenn das Mistreden eine Zukunft hätte, Aaron«, erwidert sie, »dann wärst du unaufhaltsam.«

Sie beugt sich über den Tisch, zielt und versenkt die Zwei und die Acht. Dann umrundet sie den Tisch, überlegt sich den nächsten Stoß.

Als sie an mir vorbeigeht, lehne ich mich zu ihr, sehne mich nach dem Klaps auf den Kopf, der nicht kommt.

»Kinder sind grundsätzlich eine Enttäuschung. Als Eltern müssen wir ständig dabei zusehen, wie ihr verschwindet und durch etwas anderes ersetzt werdet. Das weiche rosa Baby, das mich angegurgelt und angelächelt hat und dessen Augen noch nicht richtig fokussieren konnten?« Sie reiht die Eins und die entferntere Sieben an der Kante auf und versenkt beide in die hintere Tasche. »Verschwunden. Ersetzt durch ein lispelndes Vorschulkind und danach durch einen Zehnjährigen mit Ballerinaaspirationen. Und beide wurden von einem Teenager verdrängt, der sich immer mehr von seinen Freunden distanzierte und sonst sehr anhänglich war.«

Sie mustert den Haufen aus Fünfer-, Sechser- und Neunerball und stößt die Drei hinein, versenkt die Fünf und schickt die Neun an den Rand einer Tasche, wo sie wie eine Jungfrau in Nöten schwankt.

»Ich habe zugesehen, wie du und deine Schwester zu Erwachsenen wurdet, und was auch immer ihr noch für wunderbare Menschen werdet, alle früheren Versionen von euch sind für mich wie tote Kinder. Sie sind einfach nicht mehr da. Ich werde sie nie wiedersehen.«

Ich denke über die toten Versionen von mir und Jackie nach, doch Mom sieht nur die Verletzlichkeit der Neun am Taschenrand. Die Drei, die zuerst versenkt werden muss, versteckt sich hinter der Sechs. Mom muss beide nacheinander von der gegenüberliegenden Bande aus treffen. Ein schwieriger Stoß, selbst für sie.

»Ich habe gesehen, wie du zu einem Mann mit nur einem Arm wurdest, und heute ist auch er verschwunden. Ersetzt durch einen Kerl mit einem Tattoo auf dem Armstumpf. Noch mehr Mist. Und da geistert eine weitere Version von dir herum, die jeden enttäuschen wird, der es zulässt. Doch das werde nicht ich sein.«

Statt die hintere Bande ins Visier zu nehmen, legt sie das Queue vertikal an und zielt sorgfältig gerade nach unten auf die Kugel. Sie stößt zu, verpasst der Kugel einen wirbelnden Rückstoß, der sie um die anderen herum zurück zur Drei bewegt und diese in die Neun schiebt, die daraufhin in die Tasche fällt.

»Ich dachte, Trickstöße wären Mist.«

»Hier schien es mir angemessen«, erwidert Mom, legt das Queue quer über den Tisch und tätschelt sanft meinen Kopf, als sie an mir vorbei nach oben geht.

Auswirkungen

Die Stimmung ist auch beim Abendessen angespannt, das Schweigen so dicht, dass man es mit einer Gabel erstechen könnte – was Jackie, ihrem Verhalten nach zu urteilen, auch am liebsten mit ihrem Ehemann tun würde. Für seine Verhältnisse ist Steve überraschend fügsam, ein Hund, der weiß, dass er etwas Böses getan hat, auch wenn ihm der Grund nicht bewusst ist, sondern nur, dass beim ersten Anzeichen von Ärger eine zusammengerollte Zeitung auf ihn wartet. Oder eine Gabel.

»Man sagt, dass Dinosaurier proportional gesehen von allen Lebewesen die kleinsten Gehirne hatten«, verkündet Mom. »Stellt euch das mal vor. Solch majestätische Tiere, wie sie mit ihren riesigen Körpern durch den Dschungel trampeln, die mächtigsten Wesen auf der Erde, und sie können kaum denken. Kolossal in Größe und Ignoranz.«

Steve seufzt tief, und ich könnte schwören, dass Jackie die Gabel bereits zum Todesstoß gezückt hat.

»Reden wir doch Klartext«, sagt Dad zur Verdeutlichung. »Das war wirklich dumm.«

»Er könnte eine Blutvergiftung bekommen, und dann ist nichts mehr übrig, was man amputieren könnte.«

»Niemand bekommt hier eine Blutvergiftung«, erkläre ich Jackie mit der Überzeugung eines Mannes, dem das tatsächlich zustoßen könnte.

»Ich sage doch nur, dass das die Natur ist«, fährt Mom fort. »Wenn der große, dumme *Tyrannosaurus rex* ein Gestrüpp niedertrampelt oder das hilflose Dinosaurierbaby frisst, wird man ja auch nicht wütend auf ihn. So was tun Dinos eben! Sie handeln nicht aus Wut oder Bösartigkeit und auch nicht geplant. Sie sind einfach dumme, nicht denkende Wesen. Wenn wir also erwarten, dass sie sich anders verhalten, werden wir nur enttäuscht. Und das macht uns traurig.«

Jackie sticht jetzt tatsächlich auf ihr Essen ein.

»Oder wütend. Der Schlüssel gegen solche Empfindungen ist, die Erwartungen herunterzuschrauben und die natürlichen Grenzen der Dinge zu akzeptieren. Könnte ich bitte mal die Kartoffeln haben?«

»Wie konntest du nur zulassen, dass er das macht?«, brüllt Jackie Steve an.

»Hey, ich bin doch nicht sein Boss.«

»Und wer macht so etwas überhaupt?«, schreit Jackie weiter. »Wer würde einen … einen Stumpf tätowieren?«

»Willst du damit sagen, dass Menschen mit Stümpfen weniger Rechte haben als Menschen ohne?«, schalte ich mich ein. »Das klingt nicht gerade nach Gleichberechtigung.«

»Halt die Klappe! Ist es nicht illegal, einen Betrunkenen zu tätowieren?«

»Du kannst mir doch nicht befehlen, die Klappe zu halten und dann weiter Fragen stellen.«

»Sei nett zu deinem Bruder, er hat viel mitgemacht«, vermittelt Mom. »Außerdem ist er dumm.«

»Danke, Mom.«

»Iss noch etwas Brokkoli. Das ist so ein Superfood. Ist gut für dein Winzhirn.«

Ich nehme die Schüssel entgegen und reiche sie sofort an Steve weiter.

»Ich wünschte, ich könnte hierzu etwas beitragen, aber

ich erinnere mich an nichts, nachdem wir die Bar verlassen haben«, bemerke ich. »Ich weiß nicht mal mehr, *wie* wir die Bar verlassen haben.«

»Na großartig!«, ereifert sich Jackie. »Jetzt können wir auch noch Filmrisse zu deinen ganzen anderen Problemen hinzuzählen.«

»Oder du kannst einfach aufhören mitzuzählen. Niemand hat dich darum gebeten, herzukommen.«

Und plötzlich ist da diese Stille, die Ruhe vor dem Sturm, nach der normalerweise ein hochexplosiver Streit ausbricht oder lebenslange Entfremdung droht.

Als ob Dad die Gefahr wittern könnte, versucht er, Jackies Wut auf ein anderes Ziel zu lenken. »Wer ist denn gestern Nacht gefahren?«, fragt er in die Stille hinein. »Weber?«

»Ich!«, brüstet sich Steve.

Jackies Kopf fährt wie ein Panzerzielrohr herum. »Ach wirklich?«

»Hey, ich war nicht mal ansatzweise so besoffen wie die beiden. Ich kann mich an alles erinnern.«

»Dann erleuchte mich mal«, dränge ich. »Unter Dads Spüle gibt es nicht genug Alkohol, als dass ich je ein Tattoo wollen würde. Was ist also verdammt noch mal passiert?«

»Du wolltest erst gar nicht, aber dann hat der Tätowierer angefangen, über Tribals zu reden und Männlichkeitsrituale und wie manche Kulturen damit Lebensabschnitte kennzeichnen und all so ein Zeug. Und dann habt ihr beide euch wegen dieser Sunny Lee besabbert.«

»Haben wir?«

»Himmel«, schnauft Dad.

»Wer ist Sunny Lee?«, fragt Mom plötzlich aufmerksam und ehrlich interessiert.

»Was?«, kreischt Jackie schon wieder. »Ich bin mit ihr in die Schule gegangen. Was hat die denn damit zu tun?«

»Der Tätowierer war ein großer Fan von *Sunny Side Up* oder wie auch immer das heißt«, erinnert sich Steve glasklar. »Ihr wart wie zwei kleine Mädchen, die sich einen Lippenstift teilen. Dann haben wir alle ein paar gekippt, und er hat angefangen zu tätowieren. Du warst zuerst dran.«

»Es heißt *The Sunny Side.*«

»Wie auch immer«, erwidert Steve gelangweilt.

»Eine Radioshow«, erklärt Dad Jackie. »Verrückte Fakten aus Wissenschaft, Geschichte und all so was.«

»Ich liebe sie«, verkünde ich.

»Kennst du sie überhaupt?«

»Nein! Aber sie ist eine Freundin von dir, du könntest mich vorstellen.«

»Ich habe sie seit zwanzig Jahren nicht gesehen. Sie kennt mich doch kaum!«

»Du liebst sie, hast sie aber noch nie getroffen?« Mom scheint das ungewöhnlich zu finden.

»Ich liebe alles an ihr. Ihre Stimme, ihren trockenen Humor. Und sie ist klug. Ist sie hübsch? Ich glaube, ich will sie heiraten.«

»Wenn sie so klug ist, dann steht sie wahrscheinlich nicht auf Kerle, die sich im Suff Seeschlangen auf den Armstumpf tätowieren lassen«, meint Mom.

»Wirklich, ›Kerle‹? Im Plural? Als ob es mehr von meiner Sorte gäbe.«

»Das scheint mir doch sehr unwahrscheinlich zu sein«, überlegt Dad.

»Mom!«, ruft Jackie verzweifelt. »Tu etwas!«

»Genau das meinte ich, Liebes. Du lässt dich von den Dinosauriern verrückt machen.«

Meine Schwester kennt Sunny Lee. *Meine Schwester kennt Sunny Lee!* Verdammt, mein Stumpf tut weh.

Ich rauche Somnambublast und höre Podcasts von archivierten *The-Sunny-Side*-Sendungen. Es geht um wikingerzeitliche Sonnensteine, Mumienprothesen, Moleküle, die Musik machen, und Kokons aus Schleim, weshalb ich Steve nicht höre, als er die Treppe zum Dachboden hinauftrampelt. Doch als ich ihn mit Kopfkissen und Decke unter dem Arm sehe, kapiere ich ziemlich schnell, dass er des Schlafzimmers verwiesen wurde.

»Der Keller ist vielleicht etwas bequemer. Wir können eine Matratze auf den Billardtisch legen.«

»Ich habe letzte Nacht in einer Badewanne geschlafen. Glaubst du wirklich, dass mir der Boden etwas ausmacht?«

»Badewanne! So etwas haben wir auch. Warum habe ich daran nicht gedacht?«

»Gib mal her«, sagt er und greift nach meiner Pfeife. »Wenn ich schon der Dummheit beschuldigt werde, kann ich das Vorurteil wenigstens bestätigen.«

Er nimmt einen langen Zug, bevor ich ihm mitteilen kann: »Davon wirst du nicht müde. Es macht wach und kann außerdem Angstzustände hervorrufen.«

»Danke für die verdammte Warnung!«

»Du hast ja nicht mal gefragt. Ich hätte hier auch gut Angel Dust mit Abführmittel rauchen können.«

»Sollte ich sonst noch etwas wissen?«

»Wenn du Blut im Stuhl findest, ruf sofort den Arzt an.«

Ich stecke die Kopfhörer zurück in die Ohren, und die botanisch induzierte Wachheit lässt mich Sunny noch viel mehr lieben – ihre seidenweiche Stimme, das tiefe Timbre, das so perfekt Intelligenz und trockenen Humor ausdrückt, die Wunder der Entdeckung.

Schaut! Da oben am Himmel! Ist es ein Vogel, ist es ein Flugzeug, ist es … eine Heuschrecke? Da die physiologischen Grenzen der Muskelkraft pro Kilogramm Muskel limitiert sind, sollte eine Heuschrecke eigentlich nicht so weit hüpfen können, wie sie es tut – was ungefähr dem Insektenäquivalent eines richtig hohen Gebäudes entspricht! Forscher der University of Cambridge haben herausgefunden, dass Orthoptera diese natürliche Grenze mit einem elastischen Apodem umgehen, einer Art Sehne, die an der Beinmuskulatur befestigt ist und die die siebenfache Kraft eines normalen Muskels besitzt. Ungefähr so, als würde ein Mensch einen Pfeil mit der Hand anstatt mit einem Bogen abschießen. Und das hätte selbst Robin Hood nicht geschafft!

Ich kann es mir ganz genau vorstellen, das extrem vergrößerte Bild einer Heuschrecke, ihr explosiver Zeitlupensprung, die Forscher in weißen Kitteln in ihrem weißen Cambridge-Labor … Sunny im Aufnahmestudio, Kopfhörer auf den Ohren, die Lippen feucht von der Wasserflasche, an der sie wegen ihrer Stimme zwischendurch nippt, ihr zufriedenes Grinsen nach dem abschließenden kleinen Scherz. Der Toningenieur, der sie genauso sehr liebt wie ich, zeigt ihr den erhobenen Daumen, und sie lächelt warm zurück. Die dunklen Mandelaugen funkeln intelligent, während sie die Kopfhörer abnimmt, das dicke schwarze Haar nach hinten wirft und einen letzten Schluck aus der Flasche nimmt, bevor sie sie entsorgt. Ich will zu ihr rennen, wo immer sie auch ist, und sie in den Arm nehmen.

Stattdessen befinde ich mich auf dem Dachboden meines Vaters zusammen mit Steve, der mich mit seinem Handy filmt.

»Was machst du da?«

»Cooles Zimmer … nehme es auf … vielleicht können wir dich ja in einer dieser Wohnungsrenovierungsshows unterbringen.«

»Wenn es hier so cool ist, wieso sollte man dann renovieren?«

»Nein, das hier wäre das ›Danach‹.«

»Aber es gibt keine Aufnahme vom ›Davor‹. Läuft das nicht so? Wollen die nicht ein Davor und machen dann eine Rückblende daraus? Hier ist der einarmige Typ, der wieder nach Hause zu seinem Vater ziehen musste … schauen wir doch mal, ob wir ihn irgendwo unterbringen, wo er sich nicht aufhängen will, und falls doch, dann passt er wenigstens zu den Vorhängen?«

Das scheint zu Steve durchzudringen, auch wenn man sich da nie ganz sicher sein kann. Wenn er hinter seinen starren Augen wach ist, dann verbirgt er es gut.

Plötzlich wirft er mir das Handy zu. »Nimm das auf.« Er zieht das Hosenbein hoch und zeigt sein neuestes Tattoo. Dann erklärt er, dass er daran den Gegensatz zwischen Gut und Böse mag und dass »Hot Stuff, der kleine Teufel« Gutes tut, um die echten Dämonen zu ärgern.

»Warum pisst er dir dann aufs Bein?«

Steve zuckt mit den Schultern. »Weil das leichter zu zeichnen ist als eine gute Tat?«

»Er hätte auch mit seinem Dreizack eine Katze von einem Baum retten können.«

Tattoos haben mich immer abgestoßen. Nicht wegen irgendeiner viktorianisch anmutenden Arroganz, sondern weil sie für mich für einen Mangel an Vorstellungskraft stehen, eine Unfähigkeit, sich eine Zukunft auszumalen, in der man zum Beispiel keinen Hot Stuff haben will, der einem aufs Bein pinkelt. Doch Steve denkt kaum einen Moment voraus, machte sich keine Gedanken über Konsequenzen oder eine möglicherweise folgende Ereigniskette. Das ist in etwa so, als würde er Essen in den Mund nehmen und nicht wissen, dass er es gleich darauf kauen und schlucken wird.

Bevor ich etwas einwenden kann, zeigt mir Steve den Rest seines Körpers und erzählt die faszinierenden Geschichten hinter jedem der übrigen sechs Tattoos. Wo er sie herhat, was sie darstellen und was sie bedeuten:

- Linker Bizeps: eine Schlange, die sich um einen Dolch windet. Sein erstes Tattoo. Dagegen kann man wohl nichts sagen.
- Knöchel: war04. Ein kalligrafisches Tribut an seinen toten Freund Warren, der im Jahr 2004 ertrunken ist (besoffen wahrscheinlich).
- Innenseite linker Bizeps: ein Adler, der eine Schlange frisst. Er hat es sich in Mexiko stechen lassen und erst später erfahren, dass es die mexikanische Flagge darstellt.
- Schulterblatt: Sterne und ein Halbmond. Hat er sich zusammen mit seiner damaligen Freundin stechen lassen und findet das Motiv jetzt »eher etwas für Weicheier«.
- Rechter Bizeps: Stacheldraht. Zweifellos nach der Trennung eine Kompensation für das andere Tattoo.
- Linker Brustmuskel: ein gespenstisch akkurates Porträt von Jackie. Sein jüngster Körperschmuck und der offensichtliche Grund dafür, dass Jackie ihm das Versprechen abgenommen hat, sich keine weiteren stechen zu lassen.

Genauso vielsagend ist allerdings das, was fehlt: keine religiösen Motive, historischen Figuren, Philosophen oder deren kluge Sprüche; keine überheblichen chinesischen Schriftzeichen, die sowieso nie das bedeuten, was einem der Tätowierer sagt, sondern lediglich für universell schlechtes Urteilsvermögen stehen; überraschenderweise auch keine Hulamädchen, Badeanzugschönheiten, Meerjungfrauen mit nacktem Oberkörper oder Szenen aus *Cherry Poptart;* und Gott sei Dank auch nichts auf seinem Steißbein.

Ich bin so fasziniert von dem, was und was *nicht* zu sehen ist, dass ich nicht einmal Einwände erhebe, als er mir das Handy aus der Hand nimmt und sagt: »Jetzt du!«

Während er mich filmt, winke ich mit dem Stumpf und erfinde eine wahnsinnige Geschichte von einer legendären Seeschlange Bob, die die Weltmeere durchschwamm, als die Erde noch jung war, und die die Menschen hasste, weil die ihre Exkremente über Bord der knarrenden Holzboote warfen. Bob zerschmetterte Wikingerschiffe und zog die Krieger in salzige Tiefen, wo er mit ihren Überresten wie mit Barbiepuppen spielte. Bis eines Tages ein Schiffskoch namens Evets, der von einem Axthieb, den er als Junge auf den Kopf bekommen hatte, ein wenig langsam war, eine heiße Pfanne durch Bobs Auge in sein Gehirn trieb und ihn damit tötete. Danach ging Evets zurück in seine Kombüse, als sei nichts passiert, um Frühstück für die Mannschaft der *Raging Scallop* zuzubereiten.

»Wink noch etwas mehr damit«, weist mich Steve an, und ich gehorche. Er sieht auf sein Handy. »Mist, der Akku ist leer.«

»Auch gut«, sage ich, ziehe mein T-Shirt wieder an, stecke die Stöpsel zurück in die Ohren und höre weiter *The Sunny Side.*

Ich schalte das Schwarzlicht ein, und Steve legt das Telefon beiseite, angezogen von dem leuchtenden Poster wie ein Kind mit dem Gehirn einer Motte.

DINGE, DIE MAN MIT EINER COOLEN PROTHESE TUN KÖNNTE

- Wände durchschlagen
- Armdrücken mit dem Hulk
- Stahlträger verbiegen
- Projektile abfeuern
- Die Tür zum Saferaum einer Bank rausreißen
- Einen Enterhaken abschießen
- Ein Auto über den Kopf heben
- Einen Laserstrahl abfeuern
- Eine unkontrollierbare Lok stoppen
- Einen Computer hacken
- Eine Kugel fangen
- Ein Lähmungsgift injizieren
- Diamanten zu Kohle zerstoßen
- Eine Lötpistole bedienen

So ein Arm wäre vermutlich die ultimative Waffe eines Comicbuchhelden (der zweifellos »Armageddon« hieße), und er sollte auch kleine, komplizierte Arbeiten verrichten können, wie etwa kleine Stromkreise auf einen Silikonchip auftragen oder eine verschlüsselte Nachricht in ein Reiskorn ritzen. Doch der tragische Held würde alles für seinen eigenen Arm und seine eigene Hand geben, die etwas spüren konnte, wie Kälte oder die Brust einer Frau.

Nettigkeit

In der Nacht träume ich von Menschen, die ich seit zwanzig Jahren nicht mehr gesehen habe. Uns allen fehlt ein Arm, und irgendwie ist das völlig normal. Wir stehen in der Schulcafeteria an, und während wir an dem ausliegenden Essen vorbeiziehen, klatscht eine runzlige Frau mit Haarnetz auf jedes unserer Tabletts einen ausgewachsenen Menschenarm. Die meisten passen überhaupt nicht. Meiner ist kurz und kräftig und außerdem ein zweiter rechter. Mein Geschichtslehrer Professor Boelts erklärt mir, dass er Admiral Lord Horatio Nelson von der British Royal Navy gehörte, und wenn er mir missfalle, müsste ich mich nur in der Cafeteria umsehen, um zu beobachten, wie Admiral Nelson höhnisch über mein unpassendes Körperteil grinst, während er sich darauf vorbereitet, Napoleon entgegenzutreten. Bevor wir unsere Arme austauschen können, wache ich auf.

Von Steve ist nur noch eine zerwühlte Decke und schmutzige Socken zu sehen, die ich erst in die Mitte des Dachbodens kicke und dann durch die Luke, wo sie als eine Art umgekehrter Fußabstreifer am Fuß der Treppe liegen bleiben. Ich arbeite mich langsam nach unten, nur um das Haus leer vorzufinden.

Dad sitzt draußen im Garten in demselben tarnfarbenen Metallstuhl, an den ich mich noch aus meiner Kindheit erinnere; inzwischen ist er allerdings deutlich rostiger. Daneben sonnt sich Ali, der an den Stuhl angeleint ist. Mir war nicht bewusst gewesen, dass Dad ihn mit in den Garten nimmt, und jetzt frage ich mich, ob er ihn wie einen Hund die Stufen hinabführt oder wie ein großes Baby trägt.

Unbeeindruckt von der Anwesenheit eines angsteinflößenden Raubtieres hoppelt ein Eichhörnchen heran und setzt sich auf die Hinterbeine. Dad wirft ihm eine Erdnuss zu. Als er mich in der Terrassentür stehen sieht, errötet er, als hätte ich ihn dabei beobachtet, wie er einer Stripperin einen Dollar ins Höschen steckt.

»Wo sind denn alle?«

»Steve ist mit Jackie zum Einkaufszentrum gefahren. Mir scheint, er hat das nicht mehr gemacht seit … noch nie wahrscheinlich.«

Steve ist gerade dämlich genug, um zu glauben, dass er den Streit mit ein wenig Kriecherei für sich entscheiden kann. Dabei kapiert er nicht, dass Jackie ihre Argumente nur ins Holster gesteckt hat, um sie bei der kleinsten Konfrontation wieder zu ziehen und auf ihn abzufeuern.

»Sie ist klug genug, das auszunutzen. Bis zum nächsten Mal.«

Ich frage nicht, wo Mom abgeblieben ist, da die Antwort wahrscheinlich entweder »Feuerwehrwache« oder »Jurte« lauten würde, und beides gleich verstörend auf mich wirken würde. Stattdessen setze ich mich auf einen Klappstuhl neben meinen Vater.

Ich nehme Dad die Tüte mit Erdnüssen ab und versuche, das Eichhörnchen näher zu locken, doch es starrt mich nur fluchtbereit an, was bedeutet, dass ich ihm weniger vertraut bin als Ali.

Dad nimmt mir die Nuss aus der Hand, beugt sich vor und hält sie dem Tier hin, das gehorsam vorhoppelt und sich den Leckerbissen bei ihm abholt.

»Wow. Ihr zwei könntet im Zirkus auftreten.«

Das Eichhörnchen dreht die Nuss diverse Male hin und her, bis es herausgefunden hat, welche der beiden in meinen Augen gleich großen Beulen am besten zwischen seine Zähne passt. Dann hoppelt es davon. Ali blinzelt nur mit seinen komischen, seitlich am Kopf sitzenden Augen.

»Deine Mutter findet, wir sollten uns mal unterhalten.«

»Das tun wir doch. Auftrag erledigt.«

»Erinnerst du dich an den Jungen, mit dem du in der Highschool Lacrosse gespielt hast?«

»Artie Miller? Wir waren einen ganzen Sommer lang beste Freunde. Was für ein Kerl. Toller Sportler, die Mädchen haben ihn geliebt, und lustig war er auch noch.«

»Ich erinnere mich, dass er sehr von sich überzeugt war. Ein Angeber, mochte die Aufmerksamkeit. Und er war gemein. An deinem Geburtstag sind wir mit dir und einigen anderen Kindern bowlen gegangen, und er hat sich über den Jungen von gegenüber lustig gemacht, Joel.«

»Jeder hat sich über Joel lustig gemacht.«

»Du nicht. Darauf will ich hinaus. Du hast Artie verehrt, und ich hatte schreckliche Angst, dass du versuchen würdest, ihm nachzueifern.«

»Mom wollte, dass du mit mir über Artie redest?«

Er beobachtet das Eichhörnchen, das sich durch die Schale arbeitet, um an die Erdnüsse zu gelangen.

»Ich mache mir weniger Sorgen als deine Mutter. Ich wollte immer nur, dass du dich wie ein anständiger Kerl benimmst. Das war mir wichtiger, als dass du beliebt bist oder gut im Sport oder dass dir die Mädchen nachlaufen.«

»Oh, ich hätte mich nicht beschwert, wenn mir ein paar Mädchen nachgelaufen wären.«

»Du hast dich doch ordentlich geschlagen, warst ein gutaussehender Junge – du hast zum Glück die Gene deiner

Mutter –, die Mädchen mochten dich, auch wenn du es nicht bemerkt hast. Viel wichtiger ist aber, dass du ein anständiger, netter Kerl geworden bist. Du hast Kinder unterrichtet, Freunde gewonnen, dir ein gutes Leben aufgebaut. Ich kann mich nicht erinnern, was du als kleiner Junge werden wolltest …«

»Ganz sicher jemand mit zwei Armen.«

Dad seufzt. Das Eichhörnchen beobachtet uns. Es scheint ebenfalls ziemlich entnervt.

»Weber hat zum ersten Mal seit langem nachts gut geschlafen.«

»Weil er betrunken war.«

»Weil du nicht zugelassen hast, dass Steve ihn aufweckt. Auch wenn das *dazu* geführt hat«, er nickt in Richtung meines bandagierten Tattoos. Dann holt er eine weitere Nuss hervor, und das Eichhörnchen richtet sich so steil auf wie ein Pendler in einer überfüllten U-Bahn. »Wir machen uns alle unsere Gedanken um dich. Nach dem, was passiert ist … Du hast dich wie ein Idiot verhalten.«

Ich gestehe, das schmerzt etwas.

Doch dann sieht er mich lächelnd an: »Aber irgendwie mache ich mir seit letzter Nacht trotzdem weniger Sorgen.«

»Artie mag ja inzwischen weg sein, aber jetzt habe ich eine Seeschlange namens Bob.«

»Schlechte Dinge passieren nicht immer gleichzeitig. Manchmal treten sie auch nach und nach ein. Die stotternde Karriere, die sich verschlechternde Gesundheit. Die Liebe, die einfach … verschwindet.« Hörnchen und ich sehen Dad sprachlos an. »Füttere es.« Offensichtlich hat er genug gesagt. Er legt mir die Erdnuss zwischen die Finger. »Langsam.«

»Na gut, aber wenn es mich beißt und ich eine Blutvergiftung bekomme, erklärst du das Jackie.«

Das Eichhörnchen nähert sich vorsichtig und steuert auf Dad zu, dann springt es auf den Plastikstuhl neben mir, und ich beuge mich langsam mit der Nuss zu ihm vor. Es streckt mir den Kopf entgegen, und ich gebe ihm viel Freiraum – die sichere Distanz einer langen Drei-Fächer-Erdnuss zwischen uns. Hörnchen lehnt sich noch weiter vor und nimmt die Nuss langsam zwischen die Zähne, hebt die Pfote, um sie zu greifen, und als seine Krallen meinen Finger berühren, ziehe ich instinktiv den Arm zurück. Doch die Nuss steckt noch zwischen den Zähnen des Tiers, weshalb es in die Luft fliegt, der Stuhl, auf dem es saß, umkippt, und ich vor Schreck nach hinten falle. Ali stürzt auf mich zu, Dad zerrt ihn an der Leine zurück, und einen Moment sind wir alle wie erstarrt. Dann sammelt sich das Eichhörnchen, packt die Nuss und flüchtet einen Baum hinauf, während ich mich ungeschickt aufzurichten versuche.

Dad lacht lauter, als ich ihn seit *Blazing Saddles* habe lachen hören. »Alles in Ordnung?«, keucht er schließlich.

»Darum gehe ich der Natur aus dem Weg.«

»Ich habe mich gerade angepinkelt und brauche dringend eine frische Hose. Zieh dich an, dann sehen wir mal, ob wir Michelle zu einem regelwidrigen späten Frühstück überreden können.«

Als er Ali auf die Arme nimmt und ins Haus trägt, beantwortet er damit wenigstens eine meiner Fragen.

Fische

Ein Fisch, zwei Fische, roter Fisch … toter Fisch? Das Illinois Center for Ichthyological Conservation oder, wie ich es gerne nenne, das »Ick Ick!« untersucht das Verschwinden der Süßwasserfischarten in den Flüssen von Illinois. Besonders das des Blauen Breitschnauzstörs, einem saugenden Bodenfresser. Ich weiß, das klingt wie eine Beleidigung! Doch die tatsächliche Beleidigung ist eine Kombination aus lokalen Dammprojekten und Wasserverschmutzung, die die Population des Acipenser pseudoboscis auf das Niveau einer vom Aussterben bedrohten Spezies gesenkt hat.

Der U.S. Fish and Wildlife Service stellt jedes Jahr Hunderte Millionen Dollar bereit, um gefährdete Fischarten zu schützen, doch dafür muss das Ick Ick sie erst zählen, was leichter während der Paarungszeit durchzuführen ist, wenn die Fische in wärmere, flachere Gewässer ziehen, um dort unter den aufmerksamen Augen örtlicher Fischzähler zu laichen. Hey, ihr Fische, nehmt euch ein Zimmer! Hier spricht Sunny Lee mit The Sunny Side.

Wir fahren beim Four Corners in dem Moment vor, in dem *The Sunny Side* vorbei ist, und ich schalte das Radio aus, damit Sunnys seidenweiche Stimme angenehm in meinem Kopf widerhallen kann. Kaffee und Sirup fließen im Four Corners wie immer in Strömen, ebenso wie die Gespräche zwischen Dad und Mr. Weber, zu denen ich gelegentlich ein zustimmendes Grunzen beisteuere. So zugedröhnt, wie ich bin, kapiere ich erst nach einer Weile, dass sie über mich reden, und viel zu spät merke ich, dass ich ihnen gerade zugestimmt habe, mir irgendeinen Job zu suchen.

»Ein Mann braucht eine Beschäftigung«, bemerkt Dad ruhig.

»Ein Faulpelz ist des Teufels Kopfkissen.« Ich schiebe mir eine Gabel voll gebuttertem belgischem frittiertem Glück in den Mund.

Wissen die beiden denn nicht, wie beschäftigt ich bin? Ich arbeite in der ersten wachen Stunde des Tages härter als die beiden den ganzen Tag über. Es beginnt schon mit der morgendlichen Dusche. Zuerst muss ich die Shampooflasche in die Hand nehmen, sie mit den Zähnen öffnen und mir eine schwer einzuschätzende Menge auf den Kopf gießen, bevor ich die Flasche wieder aufrichte und mühsam verschließe. Mit nur einer Hand versuche ich, alle Stellen zu erreichen, die ich mit der anderen mühelos gewaschen habe. Auch wenn ich über fünfzehn Prozent weniger Hautoberfläche verfüge, die es abzutrocknen gilt, brauche ich doppelt so lang dafür wie früher.

»Wir verstehen, dass eine Rückkehr in den Lehrerberuf etwas unangenehm sein könnte.«

»Vor allem dann, wenn man zwei Schwämme gegeneinander schlagen möchte.« Ich rühre meinen Kaffee mit einem Speckstreifen um.

Wenn ich mir die Zähne putze, muss ich die Zahnbürste zuerst auf den Waschbeckenrand legen, um Zahnpasta draufzudrücken, wobei die Bürste normalerweise zur Seite umkippt. Was dazu führt, dass ich mir keine minzige Frische in den Mund schiebe, sondern ganz tolle Waschbeckenbakterien. (Zahnseide steht erst gar nicht zur Diskussion.) Haare föhnen ist unmöglich, weshalb ich sie möglichst kurz trage und in die richtige Richtung kämme, in der Hoffnung, dass sie dort trocknen und liegen bleiben, was natürlich selten der Fall ist.

»Wir hätten da ein paar Ideen, aber wir wollen selbstverständlich auch deine hören«, drängt mich Mr. Weber.

»Dann müsst ihr telepathische Fähigkeiten entwickeln.« Ich ertränke meinen Bauch voll Waffeln in Kaffee.

Beim Anziehen muss ich mich hinsetzen, damit ich nicht das Gleichgewicht verliere, dann rolle ich mich auf dem Hintern nach links und rechts, um meine Unterhose hochzuziehen und die Füße Zentimeter für Zentimeter mit Strümpfen zu bedecken. Jeansknöpfe und Reißverschlüsse waren mit zwei Händen sehr viel leichter zu bewältigen, weshalb ich auf Jogginghosen umgestiegen bin. Mich in ein T-Shirt zu winden, ist relativ einfach, doch Hemden zum Knöpfen sind undenkbar. Selbst Sonnenbrillen stellen ein Problem dar. Ich halte einen Bügel und klappe den anderen mit dem Mund auf, der nur ein schwacher Ersatz für fünf funktionierende Finger ist. Ich muss wohl nicht erst erwähnen, dass sämtliche meiner Schuhe solche ohne Schnürsenkel sind. Kurz gesagt, das Kreuz des Einarmigen hält mich ganz schön auf Trab.

»Was willst du machen, Aaron?«, fragt Mr. Weber ohne die geringsten Anzeichen telepathischer Fähigkeiten. Wäre auch zu schön gewesen.

»Ich dachte, ich probiere mich und meine Hand mal im NASCAR-Rennen.«

»Weißt du, was du hast?« Mr. Weber wird es mir gleich sagen.

»Einen Arm weniger als der Durchschnitt?«

»Trägheit. Du ruhst, also bleibst du auch im Ruhezustand. Denn wenn du dich in Bewegung setzt, fürchtest du, dein Leben könnte eine Richtung einschlagen, die du nicht kontrollieren kannst.«

»Wie viel Kontrolle hat man denn überhaupt über sein Leben? Könnten wir frei wählen, wären wir wahrscheinlich alle Astronauten oder Filmstars oder millionenschwere Industrielle. Nicht, dass ich mein Talent in einer dieser Richtungen sähe …«

»Selbst der niederste Helfer auf einem Schiff kann einen Job erledigen. Wusstest du, dass auf Walfängern üblicherweise ein Deckarbeiter an der sogenannten ›Affenleine‹ über Bord gelassen wurde, um aus dem Kopf eines toten Wals mit einem Eimer Öl abzuschöpfen?«

»Walfänger-Affenjunge klingt nicht gerade nach einer verlockenden Berufsbeschreibung, Mr. Weber.«

Die beiden diskutieren weiter meine eingeschränkten Möglichkeiten vor Ort, wozu ihrer Einschätzung nach Telemarketing, Kundenservice (auch per Telefon), Sozialarbeit (echt jetzt?), jeder Schreibtischjob in der Verwaltung und vielleicht sogar Berater für frisch Behinderte gehören. (»Dafür ist er noch nicht bereit«, verkündet Dad bei letzterem Vorschlag schnell, und ich gebe ihm aus tiefstem Herzen recht.)

Ich schätze meine Arbeitsaussichten anders ein: Statist in einem Horrorfilm, Schmuggeln von Dingen in einer hohlen Prothese, ein Schreibtischjob, bei dem man nur einen Stempel benutzen muss, Säuberung der Stange in einem Stripklub zwischen den Auftritten der Tänzerinnen, Senator von Hawaii und, weil ich schon Erfahrungen aus erster Hand vorzuweisen habe, Crashtestdummy.

In diesem Moment erwähnt Mr. Weber, dass er in eine von der Regierung finanzierte örtliche Kampagne zur Fischzählung involviert ist.

»Das ist doch ein Witz«, sagen mein Vater und ich gleichzeitig.

DINGE, DIE ICH ÜBER FISCHE UND IHRE ERHALTUNG WEISS

Kontraintuitiv

Das Zählen von Fischen wurde notwendig durch den Zusammenbruch der lokalen Fischpopulation, über deren Ursache man streiten kann. Viele machen die Ozeanerwärmung dafür verantwortlich, die Überfischung der Meere und die Umweltverschmutzung, andere geben der Ausbreitung der Dämme die Schuld, die Millionen von Fischen töten, wenn diese versuchen, in der Laichzeit gegen den Strom zu schwimmen, nur um stattdessen gegen eine Betonmauer zu knallen. Wie einem jeder Eishockeyspieler aus Erfahrung erzählen kann, wird es nach wiederholten Schlägen auf den Kopf von Mal zu Mal schwieriger, das Tor zu treffen, was späteren Nachwuchs unwahrscheinlich macht.

Unter dem Endangered Species Act ist die Regierung dazu verpflichtet, alle bedrohten Arten vor dem endgültigen Aussterben zu bewahren. Der offensichtlichste Weg, das Überleben des Blauen Breitschnauzstörs zu garantieren, wäre, die Hindernisse auf seinen natürlichen Wanderstraßen zu beseitigen, deren Turbinen jeden Fisch, der das Pech hat, daran vorbeischwimmen zu müssen, wie Kohlhäcksler zerkleinern. Doch weil die örtlichen Farmer die Bewässerung benötigen und die Wirtschaft den billigen Strom (und Politiker die Stimmen von beiden Gruppen), bleiben die Dämme so unverrückbar stehen wie ein fischgesichtiger Mount Rushmore.

Stattdessen hat das U.S. Army Corps of Engineers eine Multimillionen-Dollar-Industrie aufgebaut, wonach jeder irrationale Akt von einem noch wahnsinnigeren Schachzug gekontert wird – ein unendlicher Möbiusstreifen letztendlich sinnloser Aktivität. Mindestens eine halbe Milliarde Dollar wurde in einem Labyrinth aus Pipelines, Schleusen und Tunneln versenkt, um ganze Populationen junger Störe und anderer Fischarten aus dem Wasser zu ziehen und auf Kähne, Trucks und einmal sogar in ein Flugzeug zu laden, um sie sicher flussabwärts zu transportieren. Man hat Millionen Dollar dafür verwendet, »Fischleitern« zu bauen, über die sich die Fische in Herzinfarktgeschwindigkeit über die Dämme kämpfen können, und sogar Kanonen eingesetzt, um sie alle auf einmal mit bis zu fünfunddreißig Kilometern die Stunde darüber hinwegzukatapultieren.

Was alles den natürlichen Instinkt der Fische, zum Laichen in die Flüsse ihrer Geburt zurückzukehren, torpediert. Instinkte, die essenziell für das Überleben der Art sind. Als wenn man in einer Bar jemanden kennenlernt und sich kurz entschuldigt, um auf die Toilette zu gehen, nur um dann entführt und fünfhundert Kilometer entfernt im Ozean ausgesetzt zu werden und den Rückweg selbst finden müsste. Man würde mit riesiger Verspätung zurückkommen, und alle guten Fischeier wären bereits befruchtet.

Eine weitere halbe Milliarde Dollar wurde in dem Bemühen aufgewendet, die Populationen zu vergrößern. Man baute Fischbrutstätten, um große Mengen an Stören zu produzieren, die letztendlich den Weg zurück zum Fluss finden sollten – wo sie sehr wahrscheinlich ihren Tod am Damm fanden. Und da Zuchtfische von Arbeitern gefüttert werden, die das Futter auf der Oberfläche der Becken verteilen, Störe aber von Natur aus Bodenfresser sind, wachsen junge Störe mit der Erwartung auf, ihr Futter an der Oberfläche zu finden. Nach dem Freilassen steuern sie deshalb nicht den Grund zur Nahrungssuche an, sondern bleiben dicht unter der Oberfläche. Dort geben sie ein leichtes Opfer für die Raubseeschwalbe ab, ein Fischjäger, der in die Gegend eingeschleppt wurde, um ein Vogelschutzgebiet zu schaffen (Kosten: zweihundert Millionen Dollar). Dies geschah auf Betreiben desselben Army Corps of Engineers, der, nachdem man den Irrtum erkannt hatte, versuchte, den Fehler durch Umsiedelung der Seeschwalben wiedergutzumachen (Kosten: sechshundert Millionen Dollar), nur um von der Umweltorganisation Audubon Society und einem Gerichtsbeschluss gestoppt zu werden. Die Regierung unterhält also ein System von acht verschiedenen Bundesbehörden sowie örtlichen Verwaltungen, privaten Beratern, studierten Fischwissenschaftlern, Biologen, Bürokraten und Arbeitern, das Milliarden Dollar kostet, um anstelle der Störe den Damm zu retten; und um diesen besonders arbeitsunfähigen einarmigen Fischzähler anzustellen, außer er kann es ihnen ausreden.

Ich werde von netten Menschen beim staatlich geförderten Ick-Ick-Projekt ausgebildet, zusammen mit fünf anderen Einheimischen, die sich den bereits im Feld befindlichen Fischzählern anschließen wollen. Bei ihnen steht ein Mann, der einen ganzen Kopf kleiner ist als ich. Als ich ihn durch die offen stehende Tür erblicke, erwarte ich eine Stufe, die in den Raum hinunterführt. Da mein Fuß meiner Erwartung gehorcht, trete ich viel zu hart auf und stolpere in den Mann hinein. Ein bisschen so, als ob ich zur Abwechslung mal nur ein Bein hätte.

»Entschuldigung!« Ich richte mich auf und reiche ihm die Hand. »Ich bin Aaron und hier, um Fische zu zählen. Auch wenn ich besser bis fünf als bis zehn zählen kann.«

»Percy«, lautet seine einsilbige Antwort, als er, begleitet von einem starren Blick, eine winzige Hand in meine schiebt.

Ein Gesichtsausdruck, den er mit allen anderen Anwesenden gemein zu haben scheint. Man starrt sich hier anscheinend vollkommen unverfroren an. Wie Babys, die außer der Gesichtswahrnehmung, für die sie von Natur aus zum Überleben ausgerichtet sind, nichts registrieren. Als ich eine durchschnittlich aussehende Frau erblicke, deren Nase und Brüste allerdings gleichermaßen hervorstechen, bemerkt sie zwar meinen forschenden Blick, scheint sich jedoch nichts weiter dabei zu denken. Stattdessen erwidert sie ihn, als würden unsere Augen magnetisch voneinander angezogen.

Da Percy weiterhin schweigt, entziehe ich ihm meine Hand und nähere mich der Frau, ohne mit ihr zusammenzustoßen. So beeindruckt ich von ihren imposanten Brüsten bin, fasziniert mich ihre Nase beinahe genauso stark. Sie steht wie ein Schnabel hervor und verleiht ihrem ansonsten eher durchschnittlichen Gesicht etwas Besonderes. Schließlich wird mir die optische Intimität zu viel, und ich wende den Blick ab, was mich hier wahrscheinlich zum sozial unfähigen Sonderling macht.

»Magst du Fische?«, fragt sie.

»Ich gestehe, bis jetzt habe ich immer nur in Form von Essen an sie gedacht.«

Falls ihr das etwas ausmacht, zeigt sie es nicht.

»Und du?«

»Ich sorge mich um die Massenausrottung einer Art«, erwidert sie ausdruckslos und fügt dann hinzu, als ob sie mich nachahme: »Und du?«

»Ich brauchte einen Job, und es gibt nicht viel, was ich kann.«

Ihr Name ist Lilith, und wie jeder, den ich bisher beim Ick Ick kennengelernt habe, wirkt sie vollkommen ungerührt von meinem Zustand. Niemand scheint meinen fehlenden Arm überhaupt zu bemerken. Normalerweise ignorieren die Menschen die Tatsache bewusst, doch hier scheinen sie sein Fehlen ganz einfach nicht wahrzunehmen. Wahrscheinlich lernt man bei der wissenschaftlichen Arbeit viele seltsame Persönlichkeiten kennen. Wenn man hier bei der Einführung Überbisse und dicke Brillengläser ausblenden kann, schlechte Körperhygiene und zerknitterte Kleidung, schrille Stimmen und Ticks, die schon an Asperger grenzen, was macht dann schon ein Arm mehr oder weniger.

Ich versuche, meine Absichten gegenüber Lilith etwas fischkompatibler zu gestalten. Hauptsächlich durch den inflationären Gebrauch des Wortes »faszinierend«, mit dem ich meinen Gefühlen für die Themen Ausrottung, Dämme, Natur, Erhaltung und vor allem die Fische, die wir retten wollen, Ausdruck zu verleihen versuche, auch wenn ich bis jetzt noch nichts darüber weiß. Doch die gespielte Ernsthaftigkeit reicht aus, um mir bei der nächsten Trainingssitzung einen Platz neben ihr zu verdienen.

Auch wenn uns als Werkzeug anstelle von Wissenschaft und Methodologie nur reines Erkennen zur Verfügung steht, sollte der Job keine allzu schwierige Aufgabe darstellen.

Der Blaue Breitschnauzstör ist ein wirklich unglaublich hässlicher Fisch, der leicht von anderen Arten zu unterscheiden ist. Zuerst einmal und vor allem hat er eine platte paddelförmige Schnauze, keine Zähne, ein erweiterbares Maul (!) und Schnurrhaare, um Futter zu lokalisieren. Er ist etwa dreißig Zentimeter lang, und über seinen Rücken verläuft stacheliges Knorpelgewebe, das in einer Schwanzflosse endet. Außerdem verfügt er über vier Brustflossen, mit denen er vorgeben kann, auf dem Grund von Flüssen oder Seen zu laufen. Der *Acipenser pseudoboscis* wird als »primitiv« und »dinosaurierartig« beschrieben und hat sich seit der Kreidezeit vor siebzig Millionen Jahren – in der es genetisch vorgesehen war, möglichst hässlich zu sein, um nicht für Nahrung gehalten zu werden – kaum verändert. Blaue Breitschnauzstöre können bis zu hundert Jahre alt werden, doch bei den heute lebenden Exemplaren ist das eher unwahrscheinlich, da fünfundachtzig Prozent der Störpopulationen vom Aussterben bedroht und damit gefährdeter sind als jede andere Art auf der Welt. Doch abgesehen von dieser regierungsgeförderten Geld- und Zeitverschwendung am Wabash-Fluss interessiert das keinen, weil sie nun mal scheußliche Fische sind und damit sehr viel weniger niedlich als Pandas, Lemuren oder Babygorillas.

Als ich Lilith meine Beobachtungen mitteile, werde ich mit einem Lächeln belohnt, das sehr viel Zahn zeigt, ein weiterer, im wahrsten Sinne des Wortes herausragender Bereich ihrer seltsamen Physiognomie. Sie wirkt auf mich wie das intensive Gemälde einer wunderschönen Frau oder das wunderschöne Porträt einer intensiven Frau, und irgendwie fühle ich mich seltsam von ihr angezogen.

Nach einer Woche in einer klassenzimmerähnlichen Umgebung, in der wir auf das Fischzählen draußen im Feld vorbereitet werden, weiß ich nicht, ob ich viel gelernt habe. Die Auswirkungen der verschiedenen Marihuanasorten in Kombination mit Vicodin haben signifikant zu meiner Ablenkung beigetragen. Dennoch hat bereits meine winzige Leistung, an der Schulung teilzunehmen, eine solch überproportional große Begeisterung bei Mom und Dad hervorgerufen, als wäre ich das Kind mit der Kopfverletzung, das nach vielen missglückten Versuchen endlich das runde Klötzchen in die richtige Öffnung gesteckt hat.

Schlimmer noch, als Mom mit uns am Freitag zu Abend isst, veranlasst diese Leistung verdienstvoller, einarmiger Beschäftigung Steve, über seine »Arbeit« zu dozieren. Er verbeißt sich in das Thema, als ob es ihn verfolgen würde. Als sei sein Job ein beständiges Ziehen der Schwerkraft, dessen einziger Zweck es ist, ihn von den Höhen abzuhalten, in die er sonst, trotz chronischen Mangels an Ehrgeiz und dem Bedürfnis nach heimlichen Nachmittagsschläfchen, aufsteigen könnte. (Steve gibt gerne damit an, dass er die meisten Nachmittage schlafend in seinem PG&E-Truck hinter verspiegelten Fenstern und mit der ausgebreiteten Zeitung über dem Lenkrad verbringt. Warum es besser sein sollte, bei der Arbeit beim Zeitunglesen erwischt zu werden als beim Schlafen, erschließt sich mir allerdings nicht. Ich kann mir auch den Gedanken nicht verkneifen, dass Zeitungen deshalb vom Aussterben bedroht sind, weil Menschen wie Steve sie lesen oder zumindest so tun.) Trotz des Beruhigungscocktails aus Bier, Vicodin und einer fetten Portion Herb Your Enthusiasm macht mich Steves eingebildetes Gebrabbel unruhig, und leider kann ich ihn auch dann noch hören, als er sich Dad zuwendet.

»Früher musste man sich nur mit anderen weißen Typen messen, um voranzukommen. Man hat einfacher einen Job bekommen, konnte ihn leichter behalten und aufsteigen.«

»Es ist auch leichter«, werfe ich unnötigerweise ein, »wenn man nicht mitten am Tag schlafen muss.«

»Nein, wirklich«, verkündet er todernst. »Ist doch ganz logisch. Ich muss gegen Frauen, Schwarze und Mexikaner antreten. Wenn man bis auf die Weißen alle vom Arbeitsmarkt abziehen würde, wären das Millionen Menschen … Sehr viel weniger Leute würden sich auf dieselbe Anzahl Jobs bewerben.«

»Es war also alles besser, als die Frauen noch in der Küche eingesperrt wurden«, verdeutlicht Mom, »und die ›Negros‹ Baumwolle gepflückt haben …«

»Und die Mexikaner schön in Mexiko geblieben sind«, füge ich hinzu.

Jackie würde am liebsten im Boden versinken.

»Ich sage doch nur, dass man damals in den Sechzigern nicht eine Million andere Typen, Frauen, Schwarze, Chinesen abwehren musste …«

»Ja, die ›Schlitzaugen‹ haben deine Chancen auf Erfolg in der modernen Welt wirklich erheblich reduziert«, bemerke ich sarkastisch.

»Aaron«, schnappt Jackie, zwei Silben, die eigentlich »Klappe« heißen sollen.

Steve starrt mich wütend an. Er sieht aus wie ein bösartiger Hund, den man nicht reizen sollte. »Frag ihn«, sagt er und deutet mit dem Daumen auf Dad. Dann wartet er in Lauerstellung ab, als ob er gerade den Aufzugknopf gedrückt hätte.

Dad mustert Steve abschätzend und müde, bis er schließlich antwortet: »Er hat recht.«

Steve lehnt sich zurück und strahlt, als hätte ihm gerade die begehrteste Frau der Welt einen geblasen.

Ich bin so schockiert von Dads Antwort, dass ich auf einen Schlag nüchtern bin. »Das kann nicht dein Ernst sein.«

Dad zuckt mit den Schultern. »Gab es in den späten Sechzigern und Siebzigern weniger Menschen für all die Jobs? Ja. Als ich im mittleren Management gearbeitet habe, haben sich da auch Frauen, Schwarze«, er macht eine bedeutungsschwangere Pause, »und *Chinesen* für denselben Job beworben? Nein. Er hat recht, zumindest was die nackten Zahlen angeht. Heute gibt es mehr Bewerber. War es damals besser? Nein. Und wäre dieser Idiot«, Dad deutet mit seinem Glas auf Steve, eine Geste, die vom melodiösen Klirren der Eiswürfel darin begleitet wird, »damals in irgendeiner Branche, unter was für Umständen auch immer erfolgreicher gewesen? Natürlich nicht.«

»Hey, leck mich, alter Mann!«

Bevor ich es realisiere, ist es schon passiert. Eine zuckende Bewegung, pulsierendes Blut in den Adern, ein Keuchen. Ohren, die in Flammen stehen, mein Stumpf, der reflexhaft mein Kinn beschützen will, mein guter Arm, der ausholt, ein zu Boden stürzender Steve, dessen Hand blutig und dessen Nase gebrochen ist.

DINGE, DIE MAN MIT EINEM ARM IMMER NOCH TUN KANN

× *Seinem gottverdammten, beschissenen Schwager eine reinhauen*

Muskulös

Ich bin ein verdammter Höhlenmensch, ein herrlich bestialisches, nicht denkendes Instinktwesen. Ein einarmiger Höhlenmensch, der dennoch fähig zu den urtümlichsten aller Gewaltakte ist, um seine Blutlinie zu verteidigen und einen Feind zu besiegen, der sich für etwas Besseres hält, jedoch nun zurück in seine Höhle humpelt, blutig und besiegt und von seiner Frau noch mehr entmännlicht. Er wird nicht länger die Wärme unseres Feuers genießen oder an dem Fleisch unseres letzten Beutezuges teilhaben, ebenso wie wir uns nicht mehr sein Trommeln auf die Brust und sein überhebliches Grunzen anhören müssen. Nachdem ich ihn im Kampf geschlagen habe, könnte ich seine Frau für mich beanspruchen, doch sie ist meine Schwester, und unter Höhlenmenschen wäre das ja vielleicht noch okay, aber heutzutage, ganz ehrlich, eher abstoßend.

Steve ist weg, und noch Tage später hat Jackie nur vage Pläne, nach Hause zurückzukehren. Ich jedoch bin immer noch begeistert über das Zusammentreffen meiner Faust mit Steves überraschend nachgiebiger Nase. Ich denke, das Schlimmste für Steve war, abgesehen von dem zerschmetterten Knorpelgewebe, dass ihm niemand zu Hilfe kam oder auch nur das Geringste gegen die Tracht Prügel einzuwenden gehabt hatte. Dad war es vielleicht wegen seines Geredes von Nettigkeit einen Moment lang unangenehm, Mittelpunkt des Konflikts zu sein, doch Moms Zen kann einen gewalttätigen Akt sicher nicht einmal erfassen. Zumindest hat sie keine Miene verzogen, außer (das könnte ich schwören) um ein winziges Lächeln zu unterdrücken. Selbst Jackies beträchtliche Wut – hervortretende Augen, aus der Nase laufender Rotz, herumspritzender Speichel, ihrem Tattooabbild sah sie überhaupt nicht mehr ähnlich – war einzig und allein gegen Steve gerichtet. Ihr lautstarker Hass auf ihn war in diesem Moment so ursprünglich, dass sich alle Tiere in Hörweite sicherlich plötzlich gegenseitig aufgefressen hätten, und ich war dankbar, meinem verdienten Anteil an ihrem Zorn irgendwie entgangen zu sein.

Der Rausch der Überlegenheit hält an, und ich habe einen ganz ähnlichen Rausch der körperlichen Ertüchtigung in meinen Tagesablauf aufgenommen in der Hoffnung, die Erfahrung wiederaufleben zu lassen, ohne dabei ständig jemanden bewusstlos schlagen zu müssen. Ich würde nicht sagen, dass ich seit dem Unfall fett geworden bin, aber »teigig« trifft es vielleicht ganz gut. Außerdem habe ich einen immer wiederkehrenden Hitzeausschlag in einer Hautfalte unter meiner weicher gewordenen Brust bemerkt, eine Schweißfalle, an deren Stelle sich zuvor nur Muskelgewebe befunden hatte (wenn auch kein besonders beeindruckendes). Großzügig geschätzt habe ich etwa acht Kilo Übergewicht. Doch wenn sich in mir deswegen bisher auch nur der leiseste Hauch eines Schuldgefühls geregt hatte, war mein Blick schon bald auf einen wirklich gefährlich übergewichtigen Mann auf der Straße gefallen, und ich dachte mir: Ach, und *ich* soll abnehmen? Doch jetzt habe ich angefangen zu joggen (schließlich habe ich immer noch zwei gesunde Beine), die Bauchmuskeln zu trainieren (denen es ebenfalls gutgeht) und Hanteln mit meinem guten Arm zu stemmen (Jackies pinkfarbene Gewichte, die jedes nur zweieinhalb Kilo wiegen, aber ich habe sie mit Klebeband aneinander befestigt). Bei einarmigen Liegestützen habe ich die Grenze gezogen. Die sind schwerer, als sie aussehen, und wenn der Arm nachgibt, ist zwischen deinen Zähnen und dem Boden nur noch dein Gesicht. Was außerdem komplett rausfällt, ist Seilspringen. Am meisten vermisse ich den Teil, wenn man das Seil richtig schnell schwingt, in den letzten Sekunden, bevor der Trainer die Übungseinheit beendet. Nur wenige Sachen stelle ich mir aufregender vor, außer vielleicht als lebende Kanonenkugel herzuhalten oder den ersten Zungenkuss zu bekommen.

Ich erinnere mich an das erste Mal, als ich jemandem ins Gesicht schlug. Ich war dreizehn und überrascht, wie gut es sich anfühlt. Der andere hatte mich so lange gereizt, bis ich vollkommen durchdrehte und ohne nachzudenken auf ihn losging. Auch wenn sich der Junge, der vor mir stand, unter Kontrolle hatte, die Hände perfekt hielt, bekam er meine Fäuste zu spüren, die aus allen Richtungen auf ihn eindroschen und denen er nicht ausweichen zu können schien. Meine Deckung war sicher so gut wie nicht vorhanden, doch er konnte keinen Konter landen. Als endlich jemand einschritt, keuchte ich schwer, doch der Junge schwitzte, und in seinem Gesicht waren die Spuren meiner Schläge zu sehen. Aus einem Nasenloch rann ein wenig Blut. Der Junge wünschte sich ganz eindeutig, der Erdboden möge ihn verschlingen. Dieser Moment lehrte mich die Macht von Wut über den Verstand.

Sunny Lee könnte mir sicher erklären, was ich damals empfand und bei jedem Joggingschritt und jeder gegrunzten Anstrengung immer noch empfinde. Die natürlichen Opiate meiner Endorphine werden als Antwort auf die körperliche Aktivität freigesetzt, Serotoninneurotransmitter feuern mit erhöhtem Gefäßverkehr, die Frontallappen des Gehirns strahlen vor Durchblutung. Der tropfende Schweiß, der mich an Sex erinnert, eine weitere Aktivität ohne Logik oder Nachdenken, nur Gefühle, der Intellekt dem Reptiliengehirn untergeordnet. »Wer sagt, man kann nicht vom Leben high werden?«, würde Sunny als Erstes fragen. »Es ist möglich, solange das Leben im Schnelldurchlauf abgespult wird!« Sie würde medizinische Studien zitieren und Ergebnisse universitärer Forschungsarbeit mit Labormäusen und Makakenaffen, bei der die Intensität der Anstrengung und die Signale des Gehirns in einem Glücksranking festgehalten wurden. Sie würde uns sagen, dass »Grammatik wichtig ist«, und alles mit einem »Stellt es euch als eine Zwei-für-eins-Einheit im Fitnessstudio vor, ihr macht die Arbeit, und euer Gehirn bekommt ein Freitraining geschenkt«, erklären.

Als ich in der Arbeit ankomme, ist mein perfekt durchblutetes Gehirn auf die Aufgabe des Fischzählens vorbereitet, was tatsächlich gar nicht so kompliziert ist, wie es klingt. Man steht nicht am Flussufer und versucht, die Fische einzeln zu entdecken, während drei gleichzeitig am anderen Ufer in die Luft springen, zwei direkt an einem vorbeiflitzen und irgendwo in der Mitte eine kleine Schule still und leise vorbeischwimmt. Man zählt die Fische nicht von oben, sondern dort, wo sie sich aufhalten: unter Wasser.

Jedem von uns wird ein kleiner unterirdischer Raum mit Fenster zugewiesen. (Wie Doctor Whos TARDIS, irgendwie größer von innen als von außen.) Vom Fenster aus sieht man eine Fischleiter, eine Reihe von Brettern, durch die Wasser strömen kann, die die Fische allerdings über eine bestimmte Rutsche leiten. Der Zählende muss die flussaufwärts schwimmenden Fische registrieren, wenn sie das Fenster passieren. (Das ist wie der Unterschied zwischen dem Versuch, jedes Auto in Manhattan am Times Square zu zählen oder auf die Rush Hour zu warten und sie dann zu zählen, wenn sie durch den Lincoln Tunnel fahren. Das hier geht jedoch ohne das Hupen und die ganzen Flüche vonstatten.)

Wir geben die Daten mittels einer speziellen Tastatur in ein Computerprogramm ein. (Was dann damit passiert, liegt weder in meiner Verantwortung noch in meinem Interesse.) Es gibt zwei Schichten von Fischzählern, die die Echtzeitpassage fünfzig Minuten von jeder ganzen Stunde zählen, sechzehn Stunden am Tag, von fünf Uhr morgens bis neun Uhr abends. (Angesichts der absurden Vorstellung, morgens um drei aufzustehen, um spätestens um fünf bei der Arbeit zu sein – mit oder ohne Zeitreise –, wähle ich die Spätschicht.) In der Nacht werden die Fische per Video gezählt, aber wenn ich eine körnige Aufnahme von hängendem Fleisch, das gegen die Natur ankämpft, sehen will, kann ich auch zurück ins Loading Zone zu den nassen T-Shirts gehen.

Doch auch tagsüber erschwert das trübe Wasser, das von den vorbeischwimmenden Fischen – von denen nicht mal alle *Acipenser pseudoboscis* sind – aufgewühlt wird, die Sichtung. An meinem ersten Tag zählte ich nur elf. Eine Zahl, die mir angesichts des gefährdeten Status der Spezies nicht ganz falsch erschien. Percy und Lilith, die je eine Leiter weiter flussabwärts beziehungsweise flussaufwärts saßen, zählten jedoch je dreißig Fische, was bedeutete, dass ich beinahe zweimal so viele verpasst wie gesehen hatte. Das einzig Logische war, Percy am Abend in eine beiläufige Konversation über seine Zahl zu verwickeln, bevor ich meine bekanntgab, was zuerst sehr gut funktionierte, da Percy glücklicherweise nicht daran gewöhnt zu sein schien, dass sich jemand anders für ihn interessierte. Doch sobald mir keine Varianten von »Na, der Tag lief doch gut, oder?« und »Und, wie lief's bei dir?« mehr einfielen, und er zunehmend ungeduldig verlangte, mein Ergebnis zu erfahren, musste ich Farbe bekennen, und er ließ mich stehen. Lilith verhielt sich wie eine geschlossene Muschel, sie wollte ihre Zahl nicht mal unter Androhung von Folter preisgeben.

»Du lässt dich zu leicht ablenken«, bemerkt Lilith an einem Abend, und ich überhöre beinahe ihre nächsten Worte, so sehr bin ich von ihrer beeindruckenden Nase abgelenkt. »Das ist grundsätzlich nicht so schlimm, aber beim Fischzählen doch etwas hinderlich.«

»Mir geht viel im Kopf herum.«

»Ich könnte stundenlang dieselbe Sache machen. Fische zählen. Ein Vogelhaus bauen. Geige spielen.«

»Darin war ich noch nie gut«, sage ich seufzend. »Ich bin eher der Typ, der beim Bau eines Vogelhauses für Fische nach der Hälfte aufhört.«

Sie lacht und zeigt dabei ihre imposanten Zähne, was meine Aufmerksamkeit von Nase und Brüsten ablenkt und ihr damit recht gibt, was meine Konzentrationsfähigkeit angeht.

»Du spielst Geige?«

»Ja. Magst du Musik?«

Sie sagt es genauso, wie sie bei unserem ersten Treffen gefragt hat, »Magst du Fische?«, und nachdem ich inzwischen über eine Woche mit Lilith verbracht habe, verstehe ich die Notwendigkeit für diese Direktheit.

»Ja, ja, sehr sogar. Ich würde dich gern einmal spielen hören.«

Sie zuckt mit den Schultern. »Ich habe meine Geige nicht dabei.«

»Dann könnten wir vielleicht«, schlage ich mutig vor, »zu dir gehen?«

In ihrem kleinen tadellos aufgeräumten Apartment spielt Lilith für mich Geige, *Die aufsteigende Lerche,* und ja, in der Ecke sieht man das im Entstehen befindliche Vogelhaus. Es ist entzückend und überweltlich, und sie verliert sich vollkommen in dem Stück, was ihre seltsame Anziehungskraft nur noch mehr unterstreicht. Ich werde von Gedanken an ihren nackten Körper abgelenkt. In meiner Vorstellung drücke ich meine Nase an ihre, während ich ihren übergroßen Mund küsse. Ich kann mir vorstellen, wie Lilith vor lauter Leidenschaft und Zwangsneurosen zählt, wie oft ich in sie hineinstoße, und ich hoffe, ich schaffe eine beeindruckende Zahl im oberen zweistelligen Bereich. Deshalb hat sie mich doch schließlich eingeladen. Mein Herz schlägt in Erwartung des ersten Sex seit meinem Unfall immer schneller, vor allem wenn ich ihn mit diesem seltsam anziehenden Wesen haben werde.

Sie hört auf zu spielen, die letzte Note hängt noch wie ein Tinnitus in der Luft. Sorgfältig legt sie die Geige in den Kasten zurück und schließt ihn, dann sieht sie mich mit ihren dunklen Augen eindringlich an.

Ich verstehe den Blick als Einladung und gehe auf sie zu.

Sie verzieht die Lippen, zeigt wieder diese Zähne, und sagt schlicht: »Dann sehen wir uns morgen.«

Während ich hektisch auf dem Dachboden masturbiere, überlege ich, ob die Konzentrationsprobleme von den Drogen herrühren könnten. Ich nehme einfach nicht genug. Ermutigt von meiner Höhlenmenschen-Fitnesskur, habe ich Pot und Pillen signifikant reduziert. Ich erinnere mich an das blendenlochgroße, klare Gesichtsfeld, das ich mit vier

Vicodin hatte, und bin mir sicher, dass diese Dosis in Kombination mit einer Cannabissorte, die extrem wach macht, meine Trefferquote beim Fischzählen deutlich erhöhen wird.

Nach einigen Tagen des Experimentierens habe ich genau die richtige Mischung aus Medikamenten und Gras gefunden, die meine Synapsen in Alarmbereitschaft versetzt. Vier Vicodin am Morgen und vier zum Mittagessen sowie stündliche Pfeifen mit Hocus-Focus, und ich kann das Beobachtungsfenster wie ein Barcodereader scannen. Mit einem Mal ist jeder vorbeiziehende Blaue Breitschnauzstör für mein effizient zugedröhntes Selbst so unübersehbar wie ein Schwarzlichtposter. Während die Tage und Fische vorbeischwimmen, erreichen Lilith und ich immer häufiger dieselbe Zahl, und als wir sogar Percy mit der Anzahl übertreffen, wirkt er verletzt. Schließlich wird meine Angabe sogar zur Messlatte für die letzte Zählung des Tages flussauf- und abwärts. Je häufiger ich die Fische zähle, desto weniger hässlich erscheint mir ihre flachköpfige Anmut, mit der sie sich gegen die Strömung stemmen, von der sie doch unablässig zurückgetragen werden in die Ausrottung.

Aus lauter Langeweile beginne ich, auch die anderen Fische zu zählen: Bachneunaugen, Gefleckte Adlerrochen, Barsche und drei Arten Redhorse – Silver, Shorthead und Greater –, die auf den ersten Blick schwer zu unterscheiden sind, doch für mich sind sie inzwischen so deutlich zu erkennen wie Ampellichter. Wenn ich mit den anderen am Abend meine überflüssigen Informationen teile, begegnen sie mir mit belustigtem Erstaunen. Manchmal versammeln wir uns schon vor der Arbeit am Flussufer, und ich benenne die Fischarten, die den Fluss hinunterspringen und wegen ihrer Langsamkeit viel zu einfach zu sehen sind.

Als ich heute zum Ende der Schicht aus meiner Zählkammer trete, wartet Lilith auf mich. »Das war sehr beeindruckend heute Nachmittag.«

»Was soll ich sagen? Die kleinen Kerle sind mir mit ihren schlagenden Schwänzen und der flossigen Beharrlichkeit ans Herz gewachsen.«

Ihr Blick wirkt heute anders, nicht mehr tot, sondern voller Leben, doch ich habe ihre Motive schon einmal missinterpretiert.

»Soll ich dir etwas auf der Geige vorspielen?«

Der Sex ist ungeschickt, steif und wunderbar. Ohne den Arm, auf den ich mich früher gestützt habe, während ich den anderen benutzte, um meine Partnerin zu befummeln, kann ich mich *entweder* aufstützen *oder* fummeln, aber nicht beides gleichzeitig. Natürlich entscheide ich mich für den Körperkontakt, doch ohne die Möglichkeit des Abstützens erinnert das Ganze ziemlich an die ungeschickten Erstversuche eines Schuljungen.

Lilith erlöst mich schließlich, indem sie mich so routiniert auf den Rücken dreht wie einen Fisch, den sie kennzeichnen soll. Sie zieht ihr T-Shirt nicht aus, doch ich bin nur so lange enttäuscht, bis sie sich auf mich senkt und ihre Hüften an meinen reibt.

Instinktiv beginne ich meine Stöße zu zählen, werde jedoch nach dem fünften von dem großen Cartoonfischkopf auf ihrem T-Shirt abgelenkt. Anstatt in Liliths starre ich in die toten Augen des Comicmonstrums, bis wir beide, nach keine Ahnung wie vielen Stößen, kommen, und sie wie angeschossen auf mir zusammenbricht.

Lange liegen wir da, ohne etwas zu sagen. Mein Prä-Unfall-Selbst hätte schon längst auf die ruhigen Atemzüge des

Schlafes gelauscht, der eine saubere Flucht ermöglichen würde. Doch die aktuelle Version von mir überlegt, was das hier für sie bedeutet, für mich, für uns, wenn wir denn überhaupt ein »Wir« wären. Die sehr viel jüngere Ausgabe von mir, die gerade ihre Jungfräulichkeit verloren hat, würde jetzt beten, sie nicht geschwängert oder ihr eine Krankheit angehängt zu haben, doch selbst diese beiden Sorgen könnten das Grinsen nicht aus meinem Gesicht wischen.

Unerklärlicherweise sagt mein derzeitiges Ich: »Was denkst du?«

»Ich brauche mehr Zeder für mein Vogelhaus.«

»Zeder?«

»Holz«, erklärt sie. »Zeder verrottet nicht, sie atmet und isoliert, und das Holz ist nicht zu dünn. Alles, was dünner als zweieinhalb Zentimeter ist, speichert die Hitze, was nicht gut für die Vögel ist, vor allem nicht für die Jungtiere. Und man muss es nicht streichen oder färben. Die Dämpfe wären schädlich, und die Farbe ist giftig, wenn die Vögel daran herumpicken. Man sollte die Häuschen sowieso nicht streichen. Helle Farben ziehen Feinde an.«

Angesichts des unromantischsten postkoitalen Themas in der Geschichte der zwischenmenschlichen Beziehungen schweige ich. Auch Lilith verstummt, als ich nicht weiter nachhake. Ich frage mich, ob diese seltsame, wunderbare Begegnung mit dieser Frau, die so viele hervorstechende Eigenschaften hat, ein Omen für mein sexuelles Schicksal ist. Ob mein Datingpool nun auf Frauen reduziert ist, deren emotionale Besonderheit meiner körperlichen entspricht. Ich überlege gerade, wie vielen Frauen wie Lilith ich in meinem Leben begegnen könnte, als sie sich aufsetzt und meinen Stumpf betrachtet.

»Das sollte mal jemand anschauen«, sagt sie.

Ich folge ihrem Blick. Ein Auge meiner Seeschlange ist rot und geschwollen. Weniger besorgt, als vielmehr peinlich berührt, winde ich mich in mein T-Shirt und schlucke noch eine Vicodin.

Lilith drängt sich an mir vorbei, setzt sich an den Tisch und beginnt, konzentriert an dem Vogelhaus weiterzuarbeiten.

Ich kämpfe mich in meine Hose und schlüpfe in die Schuhe, dann sitze ich eine Minute nur da und beobachte sie. Als ich aufstehe und ihr einen Kuss auf den Nacken gebe, zuckt sie zusammen, als hätte sie meine Anwesenheit bereits vollkommen vergessen.

Ich gehe, ohne mich zu verabschieden.

Der Sex mit Lilith war eine einmalige Sache, über die wir nicht sprechen. Wenn ich mich in den folgenden Wochen danach erkundige, ob sie »beschäftigt« ist oder »nach der Arbeit noch was machen« will (zugegeben, keine besonders unwiderstehlichen Verführungsversuche), lehnt Lilith höflich und auf eine Art ab, die jeden stattgefundenen sexuellen Kontakt zu verleugnen scheint und mich mit der Frage zurücklässt, ob ich mir alles nur eingebildet habe.

Als sie eines Tages das Fisch-T-Shirt bei der Arbeit trägt, starre ich so unverhohlen auf seine Augen – und ihre Brüste –, dass sie mir eine Ohrfeige verpasst. Ich bin erleichtert, dass ich mir zumindest nicht alles nur eingebildet habe.

Einen Großteil des Tages verbringe ich allein in der Unterwasserarbeitsstation mit meinen Gedanken, die sich dank der stündlichen Haschpausen (die an einem anderen Arbeitsplatz schwierig umzusetzen wären) hauptsächlich um den hart erarbeiteten Weg jedes Fisches drehen, der an meinem Fenster vorbeischwimmt. Jenseits aller Vernunft kämpfen sie gegen die Technik (den Damm), unterstützt von noch dämlicherer Technologie (die Fischleiter), an, um das zu tun, was ihnen die Natur befiehlt. Ein Mikrokosmos unserer menschlichen Existenz, programmiert aufs Jagen und die Fortpflanzung. Doch statt uns alleine damit zu beschäftigen, müssen wir uns mit einer technologisierten Welt auseinandersetzen, die unseren Höhlenmenschenvorfahren nicht vermittelbar wäre. Wir werden von Autos, Mobiltelefonen, Tablets und Werbespots unterstützt, und trotzdem kommen wir nie an den Ort, den die Natur für uns vorgesehen hat (Vorteil: Fisch). Doch hier, einsam und unantastbar und sehr high, kommuniziere ich mit der Natur und bin vorübergehend nützlich. Es ist ein tröstlicher, verrauchter Bau, aus dem ich jedem Tag hervortrete, bereit, mir vom Leben eine reinhauen zu lassen.

Ich achte darauf, zu Beginn und Ende jeder Schicht den Fluss von oben zu betrachten, aus Furcht, dass ich mich zu sehr daran gewöhne, die Fische nur in dem engen Ausschnitt des kleinen Glasfensters zu beobachten. Hier draußen rauscht die Strömung, und die Fische, irgendwo da unten, eilen ihn hinauf. In den Überlaufwehren über den Fischleitern ist von Zeit zu Zeit ein flossiger Reisender zu sehen. Und mir stockt beinahe der Atem, als zwei Blaue Breitschnauzstöre im Tandem in die Luft springen, über das, was meine Reflexion im Wasser zu sein scheint – sein *muss,* denn es handelt sich um einen armlosen Mann. Komisch ist nur, dass sich dieser auf der anderen Flussseite befindet.

Ich werfe einen Blick ans andere Ufer, von wo aus der für die Spiegelung verantwortliche Mann zu mir herübersieht. Er winkt mir mit seinem linken Arm zu, und ich erwidere den Gruß mit meinem rechten. Dann verschwindet er flussaufwärts wie einer der Fische, der sich an uns vorbeiwindet in dem Versuch, sich selbst für die nächste Generation zu bewahren.

Jackie wohnt seit beinahe einem Monat bei uns, und ich fürchte, dass ihr großzügig ausgelegtes Sabbatical mittlerweile eher einer quälend in die Länge gezogenen Gefängnisstrafe ähnelt. Als ich vom Fischzählen zurückkomme, erwarte ich beinahe, sie mit Kreide einen Strich für Tag siebenundzwanzig an die Wand malen zu sehen.

Stattdessen begrüßt sie mich geradezu hysterisch: »*MeineHighschoolfreundinCelesteveranstaltetzuHalloweeneine-KostümpartyunddumusstunbedingtmitmirhingehenIchsterbewennichdasverpasse!*«

Sie packt mich am T-Shirt und schüttelt mich. Ihre Miene drückt zwar Freude aus, doch gleichzeitig sieht es auch ein bisschen so aus, als könne ihr jede Sekunde der Kopf platzen, weshalb ich erst einmal versuche, sie zu beruhigen.

»Wieso kennst du sie überhaupt noch? Ich habe zu niemandem aus der Highschool noch Kontakt. Nicht, dass mich das stören würde …«

»Weil ich unglaublich beliebt war und du ein comiclesender Idiot? Komm schon, das wird lustig!«

»Für mich klingt es weit weniger lustig, als zu Hause zu bleiben und die Kinder beim Trick-or-Treat mit meinem Stumpf zu erschrecken.«

Ihr Gesicht fällt ein wenig in sich zusammen. Es ist nicht zu übersehen, wie gerne sie ihre alten Freunde wiedersehen und den früheren Ruhm ihrer Highschooltage noch einmal aufleben lassen würde. Und wer könnte ihr das schon verdenken? Jackie sieht zehn Jahre jünger aus, als sie in Wirklichkeit ist, und sie ist großartig in Form. Das ist ihre Chance, noch einmal richtig Eindruck in einem aufreizenden Kostüm bei ihren alten Freunden zu machen, die sich mühsam in ihre Übergrößeklamotten gequetscht haben.

Ich will sowieso schon nachgeben, als sie ihren letzten Trumpf ausspielt: »Wer weiß? Vielleicht kommt Sunny Lee ja auch!«

KOSTÜME, DIE EINARMIG NICHT FUNKTIONIEREN

- *Jongleur*
- *Atlas*
- *Ruderer*
- *Vitruvianischer Mann*
- *Akkordeonspieler*
- *Das Kind mit den zwei Knarren*
- *Gitarrengott*
- *Ritter mit Schild und Schwert*
- *Billard-Ass*
- *Toga-Typ*
- *Boxer*
- *Hosenträger*
- *Bogenschütze*
- *Gekreuzigter*
- *Gewichtheber*
- *Abe Lincoln*

Verkleidung

Ich bin nicht so stark wie zum Beispiel Randy Fucking Pausch, der seinen Zustand so überzeugend wie eine Figur aus *Saw* überspielen konnte. Vor die Wahl gestellt, würde ich mich für den Hai und nicht sein Opfer entscheiden. Doch ich kann meinen Zustand auf dieselbe Weise verbergen, auf die auch Jackies Freunde die Spuren der vergangenen Jahre, der Vernachlässigung und des Kinderkriegens hinter fließenden Engelsgewändern oder Sponge Bobs kantiger Gestalt verstecken werden. Ich kann mich in einen Roboter verwandeln, einen Transformer, Astronauten, Gorilla oder das hintere Ende eines Zebras. Und eine weitere Möglichkeit wäre, einfach als der Mensch zu gehen, der ich einmal war.

Ich ziehe einen Nadelstreifenmaßanzug von Hugo Boss an, den ich trug, als mir mein Aussehen noch wichtig war. Nicht direkt ein Kostüm, aber wenn ich den Arm ausstopfe und eine falsche Hand hinzufüge, ist es ebenso irreführend wie jede andere Verkleidung auch. Die Gestalt im Spiegel sieht aus wie ich früher, als ich noch ganz war, nur noch ein wenig besser, immerhin gehen wir auf eine Party. Ich habe mir die Mühe gemacht, mich zu rasieren, meine Haare zu gelen und mir eine alte Krawatte aus Dads Schrank um den Hals zu legen, an der immer noch das Preisschild hängt. (Ich beiße es mit den Zähnen ab, während ich es in der Hand halte.) Doch wenn ich mich bewege, wirke ich immer noch seltsam, weil der falsche Arm wie ein Gehängter an mir herabbaumelt. Als ich ihn in eine Schlinge lege, ist die

Verkleidung perfekt. Das Prä-Unfall- und Prä-Scheidungs-Ich ist wiederhergestellt.

Bei meinem Anblick bricht Jackie in Tränen aus. Dann boxt sie mich in den rechten Arm, weil sie jetzt zurück nach oben gehen und den riesigen schwarzen Ring um ihr rechtes Auge – das Bull's Eye – neu malen muss.

Dad schlurft ins Zimmer, wie immer leicht zu einer Seite geneigt, wahrscheinlich das Ergebnis von vierzig Jahren, in denen er die Aktentasche immer in derselben Hand getragen hat. Noch immer scheint er das längst nicht mehr vorhandene Gewicht ausgleichen zu wollen. Oder es könnte eine Auswirkung der vielen Zeitreisen sein. (Es gibt keine offiziellen Studien über eventuelle Nebenwirkungen täglich zweimaliger Fahrten in einem Lincoln über die Zeitzonengrenze.)

»Hübsche Krawatte«, bemerkt Dad.

»Wieso hast du sie nie getragen?«

»Ich habe immer auf die richtige Gelegenheit gewartet. Dann hat man irgendwann keine Gelegenheiten mehr, aber immer noch einen Schrank voller Krawatten. Hier, lass mich mal …« Er nimmt die Krawattenenden und hält sie, als ob er einen Streitwagen lenken würde. Langsam legt er ein Ende über das andere und versucht, die Stoffstreifen aus der umgekehrten Perspektive zu binden.

»Du solltest welche zum Anklipsen kaufen.«

»Geduld wird unterschätzt.«

»Eine Tugend, sagt man.«

»Wir rennen, rennen, rennen, hetzen immer herum ohne bestimmtes Ziel, bleiben nur gelegentlich stehen …«

»Lange genug, um ein Loch in eine Zielscheibe zu schießen.«

Dad lacht. »Biathlon ist eine gute Metapher für das Leben. Auf einer Strecke von zwanzig Kilometern hält man nur fünfmal an. Dazwischen sprintet man so schnell, dass man nicht einmal mehr die Landschaft um sich herum wahrnimmt. Vielleicht schafft man es gerade, seine Zwischenzeiten nachzusehen. Doch diese ruhigen Momente am Schießstand …«

»Unterbrochen von Schüssen …«

Dad lächelt. Mein Tinnitus setzt wieder ein, doch ich genieße den Moment, einfach mit meinem Vater zusammen zu sein, als er mir die Krawatte bindet.

Lange stehen wir so da, bis Jackie hereinstürzt und verkündet: »Wir sollten los.«

»Und dann plötzlich«, Dad gibt mich frei, »ist man wieder unterwegs.«

Wir betreten das Haus unentdeckt. Drinnen bietet sich uns ein überwältigender Anschlag auf sämtliche Sinne. Hektische Bewegungen und erstaunliche Lautstärke bilden eine Szenerie, die jede Erwartung angesichts eines Zusammentreffens lauter über Vierzigjähriger Lügen straft. Das hier ist die letzte Party eines sterbenden Teenagers, eines verurteilten Verbrechers, der bald eine lange Gefängnisstrafe antreten wird, eines Politikers, der gerade eine Wahl verloren hat und das verbleibende Geld für die Kampagne bis zum nächsten Morgen verprassen muss, das Leugnen einer Generation. Doch statt latenter Verzweiflung herrscht hier das gemeinsame Bemühen um die Verdrängung der Realität vor – Alter, Verantwortung und Identität eingeschlossen. Morgen werden sich alle schrecklich fühlen und ihr mühsames Alltagsleben wiederaufnehmen, doch heute Nacht zählen nur die Musik ihrer Jugend, Alkohol in rauen Mengen und der Schutz der Verkleidung.

Plötzlich ist Jackie von ihren alten Freunden umrundet, die kreischen wie ein Zug, der gerade entgleist und alles niederwalzt, was ihm in den Weg kommt. Ich versuche, mich zwischen einer fetten Hexe und etwas hindurchzuschlängeln, das wohl einer nuttigen Adeligen ähneln soll, bevor unangenehme Vorstellungsrunden alles Leben aus dem Raum saugen. Doch ich bin zu langsam.

»Ihr erinnert euch doch sicher an meinen Bruder Aaron.«

Wie die Nadel, die über eine Schallplatte kratzt, heften sich alle Blicke auf den Arm, der eigentlich fehlen müsste.

»Ich dachte …«, bringt die Hexe eher verwirrt als böse hervor, bevor ihr ein Roller-Derby-Girl den Ellbogen in die Seite rammt und dabei unsicher auf den Rollschuhen schwankt.

»Schön, euch alle wiederzusehen«, lüge ich. »Ich habe allerdings keine Ahnung, wer ihr seid, und das liegt nicht nur an den Kostümen. Meine Erinnerung ist auch nicht mehr das, was sie mal war.«

»Kommt das von dem Unfall?«, fragt ein Cowgirl, das ein Pappmachépferd trägt, woraufhin auch sie einen Ellbogenstoß von Derby-Girl kassiert, durch den diese nach hinten rollt.

»Ja«, lüge ich weiter. »Ich leide an Gesichtsblindheit.«

Jackie verdreht die Augen.

»Prosopagnosie«, benennt die nuttige Adelige die Diagnose mit dem Fachbegriff.

»Er hat die seltsame Kleiner-Bruder-Krankheit«, winkt Jackie ab und stürzt sich zu einer Gruppenumarmung auf ihre Freunde.

Wieder beginnen alle zu kreischen und zu quietschen, und ich nutze die Gelegenheit, um endlich abzuhauen. Erst später frage ich mich, ob eine von ihnen (vielleicht der nuttige Rodeoclown) Sunny Lee gewesen sein könnte, erkenne aber schnell, dass nichts, nicht einmal das tollste Ereignis oder der Messerwurf eines Serienmörders Sunny so zum Kreischen bringen könnte.

Seit dem Unfall war ich nicht mehr mit so vielen Leuten auf einmal zusammen. Unter anderen Umständen wäre ich der Auffälligste im Raum und Ziel intensiver Blicke und Mutmaßungen. Doch heute gehöre ich zu den Unscheinbarsten. Ein Typ in einem Anzug, der zu verklemmt ist, um sich zu verkleiden. So kann ich selbst beobachten, statt den prüfenden Blicken der anderen ausgesetzt zu sein. Ich genieße die Unsichtbarkeit, die mir seit der Entlassung aus dem Krankenhaus verwehrt war, und lasse mich von Raum zu Raum treiben. Während ich das Treiben beobachte, stelle ich fest, dass diese farbenfrohe Festlichkeit, inmitten der schauderhaften Dekorationen, die sich über den Tod lustig machen, und den Partyspielen, bei denen viel gejohlt wird, nichts mit den gruseligen Traditionen zu tun hat, den heidnischen Ritualen, Heiligen und Geistern, sondern nur etwas mit dem universellen Bedürfnis, jemand anders sein zu wollen. Und wenn wir die Illusion mehr als ein paar Stunden aufrechterhalten könnten, würden wir vielleicht tatsächlich zu dieser anderen Person.

Ich mustere die gekauften und selbstgemachten Masken und das Make-up, die Federn und den Glitter, die Verkleidungen aus Pappkarton und Pappmaché (es gibt sogar jemanden, der als blutiger Kopf auf einem Teller auf einem Tisch verkleidet ist) und überlege, wer von den Menschen dahinter Sunny Lee sein könnte. Mir ist natürlich bewusst, dass Jackie mich nur ködern wollte, doch ich habe trotzdem, wie jeder andere hungrige Fisch es auch getan hätte, auf das verlockende Aufblitzen des Hakens reagiert in der Hoffnung, es könnte mich vielleicht aufrecht halten. Einmal angebissen, kann ich nur noch zappeln und hoffen, so auf Sunny zu treffen.

Der Barkeeper gießt eine für einen vernünftigen Menschen viel zu große Menge Wodka in ein hohes Glas und fügt einen Spritzer Tonic hinzu. Ein umgekehrtes Mischungsverhältnis, das mich so schnell auf das Niveau der allgemein herrschenden Stimmung hebt, wie eine Meeresschildkröte auf Wanderschaft in den Ostaustralstrom gerissen wird.

Über den Rand meines Glases hinweg trifft mein Blick auf eine entzückende, betrunkene Frau. Sie ist nicht entzückend, weil sie betrunken ist, das sind zwei voneinander unabhängige Eigenschaften. Sie ist von Natur aus hinreißend und wäre es in jeder Umgebung – hinter einem Schreibtisch, beim Gassigehen mit einem Hund, beim Verzehr eines Riesensandwiches oder in einem Zahnarztstuhl mit Speichelfaden im Mundwinkel. Mit ihrem nuttigen Wikingerfraukostüm vertreibt sie augenblicklich jeden Gedanken an Sunny Lee.

»Ach komm!«, tadelt sie mich laut über die Musik hinweg. »Ein gebrochener Arm ist doch keine Entschuldigung für eine fehlende Verkleidung.«

»Ich bin Aaron«, brülle ich zurück und rechtfertige mich nicht.

»Ariana«, erwidert sie lachend.

»Aaron und Ariana, was für eine außergewöhnlich anziehende Alliteration! Wenn wir heiraten, könnten wir unsere Kinder Ari und Arial nennen.«

»Wir können nicht heiraten. Alle würden kotzen, weil die Namenskombination viel zu niedlich klänge.«

Nachdem das geklärt ist und wir unter keinem Druck

mehr stehen, eine Beziehung miteinander eingehen zu müssen, stürzen wir uns ins Partygetümmel. Fröhlich wechseln wir zwischen gefrorenen Jell-O-Shots und hemmungslosem Tanzen zu Spät-Achtziger-Klassikern, die damals uncool waren, jetzt aber irgendwie so perfekt sind wie ein vierundzwanzig Jahre alter Scotch. Einen kurzen Moment lang bin ich wieder siebzehn, befinde mich betrunken im Keller eines Nachbarn und grinse wie ein Idiot, weil ich ein sexy, sorgloser Geist bin, ekstatisch und ganz.

Als ich einen der professionell gerollten Joints vom THC aus der Jacketttasche ziehe, signalisiert Ariana wie erhofft Zustimmung. Sie nimmt meine Hand und führt mich nach draußen in den Garten, wo unser Schweiß zwar nicht direkt gefriert, aber mindestens wie der Schokoladenüberzug auf einem Softeis aushärtet.

Auf der Straße ziehen Horden von Zombies und Geistern, Vampiren und übergroßen Katzen an uns vorbei, läuten an Haustüren und fordern ihre Beute. Falls jemand hier klingeln sollte, wird allerdings niemand öffnen, die Party ist einfach zu laut.

Ariana stolpert zu einem Zaun. Die Auswirkungen der Jell-O-Shots sind ihr eindeutig anzumerken.

»Du bist ganz schön unsicher auf den Beinen für einen Wikinger.«

»Seemannsgang«, erwidert sie lachend. »Also, erzähl mir was, das die meisten Menschen nicht über dich wissen.«

»Ich bin ein Experte für traditionelle Wikingerpaarungsrituale«, erkläre ich und reiche ihr den Joint.

»Ich sag dir was, ich bin überhaupt kein Wikinger.«

»Das ist schade. Was machst du sonst?«

»Ich bin Physiotherapeutin und behandele hauptsächlich Rückenbeschwerden. Außerdem gebe ich Tanzunterricht«, antwortet sie, hebt ein Bein und legt es mühelos auf den Zaun.

»Du hast beeindruckende Beinmuskeln«, lobe ich.

Sie stößt ein tiefes, heiseres Lachen aus, in das ich am liebsten eintauchen würde, um darin zu ertrinken. Dächte ich noch an Sunny Lee, würde ich vielleicht (mit ihrer Stimme) über das Wunder von Pheromonen, explosiven Hormonen, hämmernden Herzen und geröteten Gesichtern philosophieren, über Gänsehaut und die Schwerelosigkeit der Freude, das Fortbestehen aller lebenden Wesen durch Fortpflanzung, die DNS-Programmierung unserer Vorfahren sowie die unweigerliche Auslöschung von allem, was wir waren oder je sein werden, durch die explodierende Sonne.

Doch ich denke weder an Sunny noch an meine Armlosigkeit – bis ich mit Ariana verschwinden will und Jackie mich an der Schulter packt und mir laut ins Ohr flüstert: »Du musst es ihr sagen!«

Als wir in Arianas Apartment ankommen, fällt ihr Brustpanzer mit einem Knall zu Boden und enthüllt so üppige Brüste, dass ich mich noch auf dem Sterbebett an sie erinnern werde. Sie scheint mich geradezu mit dem Mund verschlingen zu wollen, und unsere drei Arme arbeiten hart daran, mich zu entkleiden.

Doch als mein falscher Arm zu Boden fällt, bewahrheitet sich Jackies Voraussage. Ariana starrt mit einem Ausdruck, den man nur als hinreißende Verwirrung beschreiben kann, wortlos auf meinen zitternden Seeschlangenstumpf. Dann erbricht sie – auch entzückend! – etwas, das wie Blut aussieht (bis ich mich an die Jell-O-Shots erinnere) und wird ohnmächtig.

Sie aufs Bett zu heben ist weniger romantisch, als ich es mir vorgestellt hätte, irgendetwas zwischen dem Griff eines grobschlächtigen Feuerwehrmannes und den Bewegungen, mit denen sich ein Buckliger einer Leiche entledigen würde. Ich beobachte, wie sich ihr Bauch hebt und senkt und mit ihm ihr nach außen gewölbter Nabel, der aussieht, als ob ein verkümmerter Zwilling versucht, sich einen Weg nach draußen zu bahnen. Bei meinem Anblick würde er sich wahrscheinlich auch übergeben und einschlafen.

Ich putze das Erbrochene weg, ziehe mich leise an, klemme den falschen Arm unter den echten und gehe in der Hoffnung, dass Arianas Erinnerung an unsere gemeinsame Zeit von einem Filmriss verschluckt wird.

Ansteckend

Nach meiner spätmorgendlichen Joggingrunde komme ich schwerfälliger als sonst in die Küche. Dort erwartet mich Jackie, die ich noch nie so zerstört gesehen habe und die wahrscheinlich auch nie wieder so furchtbar aussehen wird: kreidebleich, mit strähnigen Haaren und tief in den Höhlen liegenden Augen sowie gekrümmtem Rücken. Ein perfekter Zombie, auch ohne Make-up oder Kostüm, der jedoch wie ein Idiot grinst.

»Gott, das war so cool!«, krächzt sie.

»Finde ich auch.« Ich beuge mich zu ihr und küsse sie auf den Scheitel, der nach Alkohol und Zigarettenrauch stinkt.

»Wirklich?«

»Bis auf den letzten Teil.«

»Oooh …« Sie weiß sofort, wovon ich rede. »Sie war niedlich.«

»Hinreißend«, korrigiere ich sie. »Und ich werde dir nicht sagen, wie sie nackt ausgesehen hat.«

»Bloß nicht!«

»Das Problem war eher, wie ich nackt aussehe …«

»Es wird keine Rolle mehr spielen, wenn du die Richtige triffst.«

»Eine, die keinen rechten Arm hat?«

»Natürlich nicht!«

»Als ich noch klatschen konnte, habe ich einmal eine ›Geburtsamputierte‹ kennengelernt. Eine Frau, die ohne Unterarm auf die Welt kam.«

»Bitte hör auf …«

»Sie war ziemlich beeindruckend. Auch wenn sie sicher mit ihren eigenen Einschränkungen zu kämpfen hatte, unterschieden sie sich vollkommen von meinen heutigen. Es ist ein Unterschied, ob man in einen primitiven Wüstenstamm hineingeboren oder plötzlich aus Chicago entführt und dort ausgesetzt wird, um wie die Eingeborenen zu leben. Allein schon die Gewöhnung an den Lippenteller wäre eine Herausforderung.«

»Bist du fertig?«

»Klar, aber nur, weil ich richtig, richtig verkatert bin. Gibt es noch Kaffee?«

»Der ist schon Stunden alt.« Sie schaut in ihre Tasse. »Wenn man Milch hineingießt, wird er irgendwie grau.«

»Man sollte also besser keine Milch hineingießen?« Ich würge zwei Vicodin mit einem Schluck wirklich grauenvollem Kaffee herunter.

»Man sollte vielleicht einfach frischen aufbrühen.«

Jackie und ich haben unsere halbe Kindheit damit verbracht, uns gegenseitig auszusitzen. Wenn das Geschirr gespült werden sollte, eine neue Toilettenpapierrolle eingelegt werden musste oder ein Haustier Hunger hatte, war das Ziel, so lange abzuwarten, bis sich der andere schließlich der Aufgabe erbarmte. Auf diese Weise verhungerten bei uns diverse Schildkröten so elend, als hätte man sie in der Mojave-Wüste ausgesetzt. Und aus ebendiesem Grund sitzen wir uns auch jetzt gegenüber wie zwei Revolverhelden, die sich gegenseitig in Grund und Boden starren, und trinken Kaffee, der nach getragener Unterwäsche schmeckt.

Es ist warm in der Küche, und ich schwitze mein T-Shirt durch. Mein Arm schmerzt höllisch. »Ich muss mich zudröhnen. Willst du mitmachen?«

»Ich sitze ganz bestimmt nicht den ganzen Nachmittag

auf deinem Dachboden und kiffe!« Sie knallt die Kaffeetasse auf den Tisch und steht auf.

»Schon gut, ganz ruhig ...«

»Zieh dich an«, befiehlt sie. »Wir gehen nach draußen und kiffen.«

Ich war seit meinem fünfzehnten Lebensjahr nicht mehr in Crawlywood. Damals gingen Artie, Joel und ich die drei Kilometer zu Fuß, um uns in den Weiten der Felder und Wälder zu verlieren. Eine Entfernung, die mir heute sehr viel weiter erscheint (Jackie und ich sind mit dem Auto gefahren), so wie der Wald sehr viel übersichtlicher (wie konnte er uns nur so endlos und geheim vorkommen?). Hier haben wir Böller gezündet, nachdem wir sie in der Erde vergraben hatten, um kleine rauchende Krater zu erzeugen, und Kiefernzapfen zu wackligen Konstruktionen aufgebaut, bevor wir sie in die Luft jagten. Ich hielt sogar mal einen Feuerwerkskörper in meiner damaligen linken Hand, so weit weg vom Körper wie möglich, und ließ ihn zwischen meinen Fingern explodieren. Es hat nur ein wenig gebrannt und gekitzelt. Auf die Explosionen folgte normalerweise ein Nachmittag mit dem mittlerweile vertrauten Klingeln im Ohr. Ein vergleichsweise kleines Opfer, das der Respekt und die Bewunderung durch meine Freunde bei weitem ausglichen.

»Haben sie einen Teil verkauft?« Jackie hustet und reicht mir die Pfeife. »Zur Erschließung? Das Areal wirkt so viel kleiner.«

»Die ganze Welt ist inzwischen kleiner als in unserer Kindheit. Überleg mal, wie groß der Dachboden früher war, selbst mit dem ganzen Zeug, das dort gelagert wurde.«

»Das kommt von der Deckenhöhe, wir waren damals

kleiner. Aber das hier …« Sie deutet auf die geschrumpfte Welt um uns herum.

»Man hat die Entfernung zwischen Dingen anders empfunden«, murmele ich undeutlich, als ich blubbernd an der Pfeife ziehe. »Erinnere dich nur daran, wie lange einem der Sommer vorkam. Endlos!«

»Bis er vorbei war.«

»Alles passierte so langsam, dass man der Welt beim Wachsen und Bewegen zusehen konnte: dem Gras, den Käfern, dem Himmel … Nichts ist einem entgangen. Und wie schwerfällig sich die Erwachsenen bewegt haben.«

Jackie zieht an der Pfeife. »Und jetzt sind wir selbst zu solchen schwerfälligen Erwachsenen geworden.«

Ich kam früher auch allein hierher, angetrieben von den erbärmlichen Anforderungen meines ersten Jobs. Zehn Dollar die Woche, um Shop-Smart-Couponblätter auszutragen. Statt zu klingeln oder sie in die Briefkästen zu verteilen, nahm ich sie mit in den Wald und warf sie jede Woche auf eine immer größer werdende Deponie von Sonderangeboten.

»Die können viel davon reden, dass sich das Universum ausdehnt«, bemerke ich träge. »Unsere Welt zieht sich jeden Tag zusammen wie ein schlaffer Ballon.«

»Wir hatten im College kein so gutes Gras«, nuschelt Jackie undeutlich.

»Wissenschaft ist großartig. Irgendwann wird sie mir, wie einer Eidechse, einen neuen Arm wachsen lassen. Ich meine, einen echten Eidechsenarm, grün und schuppig und mit riesigen Saugnapffingern, mit denen ich mich an der Wand festhalten kann.«

Jackie steigen Tränen in die Augen, und ich will mich mit dem größtmöglichen Böller in die Luft sprengen.

»Hey, tut mir leid …«

»Nein, nein, das ist es nicht …«

Sie würgt, und plötzlich werden auch meine Augen feucht. Wir schnappen beide nach Luft. Jackie sinkt auf die Knie, und als ich neben sie falle, stürzen uniformierte Männer mit Gasmasken aus dem Gehölz.

Der größte aus der Gruppe ragt hoch über mir auf, und sogar hinter seiner Maske höre ich, wie er undeutlich sagt: »Oh, verdammt!«

Im Krankenhaus werden unsere Augen ausgespült und unsere Körper mit Sauerstoff versorgt. Eine Erklärung bekommen wir auch. Anscheinend waren wir mitten in eine Übung des örtlichen Sheriffdepartments geraten, und als der Wind drehte, brachte er das Tränengas mit.

»Passiert nicht zum ersten Mal«, teilt uns die Notaufnahmeschwester mit. »Vor etwa einem Jahr hatten wir hier lauter heulende Pfadfinder. Überall Tränen und Rotz.«

»Was üben die da eigentlich?« Jackie würgt immer noch. »Glauben die etwa, sie müssten einen bewaffneten Aufstand niederschlagen?«

»Man kann nie vorsichtig genug sein«, bemerke ich. »Moment, doch, das kann man.« Idioten.

»Die Pfadfinder haben Klage eingereicht«, flüstert uns die Schwester zu. »Man hat sich außergerichtlich geeinigt.«

Mit dem zufriedenen Ausdruck eines Weinverkosters, der gerade eine überraschend wohlschmeckende Flasche verköstigt hat, wende ich mich an Jackie – Nicken, erhobene Augenbrauen, zustimmend verzogene Lippen. Dann streift die Schwester meinen Stumpf, und es fühlt sich an, als hätte sie eine brennende Fackel darangehalten.

»Autsch, verdammt noch mal!«

»Hat das weh getan?«

»Und wie!«

Mir bricht der Schweiß aus. Ich weiß nicht genau, ob durch den Körperkontakt oder aus Angst.

Die Schwester legt mir eine Hand auf die Stirn. »Sie glühen ja.«

»Zu viele Schichten«, stöhne ich und ziehe meine Jacke aus.

»Scheiße!«, ruft Jackie.

Ich folge ihrem Blick zu meinem undichten Stumpf und weiß, dass das nichts Gutes bedeuten kann.

Der Arzt erklärt mir, dass ich vierzig Grad Fieber habe und die Entzündung in meiner Schulter ernst zu nehmen ist. Er ignoriert meine Frage, ob amputiert werden muss, und fragt sich stattdessen laut, welcher Vollidiot sich an einer so verwundbaren Stelle tätowieren lässt.

Mom verkneift sich eine weitere Bemerkung zu Dinosauriergehirnen, während sich Jackies Gesichtsfarbe immer mehr der ihrer geröteten Augen angleicht, so wütend ist sie. Sie würde mich ziemlich sicher gerne töten, doch ich wette, Steve will sie die Eier abschneiden, und da bin ich doch lieber ich – mit Fieber, Infektion *und* meinen Eiern.

Man behält mich über Nacht da und hängt mich an eine Antibiotikainfusion, während man den Eiter aus meinem geschwollenen und blutunterlaufenen Schlangenkopf ableitet. Jeder, der den Raum betritt und wieder verlässt, pumpt etwas Desinfektionsflüssigkeit aus dem Behälter an der Tür in die Hände und reibt diese hektisch aneinander. Ich muss an Keime denken und dass Krankenhäuser luxuriöse Unterkünfte für grässliche, fleischfressende Bakterien sind, die sich nicht dazu herablassen würden, an einem anderen Ort zu existieren. Ich hoffe, dass die Nadel in meinem Unterarm, über die mir zweimal täglich Antibiotika eingeflößt werden, ordentlich sterilisiert wurde, denn das ist mein letzter Arm.

Die Schwestern lassen mich unter den wütenden Blicken meiner Familie zurück, die mir gegenüber auf den drei Besucherstühlen sitzt. Ein Tribunal der Enttäuschung. Bis auf die undeutlichen Durchsagen im Flur, bei denen diverse Ärzte ausgerufen werden, und meinen pfeifend atmenden Bettnachbarn hinter einem Vorhang ist es still. Die Gerüche, die Geräusche, das Brennen der Infusion und das unbequeme Krankenhausbett sind nur allzu vertraut, und trotz meiner Schuldgefühle, Jackie aus der überbordenden Freude über die Party in die unerfreulichen Tiefen einer Klinik hinabgerissen zu haben, bin ich noch nicht bereit für einen Vortrag.

»Dieses gottverdammte Tattoo«, wütet Jackie.

»Wir wissen noch nicht, was genau die Infektion verursacht hat«, beschwichtigt Mom. »Lasst uns keine vorschnellen Schlüsse ziehen.«

»Hast du dich überhaupt darum gekümmert? Nein, denn du bist ja die ganze Zeit high. Weißt du, auch wenn das alles furchtbar für dich ist, so hatte ich doch gehofft, dass du endlich erwachsen …«

Oh nein, mehr wird sie nicht sagen, nicht jetzt und auch nicht in Zukunft.

»Man sagt, man lernt aus Unglücken«, unterbreche ich sie. »Weißt du, was ich gelernt habe? Dass es weh tut, wenn Metall den eigenen Körper zermalmt. Ist das irgendwie hilfreich? Werde ich dadurch zu einem besseren Menschen? Ich habe auch gelernt, dass einem jederzeit alles zustoßen, dass sich das Leben innerhalb eines Augenblicks völlig ändern kann. Ich habe gelernt, dass Menschen auf die erstaunliche

Idee kommen, zu wissen, was sie an meiner Stelle täten und dass sie eine ebenso entschiedene Meinung darüber haben, wie ich mich verhalten sollte. Ich habe gelernt, wie egozentrisch ich bin, und das auf eine gute Art, weil ich tun will, was *ich* will! Ich bin hier der mit der Arschkarte, und ich bin der Einzige, der für mich wichtig ist!«

Den letzten Satzteil muss ich schreien, denn Jackie ist bei »Arschkarte« aus dem Raum gestürzt, dicht gefolgt von Mom.

Das pfeifende Geräusch hinter dem Vorhang wird lauter und hört schließlich auf.

Dad bleibt still sitzen. Wahrscheinlich überlegt er, ob er in dieser unerfreulichen Situation verweilen oder sich in die nächste begeben soll. Dann quietscht er plötzlich auf, der laute Schluckauf eines kleinen Hundes in Not, und schiebt zwei Finger zwischen seine Hemdknöpfe.

»Ich glaube, mein Defibrillator ist gerade angesprungen.«

Geschockt

Ein implantierbarer Kardioverter/Defibrillator ist offensichtlich darauf programmiert, Herzrhythmusstörungen zu erkennen (genauer gesagt den unregelmäßigen Herzschlag, der zum Herzstillstand führen kann) und diese mit einem Stromschlag zu korrigieren. Die Nachwirkungen meiner Armamputation sind unangenehm – Taubheit, Prickeln, Jucken, Phantomschmerzen –, aber ich möchte mir nicht einmal vorstellen, wie sich ein plötzlicher und unerwarteter Stromstoß mit achthundert Volt ins Herz anfühlt.

»Wie zum Teufel kann es im Krankenhausfernsehen kein ESPN geben?«

Dad drückt wiederholt auf die Fernbedienung, als wolle er den Apparat so zum Leben erwecken. Nachdem er zur Beobachtung aufgenommen wurde – ohne Grund zur Besorgnis, wie man uns versichert –, hat er den Platz meines früheren Zimmergenossen eingenommen. Für dessen Ableben bin garantiert ich verantwortlich, entweder aus Schmerz oder aus Erleuchtung. Als ob er mindestens einer meiner geschrienen Beschwerden – »Ich bin hier der mit der Arschkarte!« oder »Ich will tun, was ich tun will!« – zugestimmt hätte und unbedingt sterben wollte.

»Ich weiß nicht einmal, wie spät es ist. Warum hat der Kabelreceiver keine Uhr?«

Wenn Kasinos keine Uhren haben, damit man sich im bewusstseinserweiternden Trip des Glücksspiels verlieren kann, dann verzichten Krankenhäuser aus dem umgekehrten Grund darauf. Nämlich weil der lähmende Stillstand von den untätigen Zeigern nur noch verschlimmert würde. (Andere Orte, an denen es keine Uhren geben sollte: Schulen, Gefängnisse, lieblose Ehen.)

»Und das Essen erst. Das hast du einen Monat lang gegessen?«

Sieben Wochen sogar, bis auf die erste Woche, in der ich noch durch einen Schlauch ernährt wurde. Doch da ich vor allem damit beschäftigt war, damit klarzukommen, einhändig zu essen, ist mir die kulinarische Qualität der Speisen eher entgangen. Der Pudding hat mir allerdings immer geschmeckt, und die Krankenschwestern haben mir oft heimlich einen zweiten gebracht. Die Frauen stehen auf einen gerade einarmig gewordenen Mann!

»Nur der Pudding ist einigermaßen genießbar …«, schlürft Dad.

Wenn ich nicht bald aus diesem Bett herauskomme, werde ich sterben. Entweder geschieht es von allein, oder ich sorge kraft meines Willens dafür, so wie mein früherer Zimmergenosse.

Meine letzte Dosis Antibiotika habe ich gerade bekommen, weshalb ich ungehindert abhauen kann. Ich schlüpfe in meine Slipper und mache mich auf den Weg zur Tür.

»Wohin gehst du?«

»Ich mache einen Spaziergang. Will keine Thrombose bekommen. Oder mich wund liegen. Oder noch selbstmordgefährdeter werden.«

»Ich begleite dich«, sagt Dad ohne Notwendigkeit, aber mit echter Besorgnis in der Stimme, und mein Widerstand schmilzt dahin.

Wir taumeln den antiseptisch riechenden Gang mit seinen gedämpften Geräuschen, ausdruckslosen Gesichtern und gelegentlich langsam auf uns zuschlurfenden Patienten entlang, mit denen wir als Angehörige der Bruderschaft der laufenden Kranken ein Nicken tauschen. In den Räumen zu beiden Seiten des Ganges sehen wir das Elend der eingefrorenen Krankheitsszenerien; eine ans Bett gefesselte Gestalt, manchmal in Gesellschaft von schweigenden Menschen, die Wache halten. Ein Comicstrip ohne Witz.

»Explosionsartiger Durchfall«, stelle ich mir die Krankheiten der Zimmerbewohner laut vor. »Dachsangriff. Unfall beim Barhockerrennen …«

»Hat sich mit den Nadeln seines neuen Hemds gestochen«, macht Dad weiter.

»Gestürzt beim Versuch, Weihnachtslichterketten aufzuhängen.«

»Geschieht ihm recht, er ist damit viel zu früh dran.«

»Frostschäden von einem zu langen Aufenthalt in einem Wodkagefrierfach.«

»Hitzschlag durch Höhensonne.«

»Höhensonne? Leben wir im Jahr 1950? Garantiert durch ein Solarium!«

»Na gut!«, knurrt Dad.

»Der hier hat sich die Zunge verbrannt, als er damit eine Batterie getestet hat …«

Als wir um eine Ecke biegen, sehen wir uns plötzlich einem kleinen, etwa elfjährigen Jungen gegenüber, der mit seinem Infusionsständer mit dem Rücken an die Wand gelehnt dasteht, als ob er die einzige Sache sei, die sie aufrecht hielte – was unmöglich erscheint angesichts seines offensichtlich geschwächten Zustands. Seine Gestalt wirkt eingesunken, die Haut ist bleich, er hat eine Glatze. Er starrt auf meinen leeren Ärmel.

»Alligatorangriff.«

»Echt?«

»Wir haben ihn gefangen. Jetzt lebt er in der Badewanne meines Vaters. Wir warten nur darauf, dass er den Arm wieder ausscheidet, dann lassen wir ihn frei.«

Er lacht. »Du bekommst den Arm nicht wieder, wenn er schon Alligatorkacke ist!«

»Daran habe ich gar nicht gedacht.« Ich wende mich an Dad. »Was ist unser Plan B?«

Dad zuckt mit den Schultern. Er kann mit dieser neuen Wendung der Ereignisse nicht mithalten, wahrscheinlich ist er geistig zu sehr in Anspruch genommen von unserem überschwenglichen Spiel.

»Ich bin hier, weil sich mein Defibrillator eingeschaltet hat«, erklärt Dad stattdessen.

»Was ist das?«

»Wenn man zu viel fibrilliert, braucht man das«, sage ich. »Machst du einen Spaziergang? Willst du mit uns gehen?«

Er sieht zu Boden. »Ich bin von da drüben gekommen«, er deutet in Richtung der Kinderkrebsstation auf der anderen Seite der Aufzüge. »Und dann ist mir eingefallen, dass ich keine Unterwäsche trage.« Er drückt sich noch enger an die Wand.

Ich greife unter mein Krankenhaushemd, ziehe die Unterhose aus und stopfe sie in die Vordertasche des Kittels. Dad stützt sich auf mich und tut es mir nach.

»Los, erschrecken wir die Krankenschwestern«, verkündet Dad.

Krebsboy schließt sich uns grinsend an und rollt seinen Infusionsständer neben uns her. Drei Generationen nackter Hintern leuchten aus ihren Krankenhauskitteln hervor.

Wir kommen an weiteren Zimmern vorbei.

»Den hier hat ein Wombat angefallen … Und der hier? Den hat ein Gammastrahlenausbruch erwischt …«

»Das ist der Hulk!« Krebsboy lacht.

»Mit der Krawatte im Aktenschredder hängengeblieben.«

»Nilpferdbiss.«

»Bienenstich!«, kräht der Junge.

»Aber wisst ihr, was noch viel seltsamer ist?«, frage ich. »Dass nicht das Insekt dafür verantwortlich ist, sondern der Buchstabe B.«

»Schlechtes Dim Sum«, erklärt Dad beim nächsten Patienten.

»Der Laubbläser ist ihm in der Hand explodiert.«

»Die hat einen Dackel in der Muschi!«, ruft Krebsboy triumphierend, und als sich alle auf dem Gang nach uns umdrehen, weiß ich, dass das nicht zu übertreffen ist.

Zurück in unserem Zimmer erweist sich Krebsboy als durchtriebener Glücksspieler. Es dauert nicht lang, und ich bin überzeugt, dass er die Karten zählt. Außerdem hat er die M&M-Bank geknackt.

»Schluss, Kleiner«, steige ich aus. »Keine Bank, kein Blackjack.«

Gierig rafft er die Gewinne an sich. Dad hat noch vier M&Ms und zerbeißt ein rotes mit den Vorderzähnen. Krebsboy vertilgt auf diese Weise drei von meinen.

»Wofür waren die denn?«

»Trinkgeld«, sagt er schulterzuckend.

»Ich habe dir doch gesagt, der Kleine ist ein Betrüger.« Dad legt sich auf sein Bett.

»Wir werden alle Überwachungskameras überprüfen, und wenn wir dich beim Schummeln erwischen, wirst du gesperrt. Ich werde dein Foto im ganzen Krankenhaus aufhängen, und du wirst nicht mal mehr Doppelkopf in der Geriatrie spielen können.«

»Was ist das?«

»Egal!« Ich werfe mir ein M&M in den Mund. »Warum bist du eigentlich im Krankenhaus? Warte, ich komme darauf. Du bist ein Großspieljäger und wurdest bei dem Versuch verletzt, Monopoly abzuschießen!«

»Ich habe *Krebs!*«, antwortet er ungläubig.

»Nein!«

»Doch! Warum sollte ich sonst keine Haare haben?«

»Vielleicht hattest du einen Haarsprayunfall beim Rauchen?«

»Ich bin zu jung, um zu rauchen!«, antwortet er lachend.

»Verkauf dich nicht unter Wert, du bist für nichts zu jung. Aber lass das Rauchen. Davon bekommt man Krebs!« Ich kaue ein zweites M&M.

»Immer noch kein verdammtes *SportsCenter*«, murmelt Dad, während er wild durch die Kanäle zappt.

»Aber ich habe doch schon Krebs, du großer Trottel!« Der Junge lacht noch lauter.

»Nun, ich habe dir doch gesagt, dass du mit dem Rauchen aufhören sollst, aber hast du auf mich gehört? Nein. Nicht *einmal* in der ganzen Zeit, die wir uns kennen.«

»Bist du dumm!«, kreischt er vor Vergnügen. »Wir haben uns doch gerade erst kennengelernt.«

»Und doch habe ich das Gefühl, dich kaum zu kennen.«

An Dad gewandt sagt er: »Er ist dumm!«

»Dumm wie ein Beutel voller Türknäufe«, stimmt Dad zu. »Aber er wächst einem ans Herz.«

»Also, wir haben ja alle einiges mitgemacht. Dad hat exzessiv fibrilliert, mein Arm tropft wie ein Eiterhahn, und der Junge hier hat seine ganzen Haare bei einem furchtbaren Haarsprayfeuer verloren.«

»Hat er nicht!« Er lacht immer noch.

»Aber wir haben gemeinsam unsere Kehrseiten entblößt, und ein stärkeres Band zwischen Männern gibt es nicht.« Ich schlucke das dritte und letzte M&M im Ganzen hinunter.

»Was ist eine Kehrseite?«

»Unsere *Hintern!*«, brülle ich in dem Moment, in dem die Mutter des Jungen unser Zimmer betritt.

»Die Krankenschwester hat mir gesagt, dass du hier bist«, sagt sie und atmet erleichtert aus, wahrscheinlich zum ersten Mal, seit sie sein Zimmer leer vorgefunden hat. »Was habt ihr gemacht?«

»Unsere *Hintern* entblößt!«, jubelt er und krümmt sich vor Lachen.

»Und dem Glücksspiel gefrönt«, füge ich hinzu. »Falls Sie sich noch nicht genug Sorgen machen.«

Sie sieht mich an, tatsächlich einen Moment besorgt, bis ihr Blick auf meinen Stumpf fällt und ein sanfterer Ausdruck in ihre Augen tritt. »Ich hoffe, er fällt Ihnen nicht zur Last.«

Wir stellen uns einander vor, dann wird der Alligator diskutiert.

»Er wurde von einem Alligator angefallen!«, prahlt Krebsboy. »Der lebt jetzt in ihrer Badewanne.«

»Überraschenderweise ist an der Geschichte sogar etwas Wahres dran.« Ich versuche, mir ein M&M von ihm zu mopsen, doch er rafft sie schnell an sich.

»Die hebe ich mir für morgen früh auf.« Er verstaut sie in einer Tasche seines Krankenhaushemdes.

»Sei kein langweiliger Sparer! Der Schlüssel zu einem guten Glücksspieler ist, den Gewinn zu genießen!«

»Morgens muss ich mich weniger übergeben«, erklärt er, plötzlich ganz ruhig, und sämtliche Unfairness, die ich seit dem Unfall mit mir herumtrage, verblasst angesichts dessen, was dieser Junge ertragen muss.

»Es tut gut, ihn lachen zu hören«, sagt seine Mutter und wünscht uns alles Gute, bevor sie ihn zurück auf die Kinderstation bringt.

Dad schaltet den Fernseher aus, und zurück bleibt nur das leise Rauschen eines sinnlosen Universums.

MÖGLICHE GRÜNDE FÜR EINARMIGKEIT

- *Alligatorangriff**
- *Mähdrescherunfall*
- *Infektion*
- *Krebs*
- *Bombenentschärfung*
- *Von den eigenen konföderierten Truppen angeschossen werden*
- *Von einem Zug überfahren werden*
- *Fehlerhafte Automatik*
- *Blutdruckmessgerät zu fest gebunden*
- *Machetenkampf*
- *Propellerunfall*
- *Ungeschickter Axtmörder*
- *Dummer, verdammter SUV-Fahrer*

»Alligator« ist hier aus Platzgründen auch als Synonym für Hai, Löwe, wütender Dachs und alle anderen möglichen Lebewesen, die auf Arme aus sind, zu verstehen.

Bedauern

Die nächsten zwei Tage vergehen wie ein Nierenstein auf Wanderschaft – langsam und schmerzhaft. Mein Arm nässt immer noch, und Dad steht unter Beobachtung, auch wenn er zum Glück keine weiteren Anfälle hat. Während ich unter einem ständigen Sperrfeuer aus Infusionswechseln, Verbandwechseln, Fiebermessen, Blutabnahme und Medikamentenverabreichung (und einmal, um Dad zu ärgern, einer Waschung mit einem Schwamm) stehe, wird Dad ziemlich in Ruhe gelassen.

Vor lauter Langeweile geht er mit dem Fernseher um wie mit einem Ego-Shooter und drückt fieberhaft auf der Fernbedienung herum. Wenn er sich endlich für etwas entscheidet, döst er meistens kurz darauf ein, und wenn ich den Fernseher ausschalte, wacht er wegen der plötzlichen Stille auf. Dann beginnt alles von vorne.

Doch dieses Mal schaltet er den Fernseher nicht wieder ein, sondern dreht sich zu mir, als ob er sich versichern wolle, dass ich noch da bin. Ich winke mit meiner Hand, worauf Dad nickt und ein rasch wieder verblassendes Lächeln zustande bringt. Er wirkt ein wenig traurig und bedauernd. Ein Ausdruck, den ich an ihm noch nie gesehen habe.

»Bereust du manchmal etwas?«, frage ich ihn.

»Himmel«, stöhnt er.

»Wirklich«, dränge ich. »Wenn wir jetzt sterben müssten, was würdest du bereuen?«

»Wie sollten wir denn bitte gleichzeitig in diesem Moment sterben? Durch einen Meteor?«

»Du weißt, was ich meine.«

»Nun, wenn *wir* sterben müssten, dann würde ich natürlich bedauern, dass mein Sohn nicht länger gelebt hat als ich.«

»Gut. Was, wenn nur du sterben müsstest?«

»Wir tun alles aus einem bestimmten Grund. Solange es ein guter Grund ist«, Dad zuckt mit den Schultern, »was gibt es dann zu bereuen? Man hat das Beste aus dem gemacht, was man zu dem Zeitpunkt wusste.«

»Was ist mit den Dingen, die du nicht getan hast? Gelegenheiten, die es nie gab?«

»Zum Beispiel?«

»Ich bedauere zum Beispiel, nie Sex mit zwei Frauen gehabt zu haben.«

»Wovon sprichst du? Du hattest Sex mit sehr viel mehr als zwei Frauen.«

»Aber nicht gleichzeitig.«

»Oh«, erwidert er nachdenklich. »Ich hatte überhaupt keinen Sex mit zwei Frauen. In meinem ganzen Leben nicht.«

Ich bin sprachlos. Dad war bisher nur mit Mom zusammen gewesen? Und jetzt hat sie ihn auch noch mit einem Feuerwehrmann übertrumpft.

»Das ist … bemerkenswert.«

»Nur weil *du* an die sofortige Befriedigung glaubst, muss das nicht für jeden gelten. Du siehst etwas, das du willst, und musst es gleich haben. Alles Glänzende um dich herum ist etwas Neues, das du willst, und du kannst dir nicht vorstellen, wie es ist, es nicht zu wollen und nicht zu haben.«

»Du sagst das so, als sei es etwas Schlechtes.«

»Glaubst du, ich hätte beim Anblick von zwei Frauen jemals auch nur eine Sekunde daran gedacht, mit beiden zusammen Sex haben zu wollen? Als ob das in meinem Leben überhaupt möglich wäre.«

»Vermutlich nicht …«

»Natürlich habe ich das«, sagt Dad lachend und überrascht mich schon wieder. »Ich bin schließlich kein Holzklotz.«

Wir lachen beide, und es ist tröstlich zu wissen, dass mein langweiliger, verlässlicher Vater, der den sicheren Hafen eines Lebens fern aller extremen emotionalen Zustände gewählt hat, eine versteckte hedonistische Seite in sich trägt.

»Aber eine der beiden Frauen war immer deine Mutter«, fügt er hinzu.

In diesem Moment betritt Mom das Zimmer. In den Händen hält sie eine kleine Flasche Fleischmann's und drei Pappbecher aus dem Wasserspender.

»Ich habe meinen Jungs etwas mitgebracht.«

»Du bist die beste Mom der Welt«, schmeichele ich mich ein.

Sie schenkt uns großzügig ein und dann gleich noch einmal nach. Und als Dad die allerletzten elf Tropfen in seinen Becher fließen lässt, kommt eine Schwester, um uns über unsere Entlassung zu informieren.

Gut, dass wir in der Nähe des Krankenhauses wohnen, auch wenn Mom trotzdem zwanzig Minuten für die Strecke braucht. Mit weißen Fingerknöcheln umklammert sie das Lenkrad und wirkt hoch konzentriert, nur gelegentlich unterbrochen von albernen Kicheranfällen.

Beim Anblick des nicht gerade makellos hygienischen Haushalts meines Vaters fühle ich mich immer noch etwas beschwipst und denke wieder an Keime. Man schätzt, dass ein Mensch sein Gesicht im Durchschnitt dreitausend Mal am Tag berührt. Ein Vorteil der Einhändigkeit ist daher vielleicht, dass ich mir nur noch halb so oft ins Gesicht fasse (was ich natürlich prompt tue). Wenn man die individuelle Lieblingshand berücksichtigt, verringert sich die Zahl vermutlich nur um ein Drittel. Das sind mindestens tausend weniger Chancen, vom Türknauf etwas auf mich zu übertragen.

Als ich den Knauf an Jackies Zimmertür drehe, sehe ich mich allerdings einer ganz anderen Gefahr gegenüber. Sie packt.

»Ist es wegen etwas, das ich gesagt habe?«

»Oh, da hat aber jemand ein gesundes Ego«, schimpft sie. »Du bist nicht bei all meinen Entscheidungen der motivierende Faktor.«

»Hört auf zu streiten!«, befiehlt Dad aus dem Flur, und Mom kichert.

Ich umarme Jackie, was sie einen Herzschlag lang zulässt, um dann weiterzupacken.

»Der Grund ist ganz einfach. Ich habe einen Job, einen Ehemann und eine Hypothek, die ich abzahlen muss«, zählt sie das freudlose Triumvirat aus Verantwortungen auf. »Ich bin schon viel länger als geplant hier. Ihr kommt sicher auch gut ohne mich zurecht.«

»Das werden wir«, meldet sich Dad schon wieder zu Wort.

»Nicht, dass wir dich nicht vermissen werden!« Mom lacht, und Dad stimmt ein.

Jackie sieht verwirrt in Richtung Flur.

»Es war schön, dass du hier warst und wir Zeit miteinander verbracht haben«, stimme ich meinen Eltern zu.

»Finde ich auch«, stimmt Dad meiner Zustimmung zu,

bevor er von Mom ins Schlafzimmer gezogen wird und die Tür hinter ihnen ins Schloss fällt.

»Himmel, ich werde nicht schlau aus den beiden.«

»Beide leben, ohne etwas zu bereuen«, erkläre ich ihr. »Wenn man sich so etwas vorstellen kann.«

Jackie setzt sich aufs Bett. »Ich gebe zu, dass ich von der ganzen Situation hier ein wenig überrumpelt worden bin. Mein Leben in Kalifornien ist sehr viel unkomplizierter.«

»Das ist gut. An Komplikationen kann man sterben.«

»Untersteh dich.«

»Du kommst zurück. Wir müssen noch ein paar Sheriffs verklagen. Wir werden Millionäre!«

»Verklag sie ohne mich. Wenn du gewinnst, bring den Privatjet nach L.A.«

»Wie ist die Stimmung zwischen dir und Steve?«

»Gut. So ist es immer. Alle sechs Monate macht er etwas unglaublich Dummes, dann schämt er sich angemessen dafür und benimmt sich das nächste halbe Jahr vorbildlich.«

»Ich gehe zweimal im Jahr zur Zahnreinigung, nur damit ich wieder hingehen muss. Er ist also nicht schlimmer als Zahnbelag.«

»Eine Ehe ist Arbeit. Das weißt du.«

»Weiß ich nicht. Was wahrscheinlich auch der Grund dafür ist, dass meine nicht funktioniert hat.«

»Was ist überhaupt zwischen euch vorgefallen? Du hast uns nie etwas erzählt.«

»Das ist schon so lange her, warum jetzt alles noch einmal aufrollen?«

Sie zuckt mit den Schultern.

»Damals, ganz am Anfang, als wir frisch verheiratet waren«, fange ich doch an zu erzählen, »wohnten wir in diesem kleinen Apartment mit der Schwingtür zur Küche …«

»Ich erinnere mich. Hübsche Wohnung.«

»Einmal kam sie aus der Küche, eine Tasse mit heißem Kaffee in der Hand, und ich wollte gerade hineingehen. Der Kaffee hat sich über ihre Bluse ergossen, und sie hat sich daran verbrannt. Es war nicht schlimm, sie musste nicht in die Notaufnahme oder zum Arzt. Wir haben kaltes Wasser darüberlaufen lassen, und alles war gut. Aber ich erinnere mich noch genau an den Moment, als sie nach Luft schnappte, versuchte, die Tasse nicht fallen zu lassen und zum Spülbecken rannte. Ich hatte sie verletzt. Ich fühlte ein so starkes Bedauern wie nie zuvor. Ich hatte ihr weh getan. Es war egal, dass es ein Unfall gewesen war. Ich hatte ihr Schmerzen zugefügt. Mir wurde schwindlig, und ich dachte, ich müsste in Tränen ausbrechen. Ich konnte mich gerade noch so zusammenreißen. Sie hat mir immer wieder gesagt, dass alles in Ordnung ist, und sogar gelacht, weil es mich so mitnahm. Aber ich konnte die Tatsache nicht verkraften, dass ich sie verletzt hatte, dass sie wegen mir Schmerzen litt. Ich konnte es einfach nicht fassen.«

»Okay …« Jackie sieht mich verwirrt und mit gerunzelter Stirn an.

»Nach ein paar Jahren habe ich sie mit Worten fast schon regelmäßig verletzt, und es hat mich nicht mehr so berührt.«

»Gott, jetzt muss ich gleich weinen.«

»Nein, bitte nicht. Das würde ich nicht aushalten, mein emotionaler Zustand ist sehr fragil. Habe ich übrigens erwähnt, dass ich seit drei Tagen nicht mehr stoned war?«

»Hast du nach dem Unfall von ihr gehört?«

»Nein, aber mal ehrlich, wir haben uns vor fünf Jahren getrennt. Ich weiß nicht einmal, wo sie gerade lebt. Wir wünschen einander zwar nicht den Tod, aber wir bedeuten uns auch nichts mehr.«

»Es tut mir leid, dass ich nicht gekommen bin. Mom und Dad haben mich überredet, bis nach deiner Entlassung aus der Reha zu warten, aber ich habe mich so schuldig gefühlt …«

»Dafür gibt es keinen Grund.« Ich setze mich neben sie aufs Bett. »Ich stand ziemlich neben mir und hätte vermutlich nicht einmal gemerkt, dass du da bist. Wenn du wegen mir einen Monat Arbeit verpassen solltest, dann genau diesen hier. Wir hatten so viel Spaß! In der Reha war es nicht so spannend.«

»Ein bisschen weniger Aufregung wäre mir hier auch ganz recht gewesen. Ich bin vollkommen erschöpft.«

»Danke, dass du gekommen bist, um zu helfen. Ich weiß, ich bin ein beschissener Patient.«

»Der Allerschlimmste.« Sie kuschelt sich unter meinen guten Arm.

Eine lange Zeit sitzen wir einfach nur da und ignorieren die Tatsache, dass sie von hier weggehen kann und ich nicht.

Fahren

Dad hat sich einen Gebrauchtwagen gekauft. Ausgerechnet einen Van in einer Farbe, die im Prospekt sicher mit »Sand« oder »Biscuit« oder »Zimt« beschrieben wird, aber eigentlich eher der krankhaften Hautfarbe eines Mannes auf dem Sterbebett ähnelt. Treffender wäre wohl »fleischfarben«, wie bei den mittlerweile nicht mehr hergestellten Wachsmalkreiden.

Bevor ich ihm deswegen Vorhaltungen machen kann, sagt er: »Ich dachte, du könntest mein altes Auto nehmen. Weber kennt da jemanden in der Stadt, der es für dich umbauen kann …« Er unterbricht sich, weil er nicht »für einen Einarmigen umbauen« sagen will, und ich lasse ihn vom Haken.

»Du hast nur keine Lust mehr, mich zur Arbeit zu fahren und wieder abzuholen.«

»Das ist wirklich furchtbar nervig«, spielt er mit.

»Danke.«

»Pass besser darauf auf als auf das letzte Auto, das du von mir bekommen hast«, erinnert er mich beiläufig an den gebrauchten 1985 Ford Laser, den ich gefahren habe, ohne Öl nachzufüllen, bis der Motor den Geist aufgegeben hat. Zugegeben eine niedrige Hürde, doch solche habe ich mir ja schon immer gesetzt.

Die Anpassungen sind ziemlich simpel. Das Lenkrad wird mit einem runden Steuerknauf versehen, der dem Airbag nicht ins Gehege kommen kann und dem Fahrer auch dann nicht in den Schritt schlagen sollte, wenn die unterste

Position eingestellt ist. Ein weiteres Teil überträgt die Befehle der Geräte von der linken Seite (Blinker, Scheibenwischer) auf die rechte. Wieder einmal werde ich daran erinnert, wie viel »Glück« ich doch hatte, nicht den rechten Arm verloren zu haben, so dass ich nun ohne Probleme die Automatik bedienen kann, das Radio verstellen, die ganzen Tasten betätigen und an den Becherhalter und den Aschenbecher herankomme. Aber es wird nie wieder wie früher während der Highschool sein, als ich alles gleichzeitig machen konnte: trinken, schalten, Pot rauchen, The Cure in voller Lautstärke abspielen und ein Date mit der Kunstfertigkeit eines Testpiloten befummeln.

Dad hat mir ein durchdachtes und großzügiges Geschenk gemacht. Der Segen der persönlichen Freiheit. Dies ist mein erstes Mal hinter dem Lenkrad seit dem Unfall, bei dem mein Auto zerfetzt wurde und die Welt sich in einem Regen aus zersplittertem Glas, mahlendem Metall, dem Geruch nach Benzin und einem nutzlosen Gesicht voller Airbaggas auflöste. Blut floss, warme Pisse überall, eine Lärmexplosion, die zu einem hohlen Klingeln zurückgestuft wurde, während ich im Gurt hing und sich eine Menschenmenge um mich formte.

Jetzt fühle ich mich genauso, außer dass mit Dad nur eine sehr überschaubare Menge an Leuten durch das Beifahrerfenster blickt, während mir der Schweiß ausbricht. Er öffnet die Tür und steigt ein.

»Lass dir Zeit«, sagt er nur, und wir sitzen da, bis das Klingeln in meinen Ohren nachlässt.

Dad quietscht tatsächlich ein- oder zweimal leise, während ich versuche, mir die Grundlagen des unfallfreien Fahrens beizubringen. Eine weitere niedrige Hürde, die ich überwinden will.

Doch bald schon kann ich alleine fahren und bin bereit, durch zwei Testfahrten zu fallen. (Überraschenderweise hat sich der Medikamentencocktail, der sich so vorteilhaft aufs Fischzählen ausgewirkt hat, als sehr viel weniger geeignet für das beim Fahren eines Autos erforderliche Raum- und Zeitvorstellungsvermögen erwiesen.) In der dritten Runde bestehe ich gerade so und bin endlich unabhängig von Dad. Was allerdings ebenso überraschend ist: Ich vermisse schon bald unser gemeinsames Morgenritual, im Four Corners zu frühstücken. Jetzt hole ich mir an der Tankstelle einen Kaffee und einen vakuumverpackten Muffin auf dem Weg zu einer Arbeit, die ich nie wollte.

Während meines Krankenhausaufenthaltes und der Genesung zu Hause bin ich eine Woche nicht bei meinem Job erschienen, doch eine gute Seite daran, die Regierung als Arbeitgeber zu haben, ist eindeutig, dass meine Abwesenheit niemanden interessiert zu haben scheint. (Ich glaube, es hat sie nicht mal wirklich jemand bemerkt.)

Ich bin so außer Übung, dass mein Ergebnis am Abend unter Liliths und Percys gleichlautender Zahl liegt. Percy ist außer sich vor Freude, während sich Lilith, wie so viele andere vor ihr, zu fragen scheint, warum sie eigentlich mit mir geschlafen hat.

Im Winter werden keine Fische gezählt. Und auch wenn ich froh bin, den drohenden eisigen Temperaturen, die meinen unterirdischen Arbeitsplatz in einen Kühlschrank verwandeln werden, zu entgehen, habe ich gemischte Gefühle, was das Überwintern auf dem Dachboden angeht. (»Gemischt« heißt, dass ich mich eigentlich sehr darauf freue, aber auch weiß, dass ich es nicht sollte.) Doch dann wird mir ein Schreibtischjob im Ick-Ick-Büro angeboten, und ich ziehe daraus die ziemlich niederträchtige Befriedigung, dass man Percy bei der Jobvergabe nicht berücksichtigt hat. Lilith wird ebenfalls übernommen, und wir treffen ein unausgesprochenes Abkommen unter verantwortungsbewussten Kollegen, dass es zwischen uns keine Probleme geben wird, solange sie das Fisch-T-Shirt nicht mehr anzieht.

Nach Wochen der weitestgehend unbeobachteten Freiheit des Fischzählens ist der erste Morgen im Büro eine Qual. So muss sich meiner Vorstellung nach eine gerettete Streunerkatze fühlen. Es ist warm und gemütlich, es gibt Futter und Wasser, und hey, den Sofabezug muss ich unbedingt auch noch zerkratzen, aber gleichzeitig sind da viel zu viele Wände, ich bin gefangen und muss hier *raaaaaus!*

Ich schaffe es trotzdem irgendwie, ohne jemanden zu kratzen, in meine Arbeitsnische zu gelangen, die im Gegensatz zu meiner Fischzählzelle beängstigend öffentlich ist und von innen kleiner wirkt als von außen. Mindestens zwanzig Minuten sitze ich bewegungslos in einem meditationsähnlichen Zustand da, während in mir der Gefühlssturm eines Mannes tobt, der auf eine Zukunft zurast, in der er an diesem Schreibtisch an einem Herzinfarkt stirbt, der viel zu lange auf sich hat warten lassen.

Jemand klopft an meine Nischenwand (eine seltsame Formalität für einen Bereich ohne Tür).

Nach einer Sekunde sieht ein weiterer Mitstreiter zu mir herein, der ebenso wie ich und Lilith eingestellt wurde, um Daten zu verwalten und den notwendigen Strom an Papieren zu generieren, um weiter von der Regierung gefördert zu werden. Erst als ich ihm die Hand reiche und er sich als Will vorstellt, bemerke ich, dass ihm der rechte Arm fehlt. Es ist der Mann, den ich als Spiegelung auf dem Wasser und am anderen Flussufer gesehen habe. Wie sich herausstellt, ist er Munitionsexperte und Kriegsveteran und ein Spiegelbild meiner selbst: links- anstatt rechtsarmig und tapfer anstatt voller Selbstmitleid.

»Du hast gedient?«, fragt er mit einem Nicken in Richtung meines Arms.

»Nur, wenn man meinen Kellnerjob bei Applebee's dazurechnet.«

»Ich habe meinen bei einer IED im Libanon verloren, einer unkonventionellen Spreng- und Brandvorrichtung, einer Sprengfalle.«

»Ich habe meinen auch an drei Buchstaben verloren. SUV.«

»Nun, beide gehörten wahrscheinlich Arschlöchern.«

Und so lerne ich den ersten Menschen kennen, der meine Erfahrungen teilt, den Frust, die täglichen Kämpfe und die Scham der Unvollständigkeit. In der Reha habe ich einen anderen Amputierten kennengelernt, aber wir hatten sehr wenig gemeinsam, denn er war so verrückt, die Entfernung seines eigenen Beins zu erzwingen. Er litt an etwas namens Körperintegritätsidentitätsstörung, was in seinem Fall bedeutete, dass er sein eigenes Bein für einen Fremdkörper hielt, der entfernt werden musste. Da er es nicht selbst tun konnte, band er es ab, um den Blutfluss zu unterbrechen und das Bein dadurch absterben zu lassen. Als er endlich eine Einweisung ins Krankenhaus zuließ, konnten die Ärzte nur noch amputieren. Ein halbwegs glückliches Ende, bis er auch sein anderes Bein für einen Eindringling zu halten begann. Seither bin ich mir ziemlich sicher, dass von allen Teilen, die man verlieren kann, die geistige Gesundheit das Wertvollste ist.

»Diese Zahlen sind beschissen«, sagt Will, und ich brauche einen Moment, bevor ich von unserer gemeinsamen

Beeinträchtigung zu den Ergebnissen unserer Wochen am Fluss umschalten kann.

Wir haben mehrere hundert Blaue Breitschnauzstöre gezählt, was für eine bedrohte Fischart eine ganze Menge zu sein scheint. Dennoch tummelten sich früher Zehntausende Exemplare im Wabash, was für ein Fortbestehen der Art auch notwendig ist. Störe »übertragen« ihren Laich, was bedeutet, dass sie sich außerhalb des Körpers fortpflanzen. Die Weibchen verstreuen ihre Eier, die Männchen spritzen die Spermien darüber, und die befruchteten Eier sinken auf den Gewässerboden, wo nach etwa einer Woche der Nachwuchs schlüpft. Wenn der menschliche Fortpflanzungsakt aus einer Frau bestünde, die die Eier aus ihrem Körper ausstößt, während um sie herum Männer ejakulieren, wären wir innerhalb einer Generation ausgestorben. (Ein paar Fetischfreunde könnten das aufregend finden, aber das sind wohl nicht die wahrscheinlichsten darwinschen Gene für den Erhalt einer Spezies.) Doch bis dahin und auch noch kurz nach dem Schlüpfen ist die nächste Generation von *Acipenser pseudoboscis* einfach nur Fast Food für andere Flussbewohner. Man braucht Millionen von Eiern, damit Tausende von Stören lange genug überleben, damit Hunderte von ihnen das ganze Spiel in der nächsten Laichzeit wiederholen, und die gegenwärtigen Zahlen sprechen ganz und gar nicht dafür.

Laut Will ist das Problem »der gottverdammte Damm«. In den sechziger Jahren zur Bewässerung gebaut, hindert er den Stör vor allem an der Rückkehr in seine Laichgründe.

»Was ist mit den Fischleitern?«

»Fische sind nicht dafür gebaut, Leitern zu erklimmen.«

»Stimmt.« Ich kapiere die Anspielung sofort. »In dieser Hinsicht bin ich bemerkenswert fischähnlich.«

»Damit ein Fisch die Leitern überwinden kann, muss er das Schwimmtempo explosionsartig vervielfachen. Dabei verbraucht er so viel mehr Sauerstoff und Energie, dass er einen Herzstillstand erleiden kann.«

»Wenn ihn also nicht der Damm tötet, dann das Rennen um die Fortpflanzung am Kopf der Leiter. Das ist unnatürlich. Deshalb bringen alte Säcke ihre jungen Geliebten auch nicht in Dachgeschosswohnungen ohne Aufzug unter.«

»Der Damm ist außerdem schlecht fürs Angeln und Bootfahren. Er zerstört die natürliche Umgebung und ist ein Schandfleck fürs Auge«, fügt Will hinzu. »Man sollte diesen Mist einfach in die Luft jagen.«

Er hält meinen Blick lange fest, als wolle er testen, was ich von seiner Idee halte. Doch er entschuldigt sich, bevor ich zu einer Entscheidung gelangen kann, ob dieser professionelle Sprengmeister einen Witz gemacht hat oder nicht.

Blutsverwandt

Die Arbeit ist eine nervige Schinderei, ein Höllenfeuer ohne die Erlösung durch den endgültigen Tod. Endlose, hoffnungslose Ewigkeit.

Ich verbringe die Tage damit, Formulare auszufüllen und abzuheften, was mit nur einer Hand schwieriger ist, als man sich vorstellt. Ich nehme meine Zähne zur Hilfe, was mir allerdings das Stirnrunzeln meiner Kollegen einbringt. Vor allem Lilith scheint sich daran zu stören. (Wenn sie in den nächsten Wochen auf die Unterlagen mit Zahnabdruck stößt, kann sie gleich wieder die Stirn runzeln.) Außerdem ist es hier wesentlich schwieriger, sich zuzudröhnen als in meinem unterirdischen Loch mit Aussicht, und auch wenn mir meine Marihuanapausen gesetzlich zustehen, würde mir das sicher nur noch mehr Stirnrunzeln einbringen. Ich verdoppele stattdessen meine Dosis Vicodin und snacke großzügig Marihuanaknabbergoldfische. Doch die Stunden ziehen sich trotzdem unendlich in die Länge, wie eine Straße, die sich vor mir ins Nichts erstreckt – bis sie vorbeigezogen und damit bereits halb vergessen ist, verschwunden im Rückspiegel.

Doch das ist alles egal, denn ich habe einen neuen besten Freund. Joel war der Nerdkumpel, dem ich mich überlegen fühlen konnte. Artie war der beliebte Freund, der mich zu gedankenlosen Experimenten mit Böllern überredet hat, und bei beiden habe ich mich cooler gefühlt, als ich war.

Genauso ist es jetzt mit Will, dem die Besonderheit seiner Einarmigkeit kaum etwas auszumachen scheint. Und das bedeutet, dass auch ich an diesen Punkt kommen kann. Will wird auch nicht so angestarrt wie ich, da er einen untypischen Stolz besitzt, der ihm die Illusion der körperlichen Vollständigkeit verleiht. Seine überwältigende Präsenz verleiht mir so viel Energie, dass ich Pot und Pillen zurückgeschraubt und meine morgendliche Joggingrunde wiederaufgenommen habe. Ich habe mir auch beigebracht, Karten mit einer Hand zu mischen. Ein Trick, den ich mit Hilfe des intensiven Studiums eines YouTube-Tutorials verfeinert habe.

»Ganz schön raffiniert«, gibt sich Will gnädig beeindruckt, auch wenn ich mir ziemlich sicher bin, dass er mindestens ein Gewehr mit einer Hand auseinander- und wieder zusammenbauen kann.

Er fragt, ob wir zusammen Abendessen wollen und imponiert mir noch mehr, als er ein »verdammtes Steak« bestellt, das er festhält, indem er den Stumpf auf die Gabel drückt und das Fleisch mit der linken Hand in mundgerechte Stücke schneidet.

»Wie ist das Steak?«, fragt die Bedienung.

»Außen heiß und innen zart, genau wie die Menschen, die ich mag«, flirtet er, und sie lächelt zurück.

»Und Ihre Ravioli?«

»Weich und käsig. Bei einem Menschen wäre das ausbaufähig.«

Ich bekomme kein Lächeln, nur einen irritierten Blick, und sie eilt hastig davon.

»Wie schaffst du es bloß, mit einer Frau zu flirten, während du mit Stumpf und Gabel dein Essen festhältst?«

»Indem ich akzeptiere, dass es ist, was es ist, und es mir egal ist«, antwortet Will schulterzuckend. »Wenn es einen selbst nicht kümmert, machen sich die anderen auch keine

Gedanken. Wenn es dich selbst belastet, fühlt sich deine Umgebung auch nicht wohl mit dir.«

»Fühlt sich deine Umgebung auch nicht wohl mit dir« ist die exakte Beschreibung des Zustands, der mich so belastet. Einer von uns beiden kann eindeutig noch was lernen, und es ist nicht derjenige, der gerade mühelos eine Pfeffermühle mit einer Hand bedient.

In den darauffolgenden Tagen entwickeln wir uns zu einem homoerotischen romantischen Klischee aus einer Musik-Video-Montage. Wir stecken in der Arbeit die Köpfe über Fischtabellen zusammen, gehen gemeinsam Mittagessen, lachen abends auf meinem Dachboden über DVDs (ich stelle mir vor, wie wir uns eine Sofakuscheldecke teilen) und entblößen unsere Stümpfe (Will lacht sich über mein Seeschlangentattoo halb tot!). Wir stürzen mit unseren Fahrrädern, da uns die Handbremsen Probleme bereiten (landen aber lachend auf dem Boden), und lassen Steine am Fluss übers Wasser hüpfen.

Irgendwann erwähne ich, wie lustig es doch wäre, Böller in unseren Händen explodieren zu lassen.

»Ich sehe hier nur eine Sache, die man explodieren lassen sollte«, erwidert Will daraufhin verärgert, und sein nächster Stein prallt am Damm ab.

Seine gelegentlichen subtilen Verweise auf den Damm sind der einzige Makel an diesem ansonsten perfekt scheinenden Diamanten namens Will. Er macht immer nur beiläufige Andeutungen, sagt gerade genug, um mir einen Floh ins Ohr zu setzen. Ein bisschen wie eine Undercoverpolizistin, die als Nutte auftritt, um einen geilen Freier hochzunehmen.

Ich widerstehe seinen Verführungskünsten mit einem höllischen Fünf-Sprünge-Stein und der Herausforderung:

»Mach's besser, du einarmiger Scheißer!« Was er natürlich prompt mit sieben Sprüngen tut.

Es dauert eine Weile, bis der Damm wieder zur Sprache kommt, auch wenn er die ganze Zeit wie ein Moskitonetz zwischen uns hängt, durch das wir uns nicht mehr klar erkennen können.

Besuch

»Wir haben einen Gast!«, ruft Dad aus dem Erdgeschoss.

Als ich ihn das letzte Mal diesen Ausdruck benutzen hörte, war die Besucherin die sechzehnjährige Pam Jaffe, die aus nicht nachvollziehbaren Gründen in mein Zimmer kam und ihren Mund auf meinen presste, sich anschließend aber nicht von mir befummeln ließ.

Schnell gehe ich im Geist eine unwahrscheinliche Liste durch, bestehend aus Lilith, Ariana, meiner Ex-Frau, einer erwachsenen Pam Jaffe und sogar Sunny Lee. Niemals gerechnet hätte ich allerdings mit unserem elfjährigen Krebspatienten und Freund aus dem Krankenhaus, dem mein Vater gerade die Familienfotos im Flur zeigt, was den armen Jungen gehörig langweilt.

»Und das hier ist der Vater meines Vaters«, Dad deutet auf ein altes Schwarz-Weiß-Foto eines Mannes hinter einem Schreibtisch hinter einem Mann hinter einem Schreibtisch, umgeben von lauter Männern hinter Schreibtischen. »Er hat neunundvierzig Jahre bei General Motors gearbeitet.«

»Hat er Motoren gebaut?«

»Ich habe keine Ahnung, was zum Teufel er da gemacht hat.«

»Wie hast du uns gefunden?«, frage ich.

»Ich habe dich gegooglet!«, verkündet er fröhlich, ohne sich der Nachteile bewusst zu sein, in einer Welt aufzuwachsen, in der einen jeder jederzeit auffinden kann – Ex-Freundinnen und Mafiakiller eingeschlossen.

»Und hier wären wir«, bestimmt Dad unseren Platz im Universum und verlässt dafür seltsamerweise nicht das Zimmer. »Das hier ist Tante Thelma«, fährt er fort. »Ich habe nie ein Bild von ihr ohne Zigarette gesehen.«

»Wer ist der Typ mit dem großen Gewehr?«

Seit Wochen gehe ich jeden Tag durch diesen Flur, und die Bilder sind zu einer Tapete für mich geworden, die an mir vorübergleitet. Bis jetzt. Tatsächlich ist Dad der Mann mit dem großen Gewehr im verschneiten Innsbruck.

»So ein junger Kerl, den ich mal kannte«, antwortet er.

»Was ist aus ihm geworden?«

»Nichts«, erwidert Dad. »Hey, ich weiß, was du sicher viel lieber sehen würdest als einen Haufen alter Bilder. Aaron, nimm ihn mit nach oben.«

»Na klar! Ich zeige ihm deine Sockenschublade.«

»Im Krankenhaus warst du mir lieber«, knurrt Dad leise.

»Sicher, da war das Leben leicht. Zimmerservice auf Knopfdruck, Mahlzeiten im Bett, und wenn man keine Lust hatte aufzustehen, gab es Bettpfannen. Doch so angenehm kann es nicht ewig weitergehen.«

»Ich will den Alligator sehen!« Krebsboy lacht, während Dad mich wütend anstarrt.

»Natürlich! Der Alligator! Hier entlang.« Ich gehe mit ihm nach oben. »Hast du einen Dollar?«

»Ja …«, bestätigt er vorsichtig.

»Pass gut darauf auf. Irgendwann wirst du ihn einem netten Mädchen geben wollen, das für dich tanzt.«

Im Obergeschoss hören wir Ali in der Badewanne plätschern. Er scheint zu wissen, wenn Besuch kommt, und freut sich. Manchmal allerdings, wie bei Steve, liegt er auch nur still da, um den Gast zu überraschen. Doch heute peitscht sein Schwanz wie der eines glücklichen Hundes durchs Wasser, und ich erwarte, dass Krebsboy Angst bekommt. Aber der Junge scheint vollkommen furchtlos. Wie ängstigt man ein Kind, das sich jeden Tag seines Lebens dem Schlimmsten stellen muss, was man sich nur ausmalen kann?

»Scheißcool!«

»Oh ja!«, stimme ich zu. »Aber wiederhol das nicht in Gegenwart deiner Mutter.«

»Ich bin doch kein verfluchter Idiot! Kann ich ihn streicheln?«

»Hier …« Ich nehme seine kleine Hand in meine und lege sie auf Alis Schwanz. Das Tier schnappt nicht oft, aber warum die Einhändigkeit riskieren, wenn man schon mit dem Krebs kämpft?

»Seine Haut ist ganz hart«, bemerkt er.

»Ja, das ist sie. Man glaubt gar nicht, dass man daraus Handschuhe oder Stiefel machen kann. Unterhosen übrigens auch.«

»Man macht doch keine Alligatorunterhose!«

»Natürlich nicht. Alligatoren brauchen auch keine.«

»Die tragen überhaupt keine Hosen!«

»Genau. Deshalb sind sie wahrscheinlich auch nicht besonders beliebt.«

»Gib ihm etwas davon.« Dad kommt mit drei Scheiben Mortadella ins Bad und hält sie dem Jungen hin.

Wieder nehme ich vorsichtig seine Hand in meine und lasse eine Scheibe über Alis Kopf baumeln. Ali schnappt danach, ich ziehe den Jungen zurück, und wir stürzen beide zu Boden. Er lacht hysterisch, doch das könnte auch der Schock über den Verlust seiner Finger sein, weshalb ich schnell seine Hände überprüfe.

Als wir uns aufrappeln, verlässt Dad den Raum in einem

leicht zu durchschauenden Versuch von »glaubhafter Bestreitbarkeit«, sollte er wegen der Verstümmelung des kleinen Jungen durch einen Alligator in den Zeugenstand gerufen werden.

Ich werfe Ali die zwei übrigen Scheiben Mortadella zu, die er aus der Luft schnappt, und Krebsboy findet, das sei das verdammt Scheißcoolste, was er je gesehen habe, und vielleicht ist es das auch.

Als er gehen muss, bleibt er lange genug an der Tür stehen, um deutlich zu machen, dass er noch etwas auf dem Herzen hat.

»Du kannst noch nicht gehen«, sage ich schließlich. »Wenn du glaubst, dass eine Alligatorfütterung aufregend ist, dann warte, bis du Dad ein echtes Eichhörnchen mit bloßen Händen füttern gesehen hast.«

Draußen im Garten ist der Junge tatsächlich hochgradig fasziniert, als das winzige Hörnchen zu Dad hopst, sich vorbeugt, die Erdnuss wie ein Taschendieb aus seinen Fingern stibitzt und schnell davonrennt.

»Du auch!«, quietscht der Junge vor Vergnügen.

»Mein letzter Versuch war nicht so erfolgreich.«

Mit Dads Hilfe bringt Krebsboy das Kunststück auch fertig. Dad hält seine Finger, zwischen denen die Erdnuss steckt, ein unwiderstehliches Matroschka-Leckerli, das das Eichhörnchen nur zu bereitwillig an sich reißt und auf einem Baum in Sicherheit bringt.

Wir sitzen eine Weile schweigend zusammen, bis der Junge endlich mit der Sprache herausrückt.

»Würdest du zu mir in die Schule kommen und was über dich erzählen?«

Dad erbleicht, und kurz bin ich mir sicher, dass er wieder flüchten wird, um Fleischmann's oder Benzin zu holen –

vielleicht auch beides. Erst betrinkt er sich, und dann zündet er sich an. Die Vorstellung, dass ich in der Schule des Jungen meinen Nichtarm vorzeigen soll, scheint ihn genauso zu erschrecken wie mich.

»Mit deinem Alligator«, präzisiert der Junge.

»Ich weiß nicht, ob das geht«, erkläre ich vorsichtig. »Einen lebenden Alligator mit Kindern zusammenzubringen, klingt nicht sehr sicher, und ich bin auch kein ausgebildeter Tiertrainer oder so etwas. Außerdem kann ich ihn nur schwer mit einem Arm bändigen. Habe ich schon erwähnt, dass ich nur einen Arm habe?« Ich winke ihm mit dem Stumpf zu.

»Das weiß ich doch, du Doofi!«, sagt Krebsboy lachend. »Er könnte uns helfen.« Er deutet auf Dad, der schon wieder die Flucht ergreifen will.

»Du hast recht. Drei Arme sind besser als einer, aber nicht so gut wie zwei Arme, die an jemandem befestigt sind, der weiß, was er tut. Außerdem könnte es gefährlich für Ali werden. Was, wenn ihn jemand erschießt, weil er keine Hose trägt?«

An seinem niedergeschlagenen Gesichtsausdruck erkenne ich, dass ich eine weitere Perle auf meine Kette kürzlich ausgeteilter Enttäuschungen auffädeln kann. Schnell versuche ich, es wiedergutzumachen.

»Wie wäre es, wenn ich der Klasse was über meinen Job als Fischzähler erzähle?«

»Was ist das?«

»Ich zähle Fische«, erkläre ich und enttäusche ihn damit gleich ein zweites Mal, doch ich kann ihn schnell wieder aufmuntern. »Hier, schau mal.«

Ich google *Acipenser pseudoboscis* auf meinem Handy und zeige ihm ein Bild des Blauen Breitschnauzstöres.

»Er hat keine Zähne und ein langgezogenes Maul, um vom Boden fressen zu können. Ist das ein hässlicher Scheißer oder was?«

»Ein hässlicher Scheißer, genau!«, stimmt Krebsboy aus tiefstem Herzen zu, und wir haben ein Date.

Unterricht

Die Schule, die ich als Junge besucht habe, kommt mir kleiner vor als in meiner Erinnerung, vor allem von innen, wo ich eingetragen und fotografiert werde und meine Fingerabdrücke hinterlassen muss wie ein verurteilter Pädophiler. Erst dann darf ich mich zu den Kindern gesellen.

Ich gehe allein ins Klassenzimmer und bin nervös, auch wenn das mal mein Job und ich ganz gut darin gewesen war, die zweifelhafte Aufmerksamkeit der Schüler zu lenken. Zehn Prozent waren sowieso meistens mit irgendwas zugedröhnt, zwanzig Prozent vollkommen desinteressiert an den Inhalten der Vierzig-Minuten-Abschnitte, die sie vom Herumwischen auf ihrem Handy abhielten, und weitere zwanzig Prozent waren so unempfänglich für Wissen wie Blei für Röntgenstrahlen. Die Hälfte aller Schüler wird also auf dem Weg kontinuierlichen Lernens bereits durch die eigene beschränkte Aufmerksamkeitsspanne ausgesiebt.

Ich schreibe meinen Namen an die Tafel und stelle mich der ungeteilten Aufmerksamkeit in Form mindestens zwanzig Paar fasziniert aufgerissener Augen, die alle auf meinen Stumpf starren. Aber ich bin nicht hier, um über mich zu sprechen. Ausgerüstet mit einem Haufen Anschauungsmaterial vom Ick Ick (darunter ein echter Blickfang: ein Glas mit konservierten befruchteten Fischeiern, die das Fortbestehen einer Spezies symbolisieren sollen), werde ich ihnen von der aufregenden Welt des Fischzählens berichten. Ich schwafele etwas von Migration und Laichen, Flüssen und Staudämmen, Ökosystemen und Aussterben. Ich erzähle vom Blauen Breitschnauzstör, der im Wabash beinahe vollständig ausgerottet wurde, und zeige ihnen das vergrößerte Foto eines Exemplars. Doch nichts davon kann sie von meinem Stumpf ablenken. Unterstützt von der Tatsache, dass das ungeschickte, einhändige Hantieren mit dem Anschauungsmaterial natürlich genau das betont, was sie am meisten interessiert. Selbst der Lehrer langweilt sich, das Lächeln auf seinem Mr. Potato-Head-Gesicht wirkt wie festbetoniert. Schlimmer ist allerdings, dass Krebsboy völlig am Boden zerstört wirkt. Und er ist schon genug enttäuscht worden.

»Okay, genug von den Fischen. Lasst uns über den Elefanten im Raum sprechen.«

Jetzt habe ich sie endgültig verwirrt.

»Es gibt dort auch Elefanten?«

»Nein, nicht im Fluss.«

»Aber Sie haben einen in Ihrem Zimmer?«

»Nein, habe ich nicht! Das sagt man nur so.«

»Er hat einen Alligator!«, verkündet Krebsboy strahlend. »Er hat versucht, mich zu beißen!«

Der Lehrer wirkt besorgt, und ich erkläre rasch, dass wir tatsächlich einen Alligator zu Hause haben, der aber natürlich nicht versucht hat, den Jungen zu beißen, sondern nur nach der Mortadella geschnappt hat.

Ein anderer Junge will wissen, ob sich Alligator und Elefant verstehen, woraufhin jemand die Frage stellt, wer von beiden bei einem Kampf gewinnen würde. Natürlich würde der Elefant den Alligator zu Tode trampeln, merkt eines der Kinder an. Doch was wäre, fragt ein Mädchen, wenn der Alligator den Elefanten zuerst beißen und damit umstürzen würde und ihm dann ins Gesicht bisse und nicht mehr losließe. Theorien, die ein einzelner Skeptiker dadurch zunichtemacht, dass er anzweifelt, dass ich *überhaupt* einen Alligator und einen Elefant zu Hause habe.

»Vergesst den beschissenen Elefanten!«, rufe ich schließlich, woraufhin der Lehrer, der an der hinteren Wand sitzt, aufsteht und »Hey!« brüllt.

Wie ein Verkehrspolizist halte ich ihn mit ausgestreckter Handfläche zurück. »Keine Sorge, ich habe selbst zwölf Jahre unterrichtet. Alles in Ordnung, sie sind nur neugierig … und lernen vielleicht etwas.«

Er lässt sich wieder auf seinen Stuhl sinken, und dann prasseln die Fragen ungebremst auf mich ein: Was mit meinem Arm passiert sei? Ob es weh getan habe? Was man damit gemacht habe, nachdem man ihn abgeschnitten hatte? Ob ich ihn hätte behalten können, wenn ich das gewollt hätte, um ihn zum Beispiel in einem Aquarium aufzubewahren? Wie ich mir die Schuhe binde? Ob es eklig aussehe?

Der Lehrer zuckt bei jeder Frage zusammen und rutscht bei jeder Antwort noch etwas tiefer auf dem Stuhl nach unten, doch Krebsboy strahlt, als hätte er E.T. gefunden und ihn mit in den Unterricht gebracht.

Als ein Junge fragt, ob sie *es* sehen dürften, weiß ich endgültig, dass der Reiz meines Besuchs keineswegs in dem in Formaldehyd eingelegten Fischlaich besteht, sondern in einem echten Armstumpf.

Der Lehrer versucht, mich aufzuhalten, doch er reagiert zu langsam. Als sich faszinierte Schreie mit ängstlichen mischen und sich ein Junge übergibt, holt er rasch Hilfe.

Krebsboy und ich sitzen im Büro des Direktors, der versucht, unsere Beziehung zueinander zu verstehen. Als der Junge seine Erklärung mit: »Wir haben unsere Hintern entblößt!« einleitet und anschließend erzählt, wie ich ihm in meinem Badezimmer die Wanne und ihren Inhalt gezeigt habe, macht das die Sache nicht wirklich unkomplizierter.

»Nur um das klarzustellen, ich habe ihm in meiner Badewanne einen Alligator gezeigt!«, erkläre ich. In der Ferne sehe ich bereits warnend den orangefarbenen Gefängnisanzug leuchten. »Ich habe keine Ahnung, was mit dem Jungen los ist. Auf mich wirkt er völlig in Ordnung. Vielleicht will er sich nur um die Hausaufgaben drücken.«

»Ich habe Krebs«, kräht Krebsboy triumphierend.

»Und Sie waren im Unterricht wegen Ihres …« Nach der üblichen Pause fährt der Direktor fort: »Arms.«

»Eigentlich wegen des Fehlens des Arms.«

»Sie kamen also, um etwas darüber zu erzählen«, versucht der Direktor es weiter. »So etwas machen wir hier normalerweise nicht. Aber dabei handelt es sich vermutlich um ein weiteres Zugeständnis an diesen besonderen Fall.«

Krebsboy starrt auf den Boden.

»Bringen Sie ihn nicht in Verlegenheit«, erwidere ich aufgebracht, woraufhin der Junge zuerst mich und dann den Direktor angrinst. Plötzlich sind wir wie ein Wrestlingteam, dessen Gegner in den Seilen hängt und niemanden zum Auswechseln hat.

»Sie haben vor den Kindern geflucht«, beschuldigt mich der Rektor.

»Das habe ich nicht getan.«

»Der Lehrer beharrt darauf, dass Sie«, er sieht auf eine Notiz herab, »›der beschissene Elefant‹ gesagt haben.«

Krebsboy jubelt vor Vergnügen.

»Das nennen Sie fluchen? In diesem Fall haben wir es jetzt beide getan. Wie auch immer die Strafe aussieht, wir nehmen sie beide auf uns.«

»Dazu kommt, dass Sie sich vor den Kindern entblößt haben«, fährt der Rektor fort. Eine unzutreffende und hochgradig missverständliche Formulierung, die noch dazu zum falschen Zeitpunkt erfolgt, denn in diesem Moment betritt Krebsboys Mutter, die man benachrichtigt hat, das Büro.

Der Junge eilt auf sie zu und umarmt sie. Als er sie lange genug loslässt, um zu sagen: »Mom, du hast echt so etwas verfickt Cooles verpasst!«, hätte ich gerne zwei Hände, um mein Gesicht darin zu vergraben.

Meine Strafe lautet Besuchsverbot an der Schule, woraufhin ich mir nicht verkneifen kann, zu fragen, ob das in meiner Akte vermerkt wird. Doch da werde ich bereits von einem Securitymitarbeiter, der die Maße eines ausgewachsenen Kleiderschranks hat, aus dem Gebäude eskortiert.

Als ich auf dem Parkplatz höre, wie eine Autotür zuschlägt, drehe ich mich um und entdecke den immer noch grinsenden Krebsboy auf dem Beifahrersitz des Wagens seiner Mutter, die auf mich zukommt.

»Ich weiß nicht, was ich sagen soll«, sagt sie steif. Anscheinend schüchtert mein Handicap sie immer noch ein.

»Verständlich. So etwas stellt man sich nicht vor oder plant es voraus.«

Sie starrt mich an.

»Falls es Ihnen hilft, es tut mir leid. Wussten Sie überhaupt, dass er mich zu Hause besucht hat?«

»Ich habe es herausgefunden, als er gestern bei einer Bat Mitzwa einem dreizehnjährigen Mädchen einen Dollar geben wollte, als es zu tanzen begann.«

Ich zucke zusammen. Ein kleiner, dummer Witz, von dem ich dachte, er würde ihn sich nicht merken. Doch der Junge ist clever.

»Er ist sehr leicht zu beeindrucken«, sagt sie, als ob ich laut gesprochen hätte. »Und ich habe vielleicht alles noch schlimmer gemacht. Sonst hätte er mir sicher erzählt, dass er bei Ihnen gewesen ist. Ich hatte keine Ahnung, dass Sie heute hier sein würden.«

Hinter der Fensterscheibe zieht Krebsboy genau die Fratzen, die man von einem normalen Elfjährigen hinter dem Rücken eines aufgebrachten Erwachsenen erwartet. Seine Mutter bemerkt, wie ich an ihr vorbeischaue, doch als sie sich umdreht, verzieht er keine Miene, bis sie sich wieder mir zuwendet.

»Sie verstehen, dass er Schreckliches durchgemacht hat.«

»Ich kann es mir nicht einmal in meinen schlimmsten Alpträumen ausmalen, aber mir ist bewusst, dass es furchtbar für ihn sein muss.«

»Am schlimmsten ist die ganze Aufmerksamkeit. Ich habe erst nach langer Zeit verstanden … Er will nicht, dass seine Freunde ihm gegenüber die Unsicherheit zeigen, die sie von ihren Eltern übernommen haben. Er will nicht, dass ihn die Lehrer anders behandeln. Er hasst die mitleidigen Blicke der Nachbarn. Ein Sportler, von dem ich noch nie gehört hatte, hat uns besucht, und viele Menschen haben versucht, Geld zu sammeln, damit er nach Disney World fahren kann. Er hasst das alles. Kleine Jungen wollen einfach nur wie andere kleine Jungen sein.« Sie wischt sich über die Augen, fängt sich jedoch schnell wieder. »Er will einfach nur normal und nicht so verflucht besonders sein.«

»Das kann ich wiederum ziemlich gut nachvollziehen.«

Wieder huscht ihr Blick zu meinem Arm, und ich sehe schnell zu ihrem Sohn hinüber, der gerade seine Lippen mit beiden Händen zu einer Grimasse auseinanderzieht. Noch etwas, das ich nicht tun kann.

»Und heute … stand er ausnahmsweise einmal nicht im Mittelpunkt.«

»Ich war definitiv die Hauptattraktion, ja.«

»Er durfte sich sogar Ärger einhandeln, was schon sehr lange nicht mehr vorgekommen ist. Ich hatte schon Angst, dass er ungestraft die Schule abfackeln könnte.«

Ich bin mir sicher, dass er uns nicht hören kann, doch es ist genug Zeit vergangen für die kurze Aufmerksamkeitsspanne eines Kindes. Jetzt sitzt er nur noch wie ein normales gelangweiltes Kind im Auto.

»Ich bin sehr dankbar, dass er sich einen Nachmittag lang wieder wie ein ganz normaler Elfjähriger fühlen durfte. Trotzdem bin ich der Meinung«, sie schüttelt den Kopf, »dass er besser keine Zeit mehr mit Ihnen verbringen sollte. Bitte lassen Sie ihn in Ruhe.«

Als die beiden davonfahren, drückt der Junge seine Nase am Fenster platt, bis sie außer Sichtweite sind.

Ente

Eine Thanksgivingfeier erscheint mir irgendwie sinnlos ohne den Arm, der das Schneiden des Truthahns ermöglicht. Ein fröhlicher Außenstehender würde zweifellos anmerken, dass ich »ja wenigstens einen Vater und ein Dach über dem Kopf habe«, doch selbst das ist für mich eher eine Bürde denn ein Segen. Denn so bin ich einmal mehr der Schmach des Daseins als abhängiges Kind ausgesetzt.

Alle sagen, dass, egal wie übel man selbst dran ist, es immer jemanden gibt, dem es noch schlechter geht. Das stimmt natürlich. Ich kenne ein Kind, das an Krebs erkrankt ist. Und irgendwo auf dieser Welt gibt es sicherlich einen Mann, der beide Arme verloren und niemanden hat, von dem er abhängig sein könnte. Und diesem Mann geht es immer noch besser als demjenigen, der gar keine Gliedmaßen mehr hat und auch noch blind ist. Wenn man diese Logik weiter fortführt, wer ist dann der arme Teufel am Ende? Wer ist der Letzte, derjenige, nach dem es niemanden mehr gibt, den es noch schlimmer getroffen hat? Ein tauber, stummer, blinder, gliederloser Aussätziger und Schiffbrüchiger, der auf dem großen Pazifikmüllfeld treibt, während er langsam von den vorbeifliegenden Möwen verspeist wird und seine offenen Wunden im Salzwasser brennen. Ihm kann man nun wirklich nicht mehr unter die Nase reiben, dass es jemand anderem noch viel schlechter geht.

Vielleicht ist dieser jemand aber auch Dad, der Thanksgiving mit einem trübseligen, verstümmelten Sohn und einer Pekingente verbringen muss (die in ihrem kurzen Entenleben auch nicht viel Freude hatte).

»Kein Truthahn, aber auch genießbar«, sagt Dad, während er auf einem Stück Haut herumkaut.

»Wenn es gut genug für den chinesischen Kaiser war, dann ist es auch gut genug für das schrecklichste Thanksgiving seit Menschengedenken.«

»Nein, das war das Thanksgiving, an dem deine Schwester uns gesagt hat, dass sie schwanger ist.«

Ich bin sprachlos. »Wann war das denn zum Teufel?«

»Oh, stimmt, davon weißt du natürlich nichts. Ich habe es dir damals auf jeden Fall nicht gesagt. Sie war siebzehn und hat es deiner Mutter erzählt, die es wiederum mir anvertraut hat. Wenn ich genauer darüber nachdenke, weiß Jackie vielleicht noch nicht mal, dass ich eingeweiht war.«

Er gießt engagiert Sojasoße über seine Ente.

»Sie war den Sommer über verreist und ist danach aufs College gegangen«, erinnere ich mich. »Oh, mein Gott! Ihr habt sie versteckt, bis das Baby kam, und ich bin Onkel von irgendeinem Kind da draußen.« Vielleicht treibt auch dieser arme Teufel auf der Plastikmülldecke dahin.

»Es gibt kein Kind. Es hat sich als Scheinschwangerschaft herausgestellt«, erwidert Dad kichernd. »Jetzt kann ich darüber lachen, aber damals … Meine kleine Jackie und schwanger? Das war wirklich schlimm. Alle Erstgeborenen sollten männlich sein. Egal, was sie einem aufbürden, es kann nie so schrecklich wie mit einem Mädchen sein. Erstgeborene sind die Schwielen, die einen gegen alles Folgende abhärten. Bis auf dieses eine Mal warst du allerdings derjenige, der mir die dickeren Schwielen verpasst hat.«

»Das war das Jahr, bei dem keiner beim Essen ein Wort gesagt hat«, erinnere ich mich.

Dad hatte damals mit gesenktem Kopf ein Gebet gesprochen und nicht mehr aufgesehen, bis er das Essen in sich hineingeschaufelt und sich dann zum Footballspiel im Fernsehen verabschiedet hatte.

»Uns ist es immer noch besser als einigen anderen ergangen. Ich höre immer noch das Gebrüll, als die Schwester deiner Mutter und Onkel Ed bei uns waren und über deine Cousine lamentiert haben.«

»Es war also doch nicht das Schlimmste.«

»Ebenso wenig wie das hier. Also hör auf, dich zu beschweren, und iss. Die Chinesen haben fünfzehnhundert Jahre für diese verdammte Ente gebraucht.«

»Hoffentlich nicht genau für dieses Exemplar.«

Dad bezahlt die Rechnung und steckt den Stift ein. Unser erstes armloses Thanksgiving ist überstanden. Wir lassen die Glückskekse unangetastet liegen, da keiner von uns wild auf die Zukunft ist.

An diesem Abend bekomme ich eine E-Mail von Steve mit zwei Links. Seit ich einen seiner urkomischen Links zu artenübergreifendem Sex an seine Frau weitergeleitet habe, schickt er mir eigentlich keine Nachrichten mehr.

Als ich auf den ersten Link klicke, öffnet sich ein YouTube-Video, das Steve auf meinem Dachboden zeigt, wo er von seinen Tattoos erzählt. Ich sehe es mir so lange an, bis ich merke, dass ich es schon einmal gesehen habe. Ich will die Mail gerade löschen, als ich gewahre, dass die URL des zweiten Links das Wort »Seeschlange« enthält. Als ich darauf klicke, ist eine extreme Nahaufnahme meines tätowierten Stumpfes zu sehen, zu der ich meine Geschichte über Bob die Seeschlange, Geißel der Wikinger, und den Kombüsenhelden der *Raging Scallop* zum Besten gebe.

Wenn Steve normalerweise nur alle sechs Monate etwas Dämliches tut, dann hat er gerade anscheinend auf die Vorspultaste gedrückt. *Die Geschichte von Bob der Seeschlange* hat erfreulicherweise nur sechs Klicks – von denen die Hälfte sicher von Steve selbst stammt, der seine Arbeit bewundert hat –, und die Zahl wird sich vermutlich nicht einmal verdoppeln. Trotzdem will ich, dass er den Clip so schnell wie möglich löscht. Ein inspirierender Satz als Antwort an ihn wird genügen – »Wie wird Jackie reagieren?« –, um die Videos bis zum nächsten Morgen verschwinden zu lassen.

Ich genehmige mir eine Pfeife Herb Alpert's Tijuana Grass und schaue mir noch einmal *Steve's Tattoo Tales*-Video an, das auch nicht viel dämlicher als eine Realityshow namens *LA Ink* ist.

Später träume ich von einer Mannschaft armloser Wikinger, die vor dem Tattoostudio Schlange steht, um sich auf ihre Stümpfe Bob die Seeschlange tätowieren zu lassen. Ein unheiliger Pakt mit dem Meeresungeheuer, das ihr Schiff angegriffen und ihre Arme abgerissen hat, um sie gottgleich nach seinem armlosen Vorbild zu erschaffen. Aufgebracht, weil ich das Mal der Seeschlange trage, aber nicht wie sie ein echtes Opfer von Bob bin, umringen mich die Wikinger und streiten darüber, was sie mit mir machen sollen. Da bemerke ich Bob die Seeschlange in einem Stuhl auf der anderen Seite des Zimmers und die auf seine Seiten tätowierten Arme. Er nickt mir zu und würde mir vermutlich die erhobenen Daumen entgegenstrecken, wenn er nur welche hätte.

Seltsam

Im Broken Records treffe ich Will und Lilith, die gemeinsam in der Klassikabteilung stöbern. (Sofort stelle ich mir vor, wie die beiden Sex miteinander haben und vermute, dass Lilith Will nicht auf den Rücken drehen muss, damit etwas passiert, sondern eher sie diejenige ist, die aufs Bett geworfen wird.)

Lilith zeigt Will ein Exemplar von *The Lark Ascending*, das Musik-Folteräquivalent zu Salz auf meinem Stumpf. Ich stelle mir vor, was für eine Szene ich jetzt machen würde, läge das in meiner Natur, und welches Duell zwischen zwei einarmigen Männern stattfinden könnte. Ich müsste ihn mit meinen Handschuhen schlagen, aber zählt ein einzelner Handschuh auch nur als halbherzige Herausforderung? Noch verstörender ist allerdings, dass ich mich nicht entscheiden kann, auf wen ich eigentlich eifersüchtig bin. Auf Will, weil er mit Lilith zusammen ist, oder umgekehrt?

»Na, wer kommt denn da?«, ruft Mr. Madnick fröhlich hinter dem Tresen.

»Freuen Sie sich nicht zu sehr, Mr. Madnick. Ich habe meine Hausaufgaben schon wieder vergessen.«

Ich gehe zu Will, um mit ihm wie üblich zur Begrüßung die Fäuste gegeneinander zu stoßen, dann umarme ich Lilith, was ich noch nie getan habe. Ich bin neugierig, ob ich, wenn ich mich gegen ihre Brüste drücke, damit eine Reaktion bei Will hervorrufe. Doch seine Miene drückt nur echte Freude darüber aus, mich zu sehen, während sie wie immer katatonisch vor sich hin starrt.

»Lilith versucht, mir Klassik nahezubringen, und ich, sie mit System of a Down anzufreunden.«

»Das ist ja hinreißend«, sage ich und nehme ihr die Platte aus der Hand. Mit meinem ganz persönlichen starren Blick füge ich kokett hinzu: »Das habe ich schon mal irgendwo gehört.«

»Natürlich hast du das. Ich habe es dir in meinem Schlafzimmer vorgespielt.«

So viel zur Koketterie. Will grinst und unterdrückt ganz offensichtlich das Verlangen, mit mir abzuklatschen.

»Letztes Jahr wurde es in die Hall of Fame von Classic FM gewählt«, sagt Lilith, während sie mir die Platte wieder wegnimmt, um das Cover zu studieren.

Mr. Madnick gesellt sich zu uns. »Wie geht's dem Arm?«

»Immer noch verschollen. Ich sollte vielleicht mal Zettel aufhängen.«

»Neal Madnick«, stellt er sich vor und streckt die Hand aus, um Wills nicht vorhandene zu schütteln. Es ist ihm gar nicht aufgefallen. Der Will-Effekt.

Will reicht ihm seine umgedrehte linke Hand, die Mr. Madnick ungeschickt schüttelt, offensichtlich verblüfft, wie er so etwas übersehen konnte. Lilith umarmt ihn, als hätte sie gerade von mir gelernt, was eine Umarmung ist und wollte es jetzt auch einmal versuchen.

Mr. Madnick nimmt ihr die Platte aus der Hand und mustert sie.

»Schönes Stück. Einflussreich. Wusstet ihr, dass es einige Streicherparts auf King Crimsons *Larks' Tongues in Aspic* inspiriert hat?«

»Ich glaube, das würde ich gern einmal hören«, sagt Lilith, und sie und Mr. Madnick gehen hinüber zur Anhörstation.

»Und, seid ihr jetzt zusammen?«, frage ich Will. »Du

weißt, dass wir euch dann auf der Arbeit Wilith nennen müssen.«

»Nein! Wir vertreiben uns nur die Zeit.«

»Hast du das ganze Programm bekommen? Geigensolo und sexy Vogelhausgespräche?«

»Sie hat dir etwas vorgespielt? Jetzt bin ich eifersüchtig.«

Ich weiß, dass er nur einen Witz macht, doch ich speichere die unmögliche Vorstellung, dass Will auf mich eifersüchtig sein könnte, um sie in besonders düsteren Momenten hervorkramen zu können.

»Wir sollten wahrscheinlich nicht über sie reden«, sage ich, eingeschüchtert von der Anwesenheit meines früheren Lehrers. »Ihr Ruf leidet sonst, ihr Name landet auf dem Jungsklo, und die Schultyrannen werden hinter ihr her sein.«

»Gott steh ihnen bei, sie wird sie bei lebendigem Leib verschlingen.«

Es macht Spaß, wie ein verliebter Teenager mit Will im Plattenladen herumzuhängen, bis ein einzelner verstohlener Satz alles zerstört.

»Also, ich habe über den Damm nachgedacht …«

Verdammt noch mal.

»Wir müssen dringend etwas tun. Da, wo ich herkomme, bedeutet nichts zu tun dasselbe, wie das Falsche zu tun.«

Und ich beiße an, einfach so.

»Gibt es nicht irgendetwas zwischen etwas und nichts, das weniger dramatisch ist, als den Damm in die Luft zu jagen?« Ich suche in seinem Gesicht nach Zustimmung zu diesem sinnvollen Einwand. »Du weißt, dass wir das nicht machen können, nicht wahr? Und mit ›können‹ meine ich nicht, dass wir das nicht schaffen würden, sondern dass es sehr unklug wäre.«

»Unklug ist, die natürliche Ordnung der Dinge zu stören. Fische müssen schwimmen, Vögel müssen fliegen.«

»Sag mir, dass ich verrückt bin«, lautet der weitere Text. Doch ich bin hier nicht der Verrückte.

»Ach, vergiss es. Ich rede nur so dahin.« Will winkt ab, als Lilith von King Crimson zurückkehrt.

»Wow«, sagt sie, ohne eine Miene zu verziehen. »Das war mal schrecklich.«

Gehirn

Am Morgen sitzt Dad nicht wie sonst über eine Schale Frühstücksflocken gebeugt vor dem *SportsCenter.* Als ich einen Blick nach draußen werfe, sehe ich ihn überraschenderweise in seinem Van, der in der Auffahrt steht.

Ich gehe hinaus und öffne die Beifahrertür. Noch bevor ich etwas sagen kann, höre ich Sunny Lees Stimme. Ich setze mich neben Dad, und gemeinsam hören wir zu, was sie über das Gehirn zu sagen hat.

> *Wir haben alle schon mal gehört, dass beim Menschen entweder die linke oder die rechte Gehirnhälfte dominant ist. Das Gehirn verteilt seine Aufgaben auf zwei getrennte, vollkommen gleiche Hemisphären. Zumindest auf den ersten Blick, denn die Wahrheit ist, genau wie das Gehirn, sehr viel komplizierter.*
> *Zuerst einmal ist die Architektur des menschlichen Gehirns auf mikroskopischem Level ausgesprochen asymmetrisch, ebenso wie die Zellarten, die Neurotransmitter und die Rezeptoren. Symmetrie wird total überschätzt! Außerdem existiert der Mythos, dass Menschen mit dominanter rechter Gehirnhälfte kreative Träumer und Künstler sind, wohingegen Menschen mit dominanter linker Gehirnhälfte dazu tendieren, kalkulierende Denker und Wortschöpfer zu sein. Tatsächlich gibt es in beiden Gehirnhälften Sprach- und Kalkulationsaktivitäten, die untereinander kommuniziert werden. Für diese Überkreuzkommunikation ist das* Corpus callosum, *der*

Hirnbalken, verantwortlich. Eine weiße Substanz, die die Hemisphären verbindet. Ohne diese Brücke wäre man wahrscheinlich wie der Typ aus Rain Man: *großes Talent zum Kartenzählen, jedoch unfähig zu sozialer Interaktion.*

»Ist sie nicht großartig?«, frage ich rein rhetorisch. »Warte auf die Pointe …«

Das Gehirn leistet also tagtäglich schier übermenschliche Arbeit, weshalb es auch regelmäßig gefüttert werden muss. Also, ran an die Schokolade! Ich bin Sunny Lee mit The Sunny Side.

Dad starrt weiter geradeaus.

»Kommst du gerade oder fährst du?«

Er sitzt bewegungslos da, und erst als ich seine erschreckend kalten Hände berühre und er sich auch da nicht regt, merke ich, dass etwas ganz und gar nicht in Ordnung ist.

»Dad!«, brülle ich und drücke seine eiskalte Hand. Er muss seit gestern spätabends hier sitzen.

Als er weiterhin nicht reagiert, renne ich nach drinnen, um eine Decke zu holen und sie ihm überzuwerfen. Er rührt sich keinen Zentimeter, als ich ihn wie einen Schiffbrüchigen einwickele. Panisch will ich ihn auf den Beifahrersitz schieben, doch er ist zu schwer, deswegen kippe ich ihn einfach zur Seite.

Einhändig brettere ich ins Krankenhaus.

Dort sagt man mir, dass bei Dad eine »neurologische Störung« vorliege, sieben medizinische Silben für das Wort »Schlaganfall«. Er wird aufgenommen, und ich muss mich eine lange Zeit gedulden, bis ich ihn sehen darf.

Wobei ich mir nicht wirklich sicher bin, ob er mich sehen kann. Er liegt im Bett und starrt an die Decke. Nichts deutet darauf hin, dass er meine Anwesenheit bemerkt. Ich nehme seine Hand, die völlig leblos wirkt.

»Dad, kannst du mich hören?«

Keine Antwort.

»Wenn du mich hören kannst, dann drück meine Hand.«

Nichts.

»Blinzle einmal für Ja, zweimal für Nein.«

Keine Antwort.

»Wenn du da bist, nimm ab.«

Ich frage mich, ob ich je wieder seine Stimme hören werde, die mich mit hinter Schroffheit versteckter Freundlichkeit herausfordert und lautstark das *SportsCenter* kommentiert. Ob er mich je wiedererkennen wird. Ob er je wieder selbst laufen und pinkeln können wird. Ich bete, dass er nicht in seinem Körper eingeschlossen ist, vollständig gelähmt, jedoch bei Bewusstsein, während man ständig an ihm herumstochert, Blut abnimmt, Infusionen legt, Katheter in ihn hineinrammt und von ihm in der Vergangenheit spricht, als wäre er schon längst nicht mehr am Leben. Oder schlimmer, noch am Leben, aber so nutzlos wie altes Fleisch.

In diesem Moment schließt er die Augen, und ich hoffe, dass er nicht gestorben ist, wünsche mir aber gleichzeitig, dass es tatsächlich so gekommen sein könnte, dass er erlöst wurde. Ich würde alles dafür geben, dass er wieder wie wild auf der Fernbedienung herumdrückt und sich über seine Unfähigkeit beschwert, ESPN zu finden.

Mom kommt nur kurz vorbei, um klarzustellen, dass sie nicht mehr zuständig ist, dass sie ihr vorzeitiger Abschied aus der Ehe von dieser unseligen Wendung der Dinge freispricht, genauso wie einem das frühzeitige Verlassen des Kinos das beschissene Filmende erspart.

»Ich habe deinen Vater verlassen«, erklärt sie mir, während er wehrlos vor uns im Bett liegt, »weil er sich nicht um sich selbst kümmern wollte. Die Zigarren, die schlechte Ernährung. Weißt du, wann er das letzte Mal spazieren gegangen ist? Er bewegt sich höchstens bis in den Garten, um die Eichhörnchen mit Erdnüssen zu füttern. Und selbst da isst er jede zweite selbst.«

Ich warte auf Dads Einwand, doch er schweigt.

»Du haust also einfach ab.«

»Das bin ich schon. Meine gelegentlichen freundschaftlichen Zusammenkünfte mit deinem Vater sind nicht dasselbe, wie die Last der Verantwortung für ihn zu tragen. Ich habe ihn verlassen, weil ich wusste, dass so etwas früher oder später passieren würde.«

»Du kannst also in die Zukunft sehen«, fahre ich sie unfreundlich an.

»Manchmal ist die Zukunft offensichtlich. Wenn man sich auf Eisenbahngleise legt und nicht wieder aufsteht, weiß man, was passieren wird. Ich hatte genug Verstand, nicht liegen zu bleiben. Deshalb sollte der Zug mich jetzt nicht trotzdem überrollen.«

»Dann sag mir doch mal meine Zukunft voraus.«

»Deine ferne Zukunft ist noch offen, du kannst diverse Wege einschlagen. Doch in der näheren Zukunft wirst du dich um deinen Vater kümmern, ob du es selbst tust oder ein fähiges Unternehmen mit der Aufgabe betraust.«

»Und du hättest damit keine Probleme?«

»Man kann unmöglich vorhersehen, wie sich das hier entwickelt. Und deine jüngsten Entscheidungen waren alles andere als klug. Du hast es wahrscheinlich geschafft, die

Hälfte der Zeit das Falsche zu tun. Was allerdings auch bedeutet, dass du dich die andere Hälfte lang gut geschlagen hast«, überrascht sie mich. Sie tätschelt mir den Kopf und legt eine Hand an meine Wange. »Das sind schon mal keine ganz schlechten Voraussetzungen für das Meistern einer Krise.«

Und Jackie, trotz ihrer Tränen und dem Schmerz aus der Ferne, hat eine Karriere und eine Familie und ein Leben dreitausend Kilometer entfernt. Sie fürchtet, ihren Job zu verlieren – dieses wertvolle Etwas, das ihr Sinn und Wert verleiht –, wenn sie noch länger freinimmt. Ich versichere ihr, dass ein Besuch zu diesem Zeitpunkt sowieso nicht sinnvoll wäre.

Sie bittet mich, den Hörer an Dads Ohr zu halten, und schluchzt ihm ihre Liebe zu ihm vor.

Halb hoffe ich, der Akku würde explodieren, Dad auf der Stelle töten und meine verbleibende Hand abreißen. So könnte ich neben seiner kopflosen Leiche verbluten, und all unsere Probleme wären gelöst.

Als Jackie auflegt, sind Kopf und Hand allerdings noch intakt, und sowohl Dad als auch ich sehen einer Zukunft entgegen, die vielleicht noch »offen« ist, im Moment aber erst mal ziemlich beschissen aussieht.

Nach einem langen Tag im Krankenhaus komme ich endlich nach Hause, um dort auf der Stelle gepflegt zusammenzubrechen, nachdem ich auf der Heimfahrt in Dads Van aufgrund der gefährlichen Mischung aus Müdigkeit und Einhändigkeit beinahe zweimal einen Unfall gebaut hätte.

Unsere Haustür steht weit offen. Wenn drinnen Methjunkies darauf warten, mich umzubringen, werde ich überraschend kooperativ sein. Auch wenn ich die süße Umarmung des Todes nicht unbedingt herbeisehne, wäre ich doch froh, den ganzen bereits vorhandenen und noch drohenden schrecklichen Umständen entgehen zu können. Als mir einfällt, dass ich die Tür wahrscheinlich einfach offen stehengelassen habe, als ich die Decke für Dad geholt habe, bin ich tatsächlich ein wenig enttäuscht.

Ich pinkele lange, bevor ich realisiere, dass die Badewanne leer ist. Anscheinend hat sich Ali während unserer langen Abwesenheit auf die Suche nach Futter gemacht. Eine rasche Inspektion der gähnend leeren Zimmer lässt mich vermuten, dass ihn die unzureichende Nahrungsversorgung hungrig durch die offene Tür ins Freie getrieben hat.

Mom würde den bevorstehenden Ausgang der prekären Situation zweifellos als in jedem Fall unangenehm einschätzen. Ali verspeist gerade sicherlich entweder genüsslich die Haustiere der Nachbarschaft oder wird von der Polizei niedergestreckt. Wahrscheinlich beides gleichzeitig. Was sie aber nicht voraussehen könnte, ist, dass mir das alles unglaublich egal ist. Das Universum hat mir gerade eine Prüfung zu viel auferlegt, und meine Antwort darauf lautet, dass ich mich auf den Dachboden verziehen werde, um die Welt auszuschließen. Ich werde mich mit einer nicht empfehlenswerten Mischung aus medizinischem Marihuana und einer ungleichen Anzahl Vicodin betäuben, die ich mit dem Rest Fleischmann's herunterkippen werde, den ich unter der Küchenspüle gefunden habe und den ich bis auf die letzten elf Tropfen leeren werde.

Du willst dich mit mir anlegen, Universum? Fick dich selbst.

DINGE, DIE DEM UNIVERSUM TOTAL EGAL SIND

× Freilaufende Alligatoren
× Die Haustiere der Nachbarn
× Das Gehirn eines anständigen Mannes
× Der Krebs eines kleinen Jungen
× Gesagt zu bekommen »fick dich«
× Fairness
× Ironie
× Völkermord
× Fische

Klarheit

Als ich vierzehn Stunden später aufwache, bin ich mir zweierlei Dinge absolut sicher. Erstens, der Lauf der Welt wird sich nicht dadurch aufhalten lassen, dass ich mich auf dem Dachboden verschanze und sinnlos zudröhne. Zweitens, wahrscheinlich war mir das schon vorher klar.

Nach einem Frühstück aus löslichem Kaffee und Toasterwaffeln, zubereitet und verspeist unter der doppelten Beeinträchtigung aus Handicap und Kater, entwerfe ich einen Vermisstenflyer für Ali.

Ich entscheide mich für folgende Formulierung:

»VERMISST: 45 Kilo schwerer Alligator namens Muhammad Ali Gator, hört auf »Ali« (na ja, irgendwie). Sanftes Gemüt! WARNUNG: Könnte hungrig sein. Kann geradeaus ganz schön schnell rennen. Wenn er unkooperativ erscheint, empfiehlt sich Laufen im Zickzack.«

Ich füge meine Kontaktdaten sowie ein Foto von Ali hinzu, auf dem er das Maul geschlossen hat und zu lächeln scheint, auch wenn ich wünschte, es sähe mehr aus wie das lustige Comiclächeln eines Disneygators und weniger wie das bedrohliche Grinsen von Killerkroko. Ich werde die Flyer in einigen Briefkästen in der Nachbarschaft verteilen in der Hoffnung, damit nicht zu viele Spinner und/oder die Polizisten anzulocken. (Bei der Wahl zwischen dem Überleben der Kleintierpopulation unserer Nachbarschaft und Dads Alligator an den Tierschutzverein zu verlieren, gewinnt eindeutig Dad, der schon so viel verloren hat.)

Als Nächstes begebe ich mich auf eine Webseite für

Kleinanzeigen, um eine qualifizierte Pflegekraft zu finden. Ich schreibe eine Anzeige, in der ich Erfahrung, Referenzen und ein aktuelles Foto verlange, was einigen Leuten vielleicht seltsam vorkommen wird, doch dadurch siebe ich gleich die Bewerber aus, die ein Problem mit Seltsamkeit haben könnten. Und wo ich schon einmal dabei bin, stelle ich auch gleich mein Auto zum Verkauf ein, was hoffentlich die Kosten für den Umbau von Dads Van zu einem behindertengerechten Fahrzeug für Fahrer und Beifahrer decken wird. Dann kümmere ich mich darum, dass der Van abgeholt wird.

Nachdem ich eine ordentliche Portion Herbtastic inhaliert habe, rufe ich beim Ick Ick an und bitte um Urlaub. Während des Gesprächs verschlucke ich mich bei einem Zug an der Bong, was man am anderen Ende der Leitung für Weinen hält. Eilfertig versichert man mir daraufhin, ich könne jederzeit zurückkommen, wenn ich bereit dazu wäre, und ich solle doch bitte auf mich aufpassen. Beides scheint mir eher unwahrscheinlich.

Als ich ins Krankenhaus komme, ist Dads Zustand unverändert, abgesehen davon, dass er jetzt im Bett sitzt, so dass er nach vorne an die Wand anstatt an die Decke starrt. Immerhin eine winzige Verbesserung, sofern man dies als solche betrachten möchte.

Laut Aussage der Ärzte ist das Gehirn ein lustiges Organ, auch wenn »lustig« in diesem Fall wohl eher das Gegenteil bedeutet. Dads Zustand kann sich mit der Zeit »ändern« (was nicht zwingend »verbessern« bedeutet) oder auch nicht. Trotz Moms Prognosen scheint seine Zukunft »offen« zu sein, was heißt, dass er seine Sprechfähigkeit zurückgewinnen könnte (oder auch nicht), genauso wie seine Bewegungsfähigkeit (oder auch nicht), sein Gedächtnis, das aktive Bewusstsein (oder auch nicht), die Fähigkeit zu gehen (oder auch nicht) und vollständig für sich allein zu sorgen (unwahrscheinlich) und/oder vollständige Klarheit. (Oder gar nichts von alldem.) Mit einer entsprechenden Physiotherapie könnte er einen großen Teil seiner früheren Stärke und seiner Körperbeherrschung zurückgewinnen, jedoch keine geistigen Fähigkeiten. Er könnte allerdings genauso gut körperlich beeinträchtigt bleiben, während sich sein Gehirn langsam erholt, die beschädigten Areale repariert und sie mit anderen Teilen des Gehirns kompensiert, bis er zu einem unbestimmten Zeitpunkt zu einer modifizierten Version seines früheren Selbst wird. Oder auch jemand vollkommen anderes. Unmöglich zu sagen.

Das alles erinnert mich sehr an meinen eigenen Zustand. Manche Dinge kann ich lernen, anders zu machen. Wie etwa einhändig Kartenmischen oder Autos mit einer Handlenkung fahren oder beim Sex auf den Rücken gedreht werden. Doch das ist nicht dasselbe wie ein nachwachsender Arm. Außerdem werden sich die beschädigten Areale in Dads Gehirn nicht so weit regenerieren, dass er lernen kann, Dinge anders zu tun als früher. (Oder auch nicht.)

Wenn er irgendetwas von alldem versteht, lässt Dad es sich nicht anmerken. Vielleicht stellt er sich tot. Nach lebenslanger Sorge für undankbare Kinder und eine Frau, die ihn verlassen hat, um ihre Erfüllung in einer Jurte zu finden, ist er mit Sicherheit der Ansicht, jetzt einmal selbst derjenige sein zu dürfen, um den man sich kümmert. Nach einer angemessenen Zeitspanne wird er aus seinem Rollstuhl aufspringen wie eine Cartoonstripperin aus einer Torte und rufen: »April, April!«, und wir werden alle herzlich lachen.

Doch erst einmal spiele ich mit.

Zuhause

Es stellt sich heraus, dass mein Auto mehr wert ist als erwartet, und auch wenn das Geld an vielen Stellen gut angelegt wäre, mag ich die Symmetrie daran, alles für den Umbau von Dads Van auszugeben und ihn vor allem von seiner Fleischfarbigkeit zu erlösen. Ich lasse ihn in einem überwältigenden Metallic-Lila lackieren, eine Farbe, die am besten zu einem Plymouth Prowler passen würde oder zu den Fingernägeln einer Prostituierten. Dann schalte ich noch einen Gang höher, indem ich einen Airbrusher beauftrage, auf eine Wagenseite einen Wikinger aufzusprühen, der gegen ein riesiges wütendes Frettchen kämpft. Jetzt fehlt nur noch ein Stoßstangenaufkleber mit der Aufschrift: »Wenn dieser Van schaukelt, bitte klopfen, denn Dad könnte einen Krampfanfall haben«. (Zu meiner großen Enttäuschung ist mein Wunschkennzeichen »VAN GO« leider schon vergeben.)

Ich stelle Consuela aufgrund ihrer Referenzen ein (die sie insgesamt als fähige Pflegerin auszeichnen, die, um ihren letzten Arbeitgeber zu zitieren, »nie etwas gestohlen hat«) und aufgrund ihres Fotos, das eine recht hübsche, aber ernste, untersetzte Guatemaltekin zeigt. (Ich fände es verstörend, eine lächelnde Bewerberin für einen Job einzustellen, bei dem es wenig zu lachen gibt). Leider stellt sich bei Consuelas Ankunft heraus, dass sie kein Wort Englisch spricht, doch diese kleine Hürde scheint angesichts meiner geradezu überwältigenden restlichen Probleme nahezu unbedeutend. Ich deute und gestikuliere und grinse so dämlich wie ein Mann, der übertrieben froh ist, ein kleines Flugzeug sicher auf dem Boden gelandet zu haben, und irgendwie kommen wir zurecht.

Dad hat im Krankenhaus kein Wort gesagt, und auch nach seiner Rückkehr nach Hause bleibt er stumm. Für seine Sprachprobleme scheint nicht das Gehirn verantwortlich zu sein, das nicht mehr weiß, wie Mund, Zunge und Zähne Worte formen sollen, sondern eine tiefer liegende Störung. Auch wenn er seine Umgebung kaum wahrzunehmen scheint, bilde ich mir ein, einen Hauch von Wiedererkennen in seinen Augen schimmern zu sehen, wenn das *SportsCenter* läuft. Er kann einigermaßen essen (den Mund öffnen, Nahrung entgegennehmen, kauen und schlucken, wobei er nur manchmal auf eine Art würgen muss, die mich an sein baldiges Ableben glauben lässt) und aus dem Sessel aufstehen, wenn ihm Consuela, die für eine so kleine, kompakte Frau erstaunlich stark ist, ins Bett hilft. Zweifellos ist er dankbar für jeden Tag, den er hinter sich lassen kann. Die entwürdigenderen Momente, wie die des Windelwechselns, meide ich und bete gleichzeitig, dass, falls einmal ein Blutgerinnsel von meinem Stumpf in mein Gehirn wandern sollte, es sofort platzt und mich auf der Stelle tötet.

Am Sonntagmorgen überlege ich mir, dass Dad etwas Besonderes verdient hat. Zusammen mit Consuela hieve ich ihn in Rockstar-Van, und gemeinsam fahren wir zum Four Corners. Als ich beschleunige, quietscht Dad wie ein kleines Hündchen, das erste Geräusch seit dem Schlaganfall. Ich fahre an den Straßenrand, und er entspannt sich sichtlich, doch als wir wieder anfahren, quietscht er erneut. Ganz offensichtlich kann er schnelle Bewegungen nicht ertragen. Diesem Mann, der einmal mühelos durch die Zeit gereist ist, kommt eine Fahrt zum Diner wie eine Reise in Überschallgeschwindigkeit durchs Weltall vor.

Ich fahre wieder rechts ran und überlege mir, dass sich Dad vielleicht beruhigen könnte, wenn wir ihn von der vorbeifliegenden Welt abschotten. Ich übermittle Consuela meine Idee pantomimisch. Sie nickt bestätigend, was so ziemlich die einzige Antwort ist, die ich ihr bisher entlocken konnte. Ich interpretiere die Geste als Einverständnis, auch wenn es in ihrer Kultur alles bedeuten könnte, zum Beispiel: »Das ist eine bescheuerte Idee.«

Als ich Dad vorsichtig eine Leineneinkaufstasche über den Kopf ziehe, beruhigt er sich tatsächlich. Und nicht nur das, er reagiert wie ein Vogel im Käfig unter einem Tuch. Er glaubt, es sei Abend, und schläft ein.

Wenn irgendjemand bei der Ankunft unseres Zuhälter-Vans erwartet hat, gleich eine Hair-Metal-Band herausspringen zu sehen, ist er vermutlich bitter enttäuscht angesichts des Anblicks eines erschöpften Einarmigen, einer guatemaltekischen Pflegerin und eines inkontinenten Greises, dessen Rollstuhl über eine Absenkvorrichtung aus dem Wagen rollt und der eine Leinentasche über dem Kopf trägt. Bei unserem Eintreten wird wahrscheinlich jeder seinen Kopf in unsere Richtung drehen und jedes Gespräch unterbrochen werden. Starre Blicke und in der Luft gefrorener Kaffee.

Umso erstaunter bin ich angesichts der herzlichen Begrüßung durch die Stammgäste und das Personal. Fred Weber umarmt Dad so überschwenglich wie einen frisch geborenen, zusammengeschnürten Säugling. Er sieht Dad zum ersten Mal seit der Entlassung aus dem Krankenhaus und hält ihn sehr lange fest. Dad zeigt keinerlei Regung, immerhin quietscht er aber auch nicht.

Man stellt ein Holzfäller Spezial vor den Mann, der nie wieder Holz hacken können wird. (Michelle ignoriert, dass wir nach elf Uhr morgens und damit nach der offiziellen Frühstückszeit gekommen sind. Die Beschwerden anderer Gäste wegen dieser ungerechten Behandlung erstickt sie mit einem tödlichen Blick und der implizierten Drohung von umgekipptem heißem Kaffee im Keim.)

Consuela zerkleinert professionell Dads Frühstück und füttert ihn mit mundgerechten Bissen, wobei sie immer abwechselnd auch von ihrem Teller isst.

»Wurde aber auch Zeit, dass du auftauchst«, ermahnt mich Mr. Weber.

»Ich war ein wenig beschäftigt.«

»Ich verstehe.« Das tut er ganz offensichtlich nicht. »Du hast aufgehört zu arbeiten?«

»Nun, ich muss mich um Dad kümmern.«

»Du hast doch inzwischen eine Vollzeitpflegekraft«, Mr. Weber wirft Consuela ein Grinsen zu, das diese nicht erwidert. »Es wird Zeit, dass du dich wieder um deine eigene Genesung kümmerst.«

»Danke, dass Sie mir den Job verschafft haben. Aber ich werde vielleicht nicht dorthin zurückkehren. Das Fischzählen hat mir gefallen, aber ich bin nicht gut in Büroarbeit.«

»Wer ist das schon? Glaubst du, ich bin nach Jahren in der Handelsmarine gerne jeden Tag ins Büro gegangen? Oder dein Vater, der auf den Pisten auf der anderen Seite der Erde unterwegs war? Er hat an den Olympischen Spielen teilgenommen, verdammt noch mal! Nur um dann hinter einem Schreibtisch zu versauern. Meine Kontakte im Zentrum sagen mir, dass du gute Arbeit leistest.«

»Ich habe Zahnabdrücke auf den Dokumenten hinterlassen und mit einer Kollegin geschlafen. Ich glaube nicht, dass mir bald der Mitarbeiter-des-Monats-Parkplatz zugestanden hätte.«

»Dafür bist du mal rausgekommen, unter die Leute, hast wichtige Arbeit erledigt und wieder am Leben teilgenommen.«

»Ich habe einen guten Freund gefunden. Er hat auch nur einen Arm. Wir hätten einen Klub der Einstümpfigen gründen können, aber ich hatte Angst, dass wir wegen Diskriminierung Unversehrter verklagt werden könnten.«

»Ich bin mir sicher, dein Vater wäre meiner Meinung.«

»Das ist jetzt aber etwas unfair«, protestiere ich. »Er reagiert nicht und sollte nicht dafür missbraucht werden, eine Meinung zu stützen, die er offensichtlich nicht selbst ausdrücken kann.«

Dad verschluckt sich an seinem nächsten Bissen. »Sehen Sie? Er würde mir ziemlich sicher zustimmen.«

»Für einen Typ mit nur einem Arm kannst du Leute ganz schön gut von dir wegstoßen.«

Mr. Weber steht auf und umarmt noch einmal das, was von seinem ältesten Freund übrig ist. Lange hält er ihn fest, während Dad abwesend kaut.

Rauchwolken

Als ich an diesem Abend eine leuchtend gelbe Knospe On Golden Bong entzünde, öffnet sich knarzend die Dachbodenklappe. Ich frage mich, ob gleich Dads Kopf erscheinen wird, weil er entgegen aller Wahrscheinlichkeiten plötzlich gesund geworden ist oder weil er sich in Zombie-Dad verwandelt hat, der mein Gehirn fressen will. (Kann er haben.) Doch stattdessen erscheint Consuelas rundes Gesicht in der Luke.

Wortlos setzt sie sich neben mich, nimmt mir die Bong aus der Hand und inhaliert professionell den süßen Rauch, während die Glut rot aufleuchtet und schließlich erlischt. Mit einem erwartungsvollen Blick reicht sie mir dir Bong.

Ehe ich noch richtig kapiert habe, was passiert, habe ich sie drei weitere Male geleert und frisch aufgefüllt. Seit Jackies Abreise habe ich mich immer nur allein zugedröhnt, und Consuelas Gesellschaft tut mir gut. Auch wenn wir nicht miteinander kommunizieren können (und Consuelas Gesicht nur einen Ausdruck zu kennen scheint), ist das gemeinsame Kiffen doch eine Art soziale Interaktion, oder zumindest wirkt die Raucherei so weniger wie die heimlichen Eskapaden eines mittelmäßigen Junkies.

Während der nächsten Woche kommt Consuela regelmäßig zu mir, nachdem sie Dad ins Bett gebracht hat. Wir kiffen und dampfen, und ich rede und gestikuliere, und sie hört zu und nickt, womit sie, wie bereits erwähnt, entweder Verständnis und Zustimmung signalisieren, aber genauso gut »Du Idiot« meinen könnte.

Diese neue Intimität, in der wir abwechselnd an einem dünnen Rohr oder einem fetten Joint ziehen, ist verführerisch. Ich fühle mich zu ihr hingezogen, auch wenn eine Erwiderung meiner Gefühle nicht erkennbar ist. Ihr ausdrucksloses Gesicht ist unmöglich zu lesen. Wenn sie genug hat (ihre sowieso schon beeindruckende Toleranzgrenze erhöht sich täglich), kehrt sie stumm in ihr Zimmer zurück, das über dem Arbeitszimmer im Erdgeschoss liegt, das wir für Dad umgebaut haben. Wenn er wach ist, kümmert sie sich rührend um ihn, danach sitzen wir bis spät in die Nacht zusammen. Ich sollte daher nicht so überrascht sein, dass wir meinen Monatsvorrat an Gras innerhalb einer Woche durchgebracht haben.

Bei The Hemp Collective begegnet man mir mit, meiner Ansicht nach, ungerechtfertigtem Misstrauen, als ich so früh wieder auftauche, um ein weiteres Rezept einzulösen. Als ich die besorgten Blicke der Mitarbeiter bemerke, die aus dem Fenster sehen, kann ich sie allerdings ein bisschen besser verstehen. Draußen im Van wacht mein nervöser guatemaltekischer Drogenkurier über den Informanten, der bald hingerichtet wird und eine Tasche über dem Kopf trägt. Was mich wiederum zum verzweifelten Dealer macht, der den Drogenbossen gehorchen muss.

»Der Grund dafür, dass ich schon alles verbraucht habe, ist wirklich vollkommen lächerlich«, erkläre ich betont kleinlaut. »Ich wollte Haschkekse backen, die dann Feuer gefangen haben, was meinen ganzen Vorrat … äh, ich wollte sagen, meine dringend benötigte, verschreibungspflichtige Medizin vernichtet hat.«

»Marihuana fällt unter das Betäubungsmittelgesetz, und die Abgabe ist gesetzlich geregelt«, lautet die Antwort, die mit derselben Vorsicht vorgetragen wird, mit der man normalerweise irren Verbrechern und Nitroglyzerin begegnet. »Ohne ärztliche Bestätigung kann ich Ihr Rezept nicht vorzeitig einlösen. Aber es dauert ja nur noch eine Woche, sehe ich gerade«, bemerkt der Angestellte, während er einen weiteren nervösen Blick aus dem Fenster wirft.

Dad, immer noch unter der Leinentasche, hat sich nicht bewegt, doch Consuela schaut noch grimmiger drein, vielleicht weil sie merkt, dass ich kein Glück habe.

»Nur eine Woche«, bestätige ich, als ich mich verabschiede. »Natürlich kann ich warten. Ist ja nicht so, als wäre ich süchtig.«

»Ich glaube, mein Vater könnte von medizinischem Marihuana profitieren«, erkläre ich Dads Arzt. Angesichts der besonderen Umstände fühle ich mich heute glasklar im Kopf.

»Ich verstehe«, antwortet er, auch wenn er das natürlich nicht tut. »Und wie kommen Sie zu der Annahme?«

»Er hat Schlafprobleme.«

»Ich könnte Ambien verschreiben«, überlegt er und leuchtet mit einer kleinen Taschenlampe in Dads Augen, was keine Reaktion hervorruft.

»Ich möchte nicht, dass er abhängig von Schlaftabletten wird. Oder zum Supermarkt schlafwandelt und das ganze Cool Whip kauft.«

»Ha! Die Geschichten von dem Unfug, den Schlaftabletten verursachen können, sind heillos übertrieben.«

»Gut zu wissen. Ich möchte später nicht hören, dass er sich nachts rausgeschlichen und ein Pferd geheiratet hat.«

»Ich mache mir da weit mehr Sorgen um die wesensverändernden Auswirkungen von Marihuana. Das Gehirn ist ein lustiges Organ …«

»Total lustig! Aber gibt es nicht Sorten, die darauf gezüchtet werden, diese bestimmten Nebenwirkungen zu vermeiden?«

Der Arzt sieht von Dad zu mir.

»Zumindest habe ich das so verstanden«, füge ich hastig hinzu.

Zu Hause durchbrechen Consuela und ich unseren Rhythmus und verständigen uns darauf (sie mit einem Nicken), unseren frisch aufgefüllten Vorrat sofort auszuprobieren. Wir schieben Dad in sein verdunkeltes Schlafzimmer und machen es uns auf der Couch gemütlich, um Tickle the Dragon zu probieren. Den Effekt, den es angeblich haben soll, habe ich vergessen, aufgrund des Namens gehe ich aber von einer Mischung aus Frohsinn und Gefahr aus.

Die Samen, die ich in der Eile nicht gesäubert habe, zerspringen wie kleine Feuerwerkskörper, als ich an der Bong ziehe, bevor ich sie an Consuela weitergebe. Ich bin überrascht, als sie mit dem Mund nur wenige Zentimeter von meinem entfernt einen kleinen Kreis formt und mir den Rauch in die Lungen bläst. Dann presst sie die Lippen auf meine und macht mich mit dem recycelten Rauch erneut high, bis ihre Zunge endlich auf meine trifft.

Ich küsse sie mit der Macht der schon viel zu lange andauernden Abstinenz und stelle mir die nächsten Tage und Wochen vor. Dad geparkt vor dem Fernseher, wo ihn die sensorische Überforderung vollkommen fesseln wird, während ich in seine Pflegerin hineinstoße. Ich sehe bekiffte Waschungen mit dem Schwamm vor mir, gefolgt von süßen Kindern mit bronzefarbener Haut, die unser beider Sprachen sprechen und für uns übersetzen können.

Consuela öffnet ihre Bluse und schiebt einen steifen

braunen Nippel in meinen Mund. Sie stöhnt, ich stöhne lauter, was sie wiederum übertönt, und bevor ich etwas darauf erwidern kann, klingelt mein Handy.

Natürlich will ich es ignorieren, doch dann sehe ich über ihre Brust hinweg Dads Gesicht auf dem Display. Ich greife nach dem Gerät, und Consuela und ich fallen zu Boden.

»Was zum Teufel glaubst du eigentlich, was du da tust?«, knurrt Dad.

Aufgedreht

Auch wenn er am Telefon nicht vollkommen klar klingt, kann Dad doch effektiv genug kommunizieren, damit ich mich von Consuela losreiße und in sein Zimmer stürze. Als ich das Licht einschalte, hält Dad den Hörer immer noch ans Ohr.

»Dad?«

Von einer Sekunde auf die andere nimmt sein Gesicht wieder dieselbe schlaffe und ausdruckslose Miene an, die er seit dem Schlaganfall zur Schau trägt. Als ich das Licht ausschalte, scheint ihn das wieder zum Leben zu erwecken, und er legt den Hörer auf.

»Was geht hier vor, verflucht noch mal?«

Consuela, die mir in Dads Schlafzimmer gefolgt ist, bekreuzigt sich und verlässt den Raum.

»Was hast du mit der Frau angestellt? Warum bist du hier? Was ist das für ein Geruch?«

Dad erfasst offenbar nicht vollständig, was ihm zugestoßen ist oder warum ich wieder unter seinem Dach lebe, Gras rauche und Sex auf seiner Couch habe. Drei Dinge, die er schon damals, als ich noch ein Teenager war, nicht ertragen konnte, und die ihn offensichtlich noch immer ärgern.

Ich setze mich im Dunkeln zu ihm und versuche, alles zu erklären.

»Du hattest einen Schlaganfall.«

»Einen Schlaganfall«, wiederholt er. »Wann?«

»Vor zwei Wochen.«

»Gestern ging es mir doch gut.« Es ist schön, seine Stimme zu hören, auch wenn sie immer leiser und unsicherer wird, als ob er sie an die Dunkelheit anpassen würde. Und schon viel zu bald wird ihm alles zu viel. »Auto Van Arzt Frühstück Weber Telefon.« Er hat sich wieder in sich zurückgezogen.

Schweigend sitzen wir zusammen in der Dunkelheit.

Laut der Einschätzung der Ärzte ist der Grund für Dads Schweigen eine Kombination aus Faktoren, die es ihm offensichtlich unmöglich machen, seine Umgebung oder direkte Ansprache zu verarbeiten. Ein Schaltkreis in seinem Gehirn ist durchbrochen, weshalb Dad von all den Sinneseindrücken um ihn herum vollkommen überfordert ist und keine Gesichter mehr erkennen kann. Die Fähigkeit, ihre Komplexität und Ausdrücke zu verstehen, ist ihm abhandengekommen. Die Ablenkung durch zu viele visuelle Reize (die durch hohe Geschwindigkeit noch verschlimmert wird und ihn deshalb im Auto zum Quietschen gebracht hat) hat seinen verwirrten und schon fast katatonischen Zustand verursacht. Völlig überwältigt hat er einfach dichtgemacht. Der völlig dunkle Raum hat ihm gutgetan. Unter den ganzen Lichtern in der Notaufnahme erstarrt er dagegen wieder wie ein verschrecktes Eichhörnchen. Mit ausdruckslosem Gesicht nimmt er die kleinen Salzbrezelstücke entgegen, die ihm Consuela hinhält.

Wieder zu Hause steckt ihn Consuela ins Bett. Unser Abendritual lehnt sie kopfschüttelnd ab. Was auch immer ihre vorherige sexuelle Begierde entfacht hat, scheint sich inzwischen verflüchtigt zu haben, und ich befürchte, dass es keine weiteren Gelegenheiten für bekiffte Schwammwaschungen oder kleine bronzefarbene Babys geben wird.

Allein zurück auf dem Dachboden macht mein Herz einen Sprung, als ich eine E-Mail von Will in meinem Posteingang entdecke. Zwischenzeitlich hatte ich schon befürchtet, dass er mich vollkommen vergessen hat.

Die Betreffzeile lautet »Bist du das?«, der Begleittext »Ich hoffe, dir geht's gut«. Als ich auf den beigefügten Link klicke, öffnet sich das YouTube-Video mit meiner Bob-die-Seeschlangen-Geschichte, das Steve eigentlich aus dem Netz hätte nehmen sollen. Offensichtlich hat es jemand vorher gespeichert und eine eigene bearbeitete Version hochgeladen. Wer auch immer dafür verantwortlich ist, hat menschliche Lippen und rhythmische Sprungschnitte eingebaut, so dass mein tätowierter Stumpf zu einer leicht verfremdeten Version von Rod Stewarts *The First Cut Is The Deepest* zu tanzen und zu singen scheint. Und es kommt noch viel schlimmer. Das Video hat mittlerweile Millionen Klicks. Es ist nur eine Frage der Zeit, bis es Randy Fucking Pausch überrundet.

Arbeit

Man sagt, dass einen die Arbeit von Problemen ablenkt, und mit »man« meine ich Fred Weber, der mir das regelmäßig in Erinnerung ruft, ob am Telefon, in E-Mails oder persönlich im Four Corners. Einmal sogar im Broken Records, wo ich ihn treffe, als er nach einem Sampler mit Shantys sucht.

Ich fühle mich etwas schuldig, Dad allein zu lassen, aber ich weiß, dass er bei Consuela in guten Händen ist und den Tag sowieso zum Großteil im Dämmerzustand verbringen wird. Nach meiner Rückkehr kann ich seine Sinne ja wieder zum Leben erwecken, indem ich ihn in die Besenkammer schiebe.

Auch wenn ich meine Nische samt Arbeit sowie den Geschmack von Hängemappen zwischen den Zähnen nicht vermisst habe, muss ich doch zugeben, dass mir Wills und Liliths Gesellschaft guttut. So wie sie Will meidet, als sie mich umständlich begrüßt, scheinen die beiden im Übrigen kein »Wilith« mehr zu sein. Wieder einmal drückt sie sich in einer steifen Umarmung an mich. Mittlerweile ist das offensichtlich ihre bevorzugte Begrüßungsart, wahrscheinlich nutzt sie sie auch für unwichtige Begegnungen wie solche mit dem Postboten oder dem Tankwart.

Das hier ist kein Ort für Ehrgeiz. Man kommt nicht früh am Morgen und geht spät oder schickt am Wochenende E-Mails raus, um seinen Eifer zu demonstrieren. Es gibt keinen Erfolg, für den man sich herausputzen, oder Meetings, bei denen man Eindruck hinterlassen könnte. Es gibt keinen Wettbewerb ums Vorankommen oder das Messer im Rücken des Kollegen, der einen vor dem Chef schlecht aussehen lässt. (Es gibt ja nicht einmal einen richtigen Chef. Alles wird von Washington, D.C. aus geleitet.) Und es lauern keine büroüblichen Fallen: keine Vorstandsetage, keine Konferenztische, keine Charts, die dramatische Anstiege oder einbrechende Verkäufe anzeigen, keine Teamsitzungen und aufmunternden Vorträge, keine drohenden Arbeitsbewertungen oder Erfolgsprämien in Form von vierzigteiligen Messersets. In einer Fabrik müsste man das hergestellte Produkt auf Qualität überprüfen und verkaufen, in einem Dienstleistungsbetrieb müsste man engagierten Service auf einem ausreichend hohen Niveau anbieten, um den Betrieb am Laufen zu halten. Doch wir zählen nur Fische.

Nicht zum Selbstzweck, natürlich. Der Sinn liegt darin, zu bestimmen, wie viele unserer flossigen Freunde wie von der Natur vorgesehen zum Laichen zurückkehren. Falls es bestimmte Grenzen geben sollte, die ein »zu wenig« oder »genug« bestimmen, so hat man sie uns nicht mitgeteilt. Wochen-, monate- und schließlich jahrelang werden die Zahlen, wie unsere Störe, über die Dienstleiter weiter nach oben gereicht bis zu den oberen Rängen der Regierungsabteilung, um dieser zu ermöglichen ... ja, was eigentlich zu tun? Vermutlich verwenden sie sie, um zu belegen, dass sich die Fischpopulation gerade gut genug schlägt, damit der Staudamm nicht abgerissen werden muss. Wenn es Beförderungen und Boni und Dienstränge gibt, fette Rentenbezüge und Goldarmbanduhren am Ende einer illustren Karriere, dann sehr viel weiter flussaufwärts von hier, wo Bürokraten und Politiker einander die Eier befruchten. Hier im Ick Ick macht jeder seine Arbeit, weil er sie liebt und glaubt, dass sie wichtig ist, und es wäre grausam von mir, die Kollegen eines Besseren zu belehren, weshalb ich vorgebe, dass sie mir auch wichtig ist.

»Schön, wieder hier zu sein«, lüge ich. »Ich habe meine totäugigen Freunde vermisst. Die Fische natürlich.«

Nur Will lacht, die anderen stehen herum wie die Kinder der Verdammten, bevor sie sich schweigend zerstreuen. Er folgt mir zu meiner Nische, die noch kleiner geworden zu sein scheint.

»Du bist ein YouTube-Hit«, erinnert mich Will und macht damit jegliche Hoffnung zunichte, dass das alles nur ein schlechter Traum gewesen sein könnte.

»Das ist das peinlichste Video, das ich seit *Ice Ice Baby* gesehen habe.«

»Wie geht es deinem Vater?«

»Ich glaube, er macht Fortschritte. Er fängt an zu sprechen. Doch nur in dunklen Zimmern, Schränken oder Besenkammern.«

»Das ist ja verrückt.«

Ich denke über die seltsame Tatsache nach, dass sich Dad in der Dunkelheit öffnet. Ein bisschen so wie ein Stromausfall bei vielen Menschen erst das wahre Ich zum Vorschein bringt, ob das nun der selbstlose Retter, das ängstliche Opfer oder der opportunistische Plünderer ist.

»Ich bin mir sicher, dass Wissenschaft und Medizin schon verrücktere Dinge erlebt haben. Vermutlich gab es bereits den Mann, der seine Frau mit einem Hut verwechselte oder so was Ähnliches. Eine Situation, die für jede Ehe schwierig wäre. Also, was habe ich verpasst?«

»Diese Woche filmen wir die Störe und zählen sie dann anhand der Aufzeichnungen, um zu sehen, ob es Abweichungen gibt. Als Nächstes steht das Zusammentragen der Daten an.«

»Wenn das händische Arbeit erfordert, habe ich mir die falsche Woche zum Zurückkommen ausgesucht.«

»Wir tragen die Daten der letzten sechs Monate zusammen, schreiben Beurteilungen und reichen dann die Berichte ein.«

»Die haben unsere Zahlen doch täglich erhalten«, erinnere ich ihn. »Können sie die nicht einfach zusammenzählen und in ein hübsches Flussdiagramm packen oder auch in ein Tortendiagramm, in dem ein großes Stück fehlt, um ein bestimmtes Ausrottungslevel zu symbolisieren?«

»Ha!« Will sieht mich belustigt an. »Die Beurteilung ist das Wichtige. Wir sollen alles zusammenfassen und unsere Einschätzung abgeben, dass alles in Ordnung ist oder sich zumindest in die richtige Richtung entwickelt. Solange man das Überleben des Dammes sichert, sichert man sich auch die Finanzierung für das nächste Jahr.«

»Eine Hand wäscht die andere.«

»Warum fühle ich mich dann so schmutzig?«

»Und was passiert, wenn unsere Berichte aussagen, dass die Zahlen nicht in Ordnung sind und sich auch nicht dahin gehend entwickeln? Was, wenn man Worte wie ›Aussterben‹ verwendet und ›beschissen‹ und ›richtig beschissen‹?«

»Dann würden sie uns feuern und neue Leute einstellen.« Will seufzt. »Es würde nichts ändern.«

Macht er Witze? Für uns könnte es *alles* ändern. Will und ich könnten zusammen etwas Neues aufziehen, eine Cupcakebäckerei eröffnen oder ein Mach-dein-eigenes-Würstchen-Restaurant. Wir könnten Tiersitter werden und uns auf Fische spezialisieren oder eine Tiertagesstätte eröffnen. Wir könnten Handarbeiten auf Etsy verkaufen oder einen Food Truck betreiben, etwas über Kickstarter finanzieren, eine App programmieren oder kleine Unternehmen zu Wucherzinsen mikrofinanzieren. Wir könnten Hochzeitsfotografen werden, einen Amputiertenblog schreiben, eine Fahrschule gründen, Babypandas retten oder ein Gewehr erfinden, das fertigen Speck schießt. E-Commerce, Internet-Meme, Makeover, Webdings, Energydrink, Surfshop, Kürbis, eben irgendwas.

»Verfluchter Damm!«, unterbricht Will meinen feuchten Traum und geht zurück zu seinem Schreibtisch.

Den Rest der Woche stellen wir Daten zusammen und bündeln unsere Einschätzungen voller Lügen unter Worten wie »Verbesserung« und »Umkehr«. Dabei stellen wir eine Zukunft in Aussicht, in der der Wabash nur so vor Stören wimmelt, ein Szenario, das genauso sehr Science-Fiction ist wie *Zardoz*.

Nach der Fertigstellung lässt Will den Bericht auf meinen Tisch fallen und formt ein stummes »Bumm« mit den Lippen, das er mit einer kleinen Zeitlupengeste seiner Hand untermalt.

GESTEN, DIE MAN MIT EINER HAND AUSFÜHREN KANN

- *Okay*
- *Pommesgabel*
- *Heranlocken*
- *Daumen hoch*
- *Stopp!*
- *Großes Indianerehrenwort!*
- *Segen*
- *Hitlergruß*
- *Bla bla bla*
- *An den Hut tippen*
- *Die Rechnung, bitte*
- *Winken*
- *Black-Power-Gruß*
- *Peacezeichen*
- *Daumen drücken*
- *Mahalo*
- *Fingerpistole*
- *Star-Trek-Gruß*

- Faustgruß
- Mit dem Zeigefinger wackeln
- Becker-Faust
- Sprich zur Hand
- High Five
- Loser
- Trampen
- Fuck you

Gewehrspiele

Als ich Consuela am Samstagmorgen frage, wo Dad ist, nickt sie in Richtung Besenkammer. Doch bevor ich an der Tür bin, klingelt mein Handy.

»Ich langweile mich zu Tode«, beschwert sich Dad über sein Mobiltelefon.

»Du hast viel durchgemacht. Du brauchst Ruhe.«

»Ich bin den ganzen verdammten Tag bewusstlos.«

»Wie ist das so?«, frage ich sowohl ins Telefon als auch durch die geschlossene Kammertür. »Merkst du, was um dich herum vorgeht?«

»Es fühlt sich an wie fernsehen, nur dass das Gerät dabei drei Räume entfernt steht. Und irgendjemand schaltet ständig um. Außerdem riecht es nach Toast.«

»Aber es geht dir von Tag zu Tag besser. Das hier … mit dir reden zu können. Ich hätte nie gedacht, dass ich noch einmal deine Stimme zu hören bekomme.«

»Ich glaube, ich würde gerne mal etwas von diesem medizinischen Marihuana probieren.«

»Ich weiß nicht, ob das so eine gute Idee ist. Der Arzt sagt …«

»Was für einen Unterschied kann es denn schon groß machen?«

Wir teilen uns eine Portion Rastafazool in Dads Kammer. Und ich frage mich, ob es sein vernarbtes Gehirn genauso beeinflussen wird wie meines.

»Nicht gerade wie Fleischmann's, oder?«, ist sein einziger Kommentar.

Er kichert ein wenig im Dunkeln, schweigt aber ansonsten, weshalb ich ihn ins Licht schiebe, wo ich nach Anzeichen der Droge in seinem Gesicht suche, jedoch keine finde. Es lässt sich nicht sagen, ob das Marihuana Dad überhaupt nicht beeinträchtigt, oder ob sein Gehirn vollkommen benebelt ist.

Consuela rollt Dad nach draußen in den Garten, wo sie sanft ein Eichhörnchen dazu überredet, eine Nuss aus seinen Fingern zu nehmen. Ich stelle mir vor, dass Dad die Berührung ihrer Hand auf seiner genießt, ihr Haar, das über sein Gesicht streicht, ihre Stimme in seinem Ohr, auch wenn er sie nicht versteht. (Vielleicht kann sein unglaubliches, durchgeschmortes und neu verkabeltes Gehirn aber auch jedes Wort dechiffrieren.)

Gerade als ich beginne, Schuldgefühle zu entwickeln, weil ich ihn wegen der Fischzählerei allein gelassen habe (und mir vornehme nachzuforschen, ob es eine Marihuanasorte gibt, die Reue lindert), klingelt es an der Tür. Davor steht die Erinnerung, die der wahre Grund für meine Rückkehr in den Job gewesen ist: Will.

»Nette Karre«, sagt Will mit einer Geste in Richtung unseres Heavy-Metal-Vans und tritt ins Haus.

Statt die Fäuste gegeneinanderzuschlagen, umarmen wir uns ungeschickt. Eine Abwandlung der unter Männern üblichen Rückenklopf-Handschlag-Kombi, jedoch ohne den Handschlag, und auch das Rückenklopfen wirkt weit weniger lässig als bei anderen, da sich unsere verbleibenden Arme auf der gleichen Seite befinden.

»Ich dachte, ich schau mal vorbei. Das ist hoffentlich okay.«

Es ist sogar großartig!

»Wie geht es deinem Vater?«

»Jeden Tag ein wenig besser.«

»Echt?« Will klingt erfreut und gleichermaßen ungläubig. Beim Anblick von Dads zusammengesunkener Gestalt im Garten kann ich es ihm auch nicht wirklich verübeln.

Will sieht sich die Fotografien von Dad an, die an der Wand im Flur hängen, das Gewehr in der Hand, bereit, die schneebedeckte Ruhe am Fuß des Wettersteins zu durchbrechen.

»Muss hart sein für einen Mann, der einmal so aktiv war«, sagt er.

»Dad hat den Großteil der letzten dreißig Jahre auf der Couch vor dem *SportsCenter* verbracht. Ich bin überrascht, dass die Blutzufuhr zu seinem Gehirn erst jetzt eingeschlafen ist.«

»Trotzdem. Dieser Mann«, Will deutet auf das Bild meines langlaufenden, gewehrhaltenden Vaters, »muss immer noch irgendwo da drin sein.«

Keine Ahnung, ob mich Wills Besuch oder eine besonders belebende Marihuanasorte dazu inspirieren, aber ich habe einen Heureka-Moment und setze meinen Plan sofort in die Tat um.

»Consuela!«, rufe ich nach draußen. »Könntest du bitte ein Picknick für fünf Leute zusammenstellen?« Ich mache die universellen Gesten für fünf, Essen und Picknickkorb, die sie anscheinend irgendwie versteht.

Wir laden die Verpflegung, ein Zwölferpack Bier und Dad in den Van. Als ich ihm die Tasche über den Kopf ziehe, handele ich mir damit einen ungläubigen Blick von Will ein, den ersten, den ich an ihm sehe. Damit er nicht zu schnell wieder verschwindet, spare ich mir eine Erklärung und tue so, als wäre das alles ganz normal.

Dann machen wir uns auf den Weg, um den einzigen

Menschen abzuholen, der laut meines bekifften Gehirns genauso dringend ein Abenteuer braucht wie Dad.

Etwa einen Block von der Schule entfernt, entdecke ich auf dem Bürgersteig die Gestalt eines erschöpft wirkenden Krebsboys, der unter dem Gewicht seines Rucksacks zusammengesackt ist wie ein Beutetier, das sich zum Schutz zusammengekauert hat. Er ist in Gesellschaft einer kleinen Gruppe Kinder und dreht sich um, als ich hupe. Bei meinem Anblick breitet sich ein zugleich glücklicher und überraschter Ausdruck auf seinem Gesicht aus.

»Cooler Van!«

»Nicht wahr?«

»Du bist auf YouTube«, kreischt er begeistert und sagt dann zu seinen Freunden: »Das ist der Typ!«

»Das glaube ich nicht«, kontert ein Skeptiker.

»Zeig's ihnen«, bettelt Krebsboy.

Ich gehorche.

Diesmal schreit keiner auf oder übergibt sich, auch wenn alle einstimmig bewundernde Laute von sich geben, und Krebsboy strahlt wie ein Junge, der seinen Klassenkameraden gerade seinen Rockstarfreund vorgestellt hat. Da sogar Will mich mit ganz neuer Bewunderung ansieht, stimmt das vielleicht sogar.

»Spring rein!«, fordere ich den Jungen auf. Ich weiß, dass das streng genommen unter Kindesentführung laufen könnte, doch von solchen Kleinigkeiten lasse ich mich heute nicht aufhalten.

In Crawlywood angekommen, schnappt sich Consuela einen Tacker und einen Stapel ausgedruckter Zielscheiben und verschwindet zwischen den Bäumen.

Als ich Dad die Tasche abnehme, die auf seinem Schoß steht, wacht er sofort auf. Er und Krebsboy starren sich an, als sähen sie einander zum ersten Mal. Dann lächelt der Junge, und Dad versucht zu grinsen, verzieht sein Gesicht dabei aber zu einer solch gruseligen Grimasse, dass Krebsboys Lächeln sofort erlischt, dicht gefolgt von Dads. Wären sie allein, würden sie das Spiel wahrscheinlich endlos weiterführen, deshalb schreite ich vorsichtshalber ein.

Will und ich holen Dad samt Rollstuhl aus dem Van. Falls sich mein Vater seiner Umgebung bewusst ist, lässt er es sich nicht anmerken. Als ich sein Kammerverschlussgewehr Kaliber .22 aus dem Van hole, merke ich am Leuchten in Krebsboys Augen, dass er das noch cooler findet als den Alligator, der nicht mehr in unserer Badewanne wohnt. Ich lege Dad die Waffe in die Hände und ziele damit geradeaus, wodurch Consuela, die in diesem Moment zwischen den Bäumen hervortritt, ins Schussfeld gerät.

Hastig versammeln wir uns an dem einzig sicheren Ort, den es in Gegenwart eines gewehrschwingenden Schlaganfallpatienten geben kann – direkt hinter ihm. Mit unseren verbleibenden Händen packen Will und ich die Rollstuhlgriffe und rennen den Weg entlang, während Dad quietscht.

Nach einer Minute befinden wir uns in einem Waldstück und halten etwa fünfzig Meter vor der ersten Zielscheibe an, die an einen Baum getackert ist. (Ich bin wohlwollend überrascht, dass Consuela nicht nur irgendeine Zielscheibe heruntergeladen und ausgedruckt hat, sondern The Whos Mod-Logo. Ein perfekter roter Punkt in der Mitte konzentrischer weißer und blauer Kreise.)

Ich beuge mich vor und flüstere Dad ins Ohr: »Du weißt, was zu tun ist.«

Dad zielt, drückt ab und schlägt damit ein kleines Loch in den Baum neben der Zielscheibe.

Krebsboy zuckt zusammen, lacht dann aber laut auf.

Drei schnell hintereinander abgefeuerte Kugeln schlagen in der Nähe des roten Punktes ein, darunter einer auf der Grenze zwischen dem äußeren blauen Ring und dem umgebenden Weiß. Will und ich holen Bierdosen aus den Becherhaltern an Dads Armlehnen und stoßen an. Dad stützt den Gewehrkolben auf seiner Hüfte ab, der Lauf zeigt steil nach oben, und schließt die Augen. Wir schieben ihn tiefer in den Wald, Dad quietscht, Krebsboy jubelt, und Consuela eilt uns ächzend hinterher.

Mit geschlossenen Augen kann Dad den Wind auf seinem Gesicht und die Fahrt über den holprigen Waldboden genießen. Er durchlöchert eine weitere Zielscheibe und trifft diesmal in den weißen Bereich zwischen dem roten Zentrum und dem blauen äußeren Ring. So verfährt er mit den drei nächsten Zielscheiben, und als Krebsboy uns die letzte bringt und Dad zeigt, fletscht dieser beim erneuten Versuch, ein Grinsen zustande zu bringen, wieder die Zähne.

Als wir weiterlaufen, erleben wir eine doppelte Überraschung. Consuela ist ungewollt auf den Berg aus Shop-Smart-Couponheften gestoßen, die ich früher hier abgeladen habe (der Sommerjob, den ich mit Anlauf und größtem Vergnügen in den Sand gesetzt hatte). Die Hefte sind nach so langer Zeit fast komplett verrottet. Die zweite Überraschung ist Ali, der ausgestreckt auf dem Papiermatschhaufen liegt und sich sonnt.

»Ist das ein verdammter Alligator?« Will macht nur einen Schritt zurück, verliert damit aber gleich mehrere Punkte auf der Coolnessskala.

»Juchu!«, ruft Krebsboy. »Du hast Ali mitgebracht!«

Papierklumpen fliegen durch die Luft, als ein Schuss den Haufen aus Couponheften zerfetzt. Consuela hat in Panik nach Dads Gewehr gegriffen.

»Nein!« Schreiend werfe ich mich zwischen sie und Ali.

Mein Gehirn befiehlt den Händen, sich in der universellen Geste für »Nicht schießen!« auszustrecken, wobei natürlich eine Hand fehlt. Dankbar, dass ihr erster Schuss sein Ziel verfehlt hat, nehme ich ihr das Gewehr so sanft ab, als sei ich der Unterhändler, der gerade den verwirrten Geiselnehmer zu einer tränenreichen Aufgabe seines Vorhabens überredet hat.

Consuela bekreuzigt sich und eilt Richtung Van, während ich das Gewehr gegen Dads Rollstuhl lehne.

Ali starrt uns an. Falls er uns erkennt, lässt er es sich nicht anmerken, dafür scheint sein Blick jedoch zu sagen, dass ein kleiner Junge eine perfekte Zwischenmahlzeit darstellen würde. Zum zweiten Mal innerhalb weniger Minuten stelle ich mich zwischen Ali und die anderen, auch wenn es dieses Mal nicht das Reptil ist, das beschützt werden muss. Schnell werfe ich ihm ein Thunfischsandwich aus der Kühltasche zu.

»Das ist also dein Tier?«

»Es ist ein Reptil«, korrigiert Krebsboy. »Darf ich ihn füttern?«

»Vielleicht später«, bediene ich mich des magischen Satzes, den alle Eltern verwenden, um die schlechte Idee eines Kindes abzuwehren. »Will, wie viele Sandwiches haben wir noch?«

»Vier«, zählt er nach.

»Das sollten genug sein, um ihn zurück zum Van zu locken.«

»Nichts da, ich esse meins selbst.« Will beißt einen großen Bissen von seinem Sandwich ab, ganz offensichtlich bemüht, seine Coolness zurückzugewinnen. Beinahe funktioniert es sogar.

»Lass mich!« Krebsboy zerpflückt eine Brotscheibe und wedelt damit hypnotisierend vor Alis Schnauze herum.

Ich bleibe dicht bei ihm, während wir den Alligator durch den Wald zurück zum Van locken. Beim Wagen angekommen, öffne ich schnell die hintere Tür und werfe das letzte Sandwich hinein. Ali krabbelt tatsächlich hinterher, während Consuela sich noch einmal bekreuzigt und erschrocken von ihrem Sitz aufspringt. Ich schlage die Tür zu und öffne eine Bierdose, mit der Krebsboy und ich anstoßen, als plötzlich ein Gewehrschuss ertönt.

Hastig rennen wir zurück in den Wald, und bei jedem Schritt über den unebenen Boden denke ich, wie dumm es doch war, Dad mit dem Gewehr allein zu lassen. Was, wenn er aufstehen wollte und gefallen ist? Oder habe ich eigentlich Angst davor, dass er sich mit Absicht erschossen haben könnte?

Noch vor den anderen stürze ich auf die Lichtung.

Und da sitzt Dad im Rollstuhl, das Gesicht zu seiner ganz persönlichen Version eines glücklichen Grinsens verzogen. Und warum sollte er auch nicht glücklich sein? In unserer Abwesenheit hat er einen Volltreffer gelandet und bei der letzten Zielscheibe genau in die Mitte getroffen.

Wir sind alle beeindruckt, sogar der Sheriff, der plötzlich auftaucht, um uns mit vorgehaltener Pistole dafür zu verhaften, dass wir eine Feuerwaffe in der Öffentlichkeit benutzt und Parkeigentum zerstört haben.

Verteidigung

Krebsboy baumelt mit den Beinen, ganz eindeutig freudig angetan von seinem Aufstieg vom Büro des Direktors in das eines Sheriffs. Wieder einmal hat sich unsere Freundschaft für ihn ausgezahlt. (Auch wenn ich bezweifle, dass seine Mutter das genauso sehen wird.)

Will und Consuela wurden von uns getrennt, wie man es vermutlich mit den Mitgliedern gefährlicher Gangs macht, die getrennt befragt und so dazu verleitet werden sollen, sich gegenseitig zu verraten. Ich gelte offensichtlich als Anführer. Welche Rollen man meinem behinderten Vater und dem kleinen krebskranken Jungen zugewiesen hat, wird nicht ganz klar, aber mir würde »Handlanger mit nichts zu verlieren« gefallen.

Erst als der Sheriff fragt: »Sie erkennen mich aber schon ohne die Gasmaske wieder, oder?«, wird mir bewusst, dass ich ihm die Tränengasattacke zu verdanken habe.

Ich muss den Mann immer noch verklagen, damit ich nie wieder in der Fischerhaltung schuften muss.

»Nichts für ungut, oder?«

»Oh, natürlich nicht«, versichere ich ihm, bevor er unseren Fall gewissenhaft zusammenfasst.

»Kurz gesagt haben Sie einen Schlaganfallpatienten mit einem Gewehr in einem dicht bewaldeten öffentlichen Gebiet schießen lassen und außerdem einen kleinen Jungen mitgenommen, mit dem Sie nicht einmal entfernt verwandt sind. Und das Ganze sollte so eine Art Erholungsprogramm darstellen?«

»Die beiden haben eine harte Zeit hinter sich. Ich dachte, sie haben ein wenig Spaß verdient.«

»Es war so scheißcool!«, kräht Krebsboy seine Begeisterung heraus, und jegliche Angst zerstreut sich, als ich den Sheriff triumphierend in Grund und Boden starre.

»Und Ihre anderen Komplizen?«

»Ein Arbeitskollege und Dads Pflegerin. Es ist wirklich nicht ihre Schuld. Ich übernehme die volle Verantwortung.«

»Ihr Typen mit den Armen«, sagt er und meint damit natürlich »ohne Arme«, »gehört ihr zu irgendeinem Klub?«

»Das wäre tatsächlich lustig. Beim Vereinsfest der Amputierten könnten wir zum Beispiel ein richtiges dreibeiniges Rennen veranstalten! Aber nein, wir haben zusammen beim Fischschutz gearbeitet.«

»Verdammte Fischzähler«, murmelt er, als sei das Illinois Center for Ichthyological Conservation irgendeine gesetzesbrecherische Motorradgang, die für ihre Gewalttätigkeit berüchtigt ist.

Ohne eine befriedigende Antwort von mir erhalten zu haben, wendet sich der Sheriff an Dad. Als ich versuche, seinen Zustand zu erklären, werde ich von einem filmreifen Gesetzeshüterblick zum Schweigen gebracht. (Selbst Krebsboy hört für einen Moment auf, mit den Beinen zu baumeln.)

Dad starrt regungslos vor sich hin, aber wenigstens fletscht er nicht die Zähne.

Ich empfehle, meinen Vater in eine Besenkammer zu schieben, von wo aus er ganz sicher alle Fragen per Handy beantworten wird.

Der Sheriff fixiert mich noch einmal grimmig, bevor er tatsächlich nachgibt.

Dad berichtet laut und deutlich, wenn auch etwas ausufernd, was im Wald und kurz davor und in den Wochen und Monaten *davor* passiert ist. Er erzählt weit mehr, als die Polizei oder ich je hätten wissen wollen. Er beginnt mit dem gemeinsamen Kiffen und meinem unterbrochenen One-Night-Stand mit seiner Pflegerin, macht dann einen Schwenk zu seiner Zeit als olympischer Biathlet und berichtet schließlich, wie sich Tommy Baker durch die Spiele in Innsbruck gevögelt hat. Einige Male setzt der Sheriff an, Dad zu unterbrechen und seine Aussage in sinnvollere Bahnen zu lenken, doch mein Vater wird hinter der verschlossenen Tür immer erregter und ruft schon bald: »Halten Sie verdammt noch mal die Klappe und lassen Sie mich ausreden!«

Das perfekte Stichwort für das Erscheinen von Krebsboys Mutter. Während sie den Erklärungen des Sheriffs lauscht, befreie ich Dad aus der Abstellkammer.

»Ich gebe zu, dass ich nicht alles bis zum Ende durchdacht habe«, unterbreche ich das Gespräch. »Ich wollte nur, dass die beiden ein wenig Spaß haben. Den hat man so selten, wenn man krank ist.«

»Der gesunde Menschenverstand scheint allerdings noch kürzer gekommen zu sein als der Spaß. Im Ernst, ein Schlaganfallpatient mit einem Gewehr?«

»Ihr Sohn war so sicher, wie es unter den zugegeben trügerischen Umständen möglich war.«

»Verstehe ich es richtig, dass er den Jungen ohne Ihr Einverständnis mitgenommen hat?« Der Sheriff kann sein zufriedenes Lächeln kaum verbergen. »Das ist eine ernsthafte Anschuldigung …«

»Ich will überhaupt niemanden beschuldigen! Ich will einfach nur meinen Sohn mit nach Hause nehmen.«

»Natürlich, er kann jederzeit gehen.«

Krebsboys Stimmung entspricht nicht gerade dem kleinlauten Verhalten, das man von einem gerade aus Polizeigewahrsam entlassenen Elfjährigen erwarten könnte. Als er an Dad vorbeischlurft, der wieder die Zähne fletscht, grinst er zurück.

»Hey!«, rufe ich. »Wie cool war das heute?«

»Scheißcool!« Sein Lächeln wird breiter, und wir klatschen ab, bevor ihn seine Mutter aus dem Raum zerrt.

Nachdem alle Minderjährigen das Büro verlassen haben, werden Sprache und Gesichtsfarbe des Sheriffs gleich sehr viel farbenfroher, und er fordert mich auf, wenigstens einen verfluchten Beweis für die absurden Behauptungen meines verrückten Vaters zu erbringen.

Als ich erneut mein Handy zücke, steht er vermutlich kurz davor, mich zu erschießen und tut es nur deshalb nicht, weil er in dem Fall auch Dad als Zeugen eliminieren müsste. Ich rufe den Wikipediaeintrag zu Dads Teilnahme an den Olympischen Spielen 1964 als Mitglied des US-Biathlonteams auf. Auch auf Tommy Bakers offiziellen Rekord wird hingewiesen, nur seine inoffiziellen Schlafzimmererfolge bleiben unerwähnt. Ich reiche dem Sheriff das Telefon.

Als ein Deputy mit einer Akte hereinkommt, wirft mir der Sheriff das Handy zu und lehnt sich auf seinem Stuhl zurück, während er die Seiten durchblättert.

»Langlaufen und Schießen ist also eine olympische Disziplin?«

»Bevor Sie etwas sagen, das den Sport verständlicherweise verunglimpft – Curling ist es auch.«

»Was wissen Sie über Ihren Freund Will?«

»Toller Typ. Schlecht im Backe-Backe-Kuchen. Warum?«

»Er ist auf Bewährung.«

Hätte ich zwei Hände, würde ich den Kopf hineinlegen.

»Was das hier«, ich gestikuliere hilflos herum, »noch schlimmer macht.«

»Richtig«, bestätigt er, immer noch in die Akte vertieft. »Und Ihre Pflegerin, Consuelo ...«

»Consuel-a«, korrigiere ich ihn, ohne nachzudenken.

Sein Blick zuckt zu mir hoch wie eine Waffe, die ein Ziel ins Visier nimmt. »Sie ist eine Illegale.«

Das wird ja immer besser.

»Und sie hat den Drogentest nicht bestanden. Ebenso wie Sie.«

»Ich habe ein Rezept dafür.«

»Ich bin mir sogar sicher, dass Sie gleich mehrere Rezepte haben.« Er betont den Plural. »Bei dem Vorrat, den wir gefunden haben. Das heißt trotzdem nicht, dass Sie unter Einfluss von Marihuana Autofahren oder eine Schusswaffe abfeuern dürfen.«

»*Ich* habe gar nichts abgefeuert«, wende ich zaghaft ein.

»Also, wir machen Folgendes«, erklärt er und holt zu einer längeren Erklärung aus, in der er die ungewollte Aufmerksamkeit, die er durch den Rechtsstreit mit den Pfadfindern erlangt hat, beschreibt sowie die Schwierigkeiten, die ihm ein weiterer Vorfall in dieser Richtung bei der bevorstehenden Sheriffwahl bereiten könnte. Selbst Dad versteht, dass er mir einen Deal anbietet, wenn ich wegen des Tränengasangriffs nicht gegen ihn vorgehe.

Im Handumdrehen haben wir uns geeinigt, schütteln uns die Hände, und nur einer von uns grinst dabei.

»Was ist mit den anderen?«, frage ich kraftlos.

»Da kann ich nichts machen. Die Frau fällt in die Zuständigkeit der Einwanderungsbehörde. Und Ihr Freund Will?« Er zuckt mit den Schultern. »Kommt darauf an. Vielleicht bekommt er nur einen Klaps auf die Hand.«

»Was eindeutig mehr weh tut, wenn man nur eine hat«, protestiere ich. »Wenn es eine Kaution gibt, zahle ich sie. Aber er darf davon nichts erfahren.«

»Das ist eine Sache zwischen Ihnen.«

»Der Mann ist ein Kriegsheld. Er verdient es nicht, bestraft zu werden, nur weil ich ihn zu etwas Dummem überredet habe.«

Zum ersten Mal wirkt der Sheriff verwirrt. Er schwenkt die Akte mit der Erfahrung eines Spielshowmoderators. »Hier drin steht nichts von Militärdienst.«

»Das ist unmöglich.«

»Würde ich nicht sagen. Viele Arschlöcher geben vor, Helden zu sein. Es ist sogar per Gesetz verboten, sich mit fremden Kriegsfedern zu schmücken.«

Das Klingeln in meinen Ohren wird lauter. »Darf ich fragen, weswegen er auf Bewährung ist?«

»Klar. Er hat sich seinen Arm mit einer selbstgebastelten Bombe zerfetzt.«

Nachdem wir unsere Freiheit durch Erpressung zurückerlangt haben, übergibt man mich und Dad in die Obhut von Wheels on Wheels (»WOW«), einem Rollstuhltaxiservice. Da mein bisher von den Behörden noch unentdeckter Van in Crawlywood steht, ist das unsere einzige Möglichkeit, ihn wiederzubekommen. Dad quietscht während der Fahrt ein paar Mal, doch ihm im Taxi eine Tasche über den Kopf zu ziehen würde wahrscheinlich eine Untersuchung zur Misshandlung Schutzbefohlener zur Folge haben, weshalb ich ihm meine Baseballkappe aufsetze und den Schirm tief nach unten ziehe. Es scheint zu helfen.

Der Fahrer ist bereits überrascht, als sich unser Ziel als verlassener Van auf einem einsamen Schotterweg herausstellt, doch als er mir hilft, Dad umzuladen, ist er beim Anblick des großen Alligators im Laderaum noch um einiges verblüffter. Dank der Stunden im kalten Wagen ist Ali erstarrt, weshalb ich den Fahrer davon überzeugen kann, dass es sich um ein ausgestopftes Exemplar handelt. Ein Schicksal, dem er vermutlich nur knapp entgangen ist, da ihn der Sheriff zuvor nicht entdeckt hatte. Ich bin heilfroh, dass ich Dad nicht in seiner Abstellkammer anrufen muss, um ihm von Alis tragischem und gewalttätigem Ende zu erzählen, was eine weitere gekappte Verbindung zu seiner besseren Vergangenheit bedeutet hätte.

Verbunden

Wir alle wissen, dass Handys nervig sein können, aber dass sie auch in der Lage sind, einen glücklich zu machen? Glaubt man den Wissenschaftlern der Technischen Universität Darmstadt, die das Glückslevel bei Frischverliebten getestet und eher durch Zufall etwas Unerwartetes entdeckt haben, ist da etwas dran.
Allein das Klingeln des Telefons, das einen Anruf der besseren Hälfte signalisierte, rief eine angenehme, erwartungsfrohe Reaktion sowohl bei Männern als auch bei Frauen hervor. Ist das ein Handy in deiner Hosentasche, oder freust du dich einfach, meine Nummer auf dem Display zu sehen?
In der Studie fand man heraus, dass ein bemerkenswerter Unterschied zwischen den Geschlechtern besteht. Wenn man den Männern oder Frauen nach einem Telefonat mit einer oder einem Unbekannten einen attraktiven Vertreter des anderen Geschlechts vorstellte, waren die männlichen Teilnehmer … ähm, sehr aufmerksam, wohingegen die Frauen zu einem normalen Gehirnwellenmuster zurückkehrten. Ja, ja …
Leider verschwindet dieser Effekt im Laufe einer Partnerschaft. Im Guten wie im Schlechten, wie man so schön sagt. Selbst glückliche Beziehungen sind irgendwann erschöpft, ein bisschen so, wie ein Handyakku nach einiger Zeit den Geist aufgibt.
Hier spricht Sunny Lee mit The Sunny Side.

Vielleicht hat ihn das Gespräch mit dem Sheriff, der ihn nicht zum Schweigen bringen konnte, beflügelt, denn Dad entwickelt eine regelrechte Sucht nach Telefonaten. Er führt sich auf wie ein Teenager, der sein erstes iPhone in den Händen hält, und führt lange, manchmal sogar ziemlich klare Unterhaltungen. Als er das erste Mal Jackie anrief, sprachen die beiden beinahe fünfzehn Minuten miteinander. Doch da ihr Beitrag hauptsächlich aus Schluchzern bestand, legte Dad irgendwann gelangweilt auf. Er ruft auch Fred Weber an, Tommy Baker, Mom und Moms Feuerwehrmann auf der Wache. Er meldet sich bei Michelle im Four Corners, um unnötige Reservierungen zu machen, und beim Dim Sum & Then Some, um hämisch zu verkünden: »Ich habe eure Stifte.« Er ruft bei seinem früheren Arbeitgeber an, bei alten Schulkameraden und Freundinnen, mit denen er seit Jahrzehnten keinen Kontakt hat. Außerdem tippt er unbekannte Nummern ein und unterhält sich mit Wildfremden. Und das alles aus dem dunklen Heiligtum der Abstellkammer heraus. Ich habe ein wenig aufgeräumt und einige Sachen beiseitegeschoben, so dass er bequem hineinrollen kann und drinnen Platz hat, zu wenden. Ich habe sogar einen kleinen Beistelltisch mit einer Vase hineingestellt, um es gemütlicher zu machen, auch wenn er das im Dunkeln nicht sehen kann.

Dad und ich sprechen auch miteinander, nur durch eine dünne Tür und unzählige falsch verschaltete Synapsen getrennt. Doch auch wenn sich seine geistige Gesundheit so weit gebessert hat, dass er zu längeren Gesprächen in der Lage ist, zieht er sich trotzdem noch oft in sich selbst zurück. Wenn eine Reihe wirrer Worthülsen aufeinanderfolgen (zum Beispiel: dunkel Telefon hungrig Ärzte Baseball Fleischmann's), weiß ich, dass die Leitung kurz darauf tot ist. Dann steckt er seine Ohrstöpsel ein und hört Musik im Shufflemodus – eine nichtlineare Playlist, die der Arbeitsweise seines Gehirns entspricht –, bis unsere neue, korpulente, fünfundfünfzigjährige ungarische männliche Pflegekraft Béla ihn zurück ins Licht bringt, wo Dad zusammen mit seinen Pupillen schrumpft. (Doch auch hier scheint es ihm langsam besserzugehen. Als wir uns zusammen die Olympiaqualifikation ansehen und ein US-Biathlet das Ziel verfehlt, höre ich an Dads unterdrücktem Grunzen, dass er bereits damit gerechnet hatte.)

Meine Rückkehr zum einsamen Marihuanakonsum war so traurig, dass ich versucht habe, Trost in der Gesellschaft von Internetpornografie zu finden. Aber die schiere Menge und Verschiedenartigkeit des sexuell abnormalen Verhaltens hat mich nur noch mehr deprimiert. Weder verspüre ich das Verlangen, mich auf jemandes Brust zu erleichtern, noch möchte ich, dass mir Objekte eingeführt werden oder als Banana Split verkleidet mit ausgestreckten Gliedmaßen auf einen Sägebock geschnallt zu liegen. Laut Internet macht mich das zu einem Teil der besonders kleinen Minderheit der »Normalen«, wodurch ich einmal mehr zum Außenseiter abgestempelt werde.

Als ich mich durch die Clips voll grenzenloser fleischlicher Möglichkeiten klicke, stolpere ich über Videos mit voyeuristischem Amputierten-Sex. Bisher die unterste Schublade der Entwürdigung. Es wird zum Originalvideo von *The First Cut Is The Deepest* mit Sheryl Crow gevögelt ebenso wie zu einer Version von Drake, diversen Reggae-Mixes, einer Rap-Version von I-Roy und natürlich Cat Stevens' Original. Außerdem gibt es Dutzende Bilder mit je Tausenden von Klicks von singenden und tanzenden Arm- und Beinstümpfen, mit gezeichneten Señor-Wence-Gesichtern, verschmiertem Lippenstift darauf, mit Eddingkritzeleien und, ja, auch Tattoos (inklusive meinem). Jedes sexuelle Verlangen, das sich bis zu diesem Zeitpunkt eventuell noch in mir geregt hat, erstirbt schneller, als wenn Béla plötzlich in all seiner fleischigen, haarigen Nacktheit vor mir stehen würde, um mich mit kaltem Wasser abzuspritzen. Und als sei das alles noch nicht genug, stoße ich auf einen Clip, in dem sich ein verärgerter Steve wenig überzeugend als der ursprüngliche Erschaffer der Verstümmelten-Videos präsentiert. Er geht sogar so weit, das »Original« auf seinem Handy zu zeigen, also mich, wie ich die Geschichte von Bob der Seeschlange erzähle.

Ich leite einige Links an Jackie weiter und schlafe mit dem Wissen ein, dass meine momentane Unzufriedenheit am nächsten Morgen noch um ein Vielfaches angewachsen sein wird. Ganz wie ein echter böser Virus.

Ich habe allerdings nicht damit gerechnet, dass sich Jackie nach Erhalt meiner E-Mail sofort in ein Flugzeug setzen würde, um unangekündigt, mit versteinertem Gesicht und trauriger, als ich sie je gesehen habe, am nächsten Tag bei uns auf der Matte zu stehen.

»Du solltest nicht hier sein«, sage ich zur Begrüßung. »Du hast sehr deutlich gemacht, dass dein Leben in Kalifornien stattfindet. Dein Job, dein Ehemann, deine Hypothek.«

»Im Moment habe ich nur noch die Hypothek«, antwortet sie, während sie mit einem Rollkoffer im Schlepptau an mir vorbeigeht. »Ich habe Steve verlassen. Beziehungsweise habe ich ihm gesagt, er soll gehen. Es war wirklich schrecklich, was er mit diesem Video von dir gemacht hat.«

»Nun ja, eigentlich hat er es nur gepostet und dann versucht, den Ruhm für die Arbeit ambitionierterer Idioten einzustreichen, die über fortgeschrittenere Bearbeitungskünste als er und eindeutig zu viel Zeit verfügen.«

»Das war nur der Tropfen, der das Fass zum Überlaufen gebracht hat. Es gibt noch so viel mehr, worauf ich nicht näher eingehen möchte. Wusstest du, dass er süchtig nach Internetpornos ist?«

Und wahrscheinlich zu dumm, um die Chronik der besuchten Seiten zu löschen.

»Es ist also nicht meine Schuld?«

»Nein, du warst allerdings der Katalysator.«

Ich umarme sie. »Auf einen Katalysator kann man nicht wütend sein. Das wäre gegen die Wissenschaft. Was ist mit deinem Job?«

»Ich brauche Zeit, um das alles zu verarbeiten, und dann ist da natürlich auch noch Dad. Sie haben gesagt, dass sie mich feuern würden, wenn ich noch mehr Urlaub nähme, also habe ich gekündigt.«

»Du hast es ihnen gezeigt!«

»Keine Sorge, ich finde schon etwas anderes, das mich herausfordert, aber nicht gleich meine Seele aussaugt.«

»Hoffentlich nicht hier. Du bist nicht gemacht für den Glamour, der mit der Tätigkeit des Fischzählens einhergeht.«

»Ich bin erschöpft.« Sie lässt sich auf die Couch fallen. »Wo ist Dad?«

Wenn Jackie überrascht ist, unseren Vater in der Abstellkammer zu sehen, zeigt sie es nicht. Doch Dads Gesicht fällt nach einem Moment des Erkennens und der Freude, seine einzige Tochter zu sehen, sofort wieder schlaff in sich zusammen.

Ich schiebe Jackie in die Kammer und schließe vorsichtig die Tür hinter ihr.

»Hi, Baby«, sagt Dad, und als ich das Rascheln von Kleidung und einen unterdrückten Schluchzer höre, weiß ich, dass Jackie ihn in die Arme geschlossen hat.

Nach drei Tagen, die Dad hauptsächlich brabbelnd in der Abstellkammer verbracht hat, verstummt er plötzlich ganz. Verständlicherweise besorgt ruft Jackie mich zu ihnen nach drinnen, wo sie neben Dad sitzt und seine Hand hält. Ich versuche, Dad mit einigen Gesprächseröffnungen fremdzustarten, erhalte jedoch keine Antwort. Wir bringen ihn ins Tageslicht und zurück in die Dunkelheit, schieben ihn vor und zurück wie ein in einer Schneewehe feststeckendes Auto, doch er lässt sich nicht aufwecken. Ich ziehe ihm kurz eine Tasche über den Kopf und nehme sie dann wieder herunter, doch weder nickt er darunter ein noch erwacht er danach wieder zum Leben.

Im Krankenhaus ist Dads Arzt ebenso ratlos wie wir, auch wenn er schon immer skeptisch gegenüber den heilenden Eigenschaften dunkler Besenkammern war. Er lässt uns allein, und ich schalte das Deckenlicht aus in der Hoffnung, Dad so aus seinem Dämmerzustand aufzuwecken. Doch nichts passiert.

Schweigend sitzen Jackie und ich bei ihm.

Plötzlich quietscht Dad auf und schlägt sich mit der Hand auf die Brust, und ich weiß, dass sein Defibrillator gerade zum zweiten Mal eingesetzt hat. Sein Gesicht ist nicht mehr ausdruckslos, und er sieht zuerst zu Jackie, dann zu mir. Sein Blick ist mit einem Mal vollkommen klar, und ich sehe darin die leise Aufgabe eines besiegten Boxers, der des Kämpfens müde geworden ist.

»So kann man nicht leben«, sagt er.

Und trotz aller Bemühungen des Krankenhauspersonals steht Dad zu seinem Wort.

Weg

Dad ist ein letztes Mal in die Zukunft gerast, hat das mittlere Alter in die plötzliche Rente übersprungen und ist jetzt noch plötzlicher verschwunden, zusammen mit all den Versionen seiner selbst, die es davor gegeben hatte: kleiner Junge, eifriger Teenager, Collegezimmergenosse, Olympionike, frischgebackener Ehemann, Angestellter, Vater, verlassener Ehemann, zögerlicher Pfleger, Schlaganfallpatient, Kammerplauderer. Es ist unsere Aufgabe, um ihn zu trauern und sein Leben zusammenzufassen, ihn gehenzulassen und uns eine Existenz ohne ihn aufzubauen.

Zuerst müssen wir ihn allerdings anziehen.

Tief in Dads begehbarem Kleiderschrank hängen Anzüge, an die ich mich noch aus seiner Pendlerzeit nach Terre Haute erinnern kann, wo dieser tapfere Olympionike gestürzt und an einen Schreibtisch gefesselt wurde. Eine Wendung, über die er sich nie beschwert hat. Nichts davon sieht zeitgemäß aus oder auch nur so, als könnte es ihm passen. Auch wenn der Bestatter dieses Problem wahrscheinlich lösen wird, indem er die Rückseiten von Jackett und Hose mit derselben freundlichen Fürsorge auftrennt, wie er Organe aus einem Körper entnimmt. Ich sollte besser nicht länger darüber nachdenken.

Entschlossen greife ich nach einem einfachen, schmalen Nadelstreifenanzug. Jackie stimmt mir zu und fügt die Vintage-Krawatte hinzu, die ich bei der Halloweenparty von Jackies Highschoolfreundin getragen habe. Diejenige, die Dad für eine besondere Gelegenheit aufbewahren wollte, auch wenn er vermutlich etwas anderes damit gemeint hatte als seine eigene Beerdigung.

Man hat uns gesagt, dass er keine Schuhe braucht. Eine Schande, denn die Auswahl ist riesig. Loafers, Hush Puppies, schwarze Oxfords, weiße Lackschuhe (!), Sandalen, Schneestiefel, Budapester und Joggingschuhe. Es würde mich nicht wundern, wenn wir auch noch seine Babyschuhe finden.

Jackie besteht darauf, dass wir bei der Sache bleiben und die Landminen der Erinnerung meiden, die um uns herum verstreut liegen, doch da entdecke ich eine Kiste, die ich noch nie gesehen habe.

»Nein! Finger weg! Hör auf!«, ruft Jackie, als ich den Deckel abhebe und darunter kleine Schachteln mit alten Dias zum Vorschein kommen. Ein Hobby von Dad, von dem wir nichts wussten.

Jackie wirkt plötzlich wie hypnotisiert und reißt mir die Kiste aus der Hand. Sie macht sich nicht mal die Mühe, aus dem stickigen Schrank herauszutreten, sondern lässt sich gleich an Ort und Stelle auf den Boden sinken. Ein Dia nach dem nächsten hält sie ins Licht, bevor sie es an mich weitergibt. Ausschnitte aus Dads Leben, gebannt auf kleine farbige Rechtecke: Campusschnappschüsse, Szenen aus Innsbruck, seine Hochzeit, winzige Babys, die zu kleinen Kindern heranwachsen.

»Wir sollten etwas damit machen«, sagt Jackie traurig, nachdem wir die ganze Kiste durchgesehen haben.

»Das werden wir, nämlich uns darum streiten. Doch in der Zwischenzeit könnten wir etwas daraus machen für die … Veranstaltung.« Das Wort »Beerdigung« kommt mir nicht über die Lippen.

Da Dad anscheinend fast immer selbst hinter der Kamera

gestanden hat, ist er nur auf wenigen Dias zu sehen. Doch es gibt ein Bild in herrlich altmodischen Kodachromefarben, das Mom an ihrem Hochzeitstag aufgenommen haben muss. Es zeigt unseren strahlenden Dad in Smoking, weißer Krawatte und glänzenden schwarzen Schuhen, die sich garantiert auch noch irgendwo in seinem Schrank finden.

»Sie sind perfekt für die Veranstaltung«, stimmt Jackie mir zu, und dann weinen wir beide sehr lange.

Unter den Trauergästen befinden sich Fred Weber, den Dad seit der Kindheit kannte, seine langjährige Ehefrau und sogar Tommy Baker, der mit einer sehr viel jüngeren Begleiterin erscheint. Auch Will – mit einer Armprothese! – ist gekommen und zieht mich in eine unserer ungeschickten Amputiertenumarmungen. Lilith drückt mich an sich, bevor sie sich auf einen Stuhl in einer der hinteren Reihen setzt. Consuela ist ebenfalls da. In perfektem Englisch, das sie erfolgreich vor mir verheimlicht hat, teilt sie mir mit, dass sie nicht abgeschoben, sondern als Übersetzerin angestellt wurde. (Offensichtlich hatte Consuela mit Dad kein Spanisch gesprochen, sondern Kanjobal, eine von etwa zwölf indigenen Maya-Sprachen in Guatemala, was sie extrem wertvoll für den Schutz unserer Grenzen vor kanjobalsprechenden Fremden ohne Papiere macht.)

Auch die Frühstücksrunde aus dem Four Corners ist anwesend, ebenso wie eine Abordnung Feuerwehrmänner außer Dienst, was wir Mr. Februar zu verdanken haben. Alle sitzen respektvoll passiv neben vergessenen Verwandten und deren unbekannten Partnern sowie ungefähr einem Dutzend von Jackies Klassenkameraden, was wieder einmal die Überlegenheit ihrer Beliebtheit demonstriert, da ich nur drei nicht mehr wiederzuerkennende, verfettete Freunde von der Highschool beisteuern kann. Ich versuche, mich an ihre Namen zu erinnern, als sie mir nacheinander ihr Beileid mit einem Handschlag ausdrücken – eine seltsame Wahl angesichts der Umstände –, bevor sie ihre Plätze weit entfernt von Mr. Madnick einnehmen. Jackie streicht Dad übers Haar, bis Mom sie in eine Ecke locken kann, in der sie leise in Tränen ausbricht, als ich mich zu ihnen geselle.

»Ich bin froh, dass du zu Hause warst«, flüstere ich ihr zu, ein wenig zu stoned, was mir einen ganz und gar zenbefreiten bösen Blick von Mom einträgt.

»Ich auch«, schluchzt sie und zieht mich in die Arme. »Wir haben noch richtig tolle Gespräche geführt. Er war einfach wieder … Dad.«

»Ich wünschte, ich hätte ihn auch noch einmal gesehen«, sagt Mom bedauernd.

Ich zucke mit den Schultern, was sie ganz richtig als »Und wessen Schuld ist das bitte?« interpretiert.

»Ich bin so froh, dass wir wenigstens noch einmal miteinander telefoniert haben. Ich erinnere mich an das Letzte, was er zu mir gesagt hat«, murmelt Mom gedankenverloren.

»War es ›Sheriff Lunch *SportsCenter* Feuerwehrmann Scheidung‹?«

»Er hat mir gesagt, dass es ihm leidtut und dass ich recht damit hatte, ihn zu verlassen.«

»Das muss sehr befriedigend für dich gewesen sein.«

»Ich habe mich nie in meinem ganzen Leben schlechter gefühlt.«

Während der Trauerfeier, bevor man Dad den Flammen übergibt, sitzt Tommy Baker zwischen Mom und seinem Date und hält ihrer beider Hände, als ob sie Schauspieler wären, die sich gleich gemeinsam auf der Bühne verbeugen wollen. Oder Swinger, die als Nächstes zu einem flotten Dreier in ein Motelzimmer verschwinden. Tommy wirkt fit und stark. Wahrscheinlich kann er immer noch langlaufen und schießen und ist sicherlich auch willens, ob mit Unterstützung von Viagra oder ohne, einer Goldmedaillengewinnerin oder einem nicht-olympischen Date und/oder einer Witwe zu Diensten zu stehen.

Während der Pfarrer den von ihm erwarteten Pflichtvortrag hält, erledigen vier Vicodin ihrerseits ihren Job und schrumpfen ihn für mich auf ein kleines rundes Bildchen. Doch Dad ist damit auch weiter weg, als es mir gefällt, und wenn ich ihn einmal fokussieren kann, verschwimmt er gleich wieder hinter Tränen.

Als der Pfarrer von Lazarus, der Wiederauferstehung und der rechten Hand Gottes zu sprechen beginnt (was mich zu der Überlegung bringt, was, wenn er Linkshänder wäre?), ertönen auf der Straße Sirenen, die immer lauter werden. Während er versucht, sie mit dem Wort Gottes zu übertönen, und schreit: »Wohin du auch gehst, ich werde dir folgen!«, erstirbt der Lärm ganz plötzlich direkt vor dem Gebäude. Woraufhin die anwesenden Feuerwehrmänner aufspringen, nach draußen rennen, in den Einsatzwagen klettern und das Fahrzeug mit kreischender Sirene davonrast.

Bevor der Pfarrer seine Rede von Gottes großartigem Haus wiederaufnehmen kann, ergreife ich die Gelegenheit und schwanke aus dem Raum.

Will folgt mir.

»Hab dich lange nicht …«

»War beschäftigt.«

»Tut mir leid, das mit deinem Vater.«

Ich weiß nicht, ob ich wütender auf Will bin, weil er gelogen hat, oder weil er ein Krimineller ist, aber jetzt habe ich auf jeden Fall noch einen weiteren Grund, ihn nicht mehr zu mögen. Mit der Prothese untergräbt er unsere einarmige Solidarität.

»Danke. Du siehst anders aus«, bemerke ich, ohne ihn anzusehen. »Hast du dir den Schnurrbart abrasiert? Zugenommen?«

»Nur die paar Kilo hier«, sagt er und hebt den Arm mit einem surrenden Geräusch. »Das Gleichgewicht leidet, was auch das Laufen schwieriger macht nach all den Jahren ohne.«

Wir kommen an einem Raum voller Trauernder vorbei sowie an einem, der bis auf den in der Mitte ruhenden Bewohner leer ist. Trotz der Traurigkeit beider Anblicke beginne ich, mir wie im Krankenhaus Todesarten auszudenken. Klappbettunfall. Tödlicher Kältekopfschmerz durch Eis. Vor Lachen gestorben.

»Fragst du dich je, wie diese Menschen gestorben sind?«, fragt Will.

»Genau daran habe ich gerade gedacht«, platze ich erfreut heraus, bevor ich mich zurückhalten kann.

»Der hier«, er deutet mit surrender Hand auf einen Sarg, »ist auf einer Bananenschale ausgerutscht.«

»Basketballspieler, der in einen Deckenventilator gesprungen ist.«

»Sushi zum halben Preis.«

»SMS beim Stierkampf geschrieben.«

»Auffahrunfall mit Einkaufswagen.«

»Beim Apfeltauchen ertrunken.«

Wir halten vor dem letzten Raum an, in dem lauter Kinder vor einem Sarg stehen, der klein genug für eine riesige

Tragödie ist. Die Szenerie ist viel zu traurig, um darüber Witze zu machen. In weißen Plastikbuchstaben ist auf einem schwarzen Steckbrett der Name Jimmy Ferris zu lesen. Der arme kleine Jimmy.

Als ich mich umsehe, erkenne ich eines der kleinen Mädchen und einen Jungen. Es ist derjenige, der sich übergeben hat, als ich meinen Stumpf in Krebsboys Klasse gezeigt habe. Und da ist der Direktor, der mich der Schule verwiesen hat.

Mein Blick fällt auf Krebsboys Mutter.

Trotz ihrer von Trauer verschleierten Augen bemerkt sie mich und kommt zu uns herüber. Ohne ein Wort lässt sie den Kopf an meine Brust sinken und weint. Noch nie seit meinem Unfall habe ich mir meine zwei Arme mehr zurückgewünscht. Um sie so halten zu können, wie sie es verdient hat.

Nachwehen

Ich hätte eine Handvoll M&M gewettet, dass Krebsboy es bis zum Erwachsenenalter schafft, um sich irgendwann über den seltsamen einarmigen Mann zu wundern, der unangemessen viel Zeit mit dem krebskranken kleinen Jungen verbracht hat, der er einmal war. Stattdessen wurde er begraben oder verbrannt, befindet sich unter der Erde oder irgendwo im Himmel, zusammen mit allem, was ihn einmal ausgemacht hat. Doch wenigstens muss er nie wieder schmerzhafte Operationen ertragen, die Übelkeit nach der Chemo und der Bestrahlung oder die Unwürdigkeit eines nackten Hinterns in einem Krankenhausnachthemd.

Dass ich nie daran gedacht habe, dass er sterben könnte, führt mir meine Unfähigkeit vor Augen, mir die Zukunft vorzustellen. Während Mom wahrsagen kann, sehe ich nur das, was feststeht: eine Welt, in der Krebsboy niemals alt genug werden wird, um eine Ex-Freundin zu haben, um von einem Mafiakiller gegoogelt zu werden oder die freudige Gänsehaut zu spüren, wenn ihm die Stripperin in die Augen sieht, der er gerade einen Dollar zusteckt.

Ebenso fest steht auch, dass Jackie fett wird. Seit der Beerdigung hat sie das Haus kaum verlassen und sich angewöhnt, nachts in riesigen Mengen Caramel Swirl Crunch in sich hineinzuschaufeln. Man kann sich leicht vorstellen, dass sie bald wie Alice, nachdem sie dem Befehl gehorcht und den Keks gegessen hat, aus dem Haus quellen wird. Ihre Beine werden durch die Türen stoßen, ihre Arme durch die Fenster im Obergeschoss, ihr Kopf durch den Kamin. Ich sehe sie schon als fünfhundert Kilo schweren Fleischberg im Bett vor mir, wie sie nach mehr Eiscreme verlangt, die ich eimerweise herbeitrage, bis ihr Herz schließlich aufhört zu schlagen und Moms Feuerwehrleute kommen müssen, um einige Wände einzureißen und sie aus dem Haus zu hieven, damit wir sie in einem Übergrößesarg bestatten können.

Vielleicht ist das jetzt aber auch ein wenig unfair von mir, immerhin sind seit der Beerdigung gerade mal drei Tage vergangen.

Meine eigene Zukunft sieht allerdings auch nicht viel rosiger aus, was in erster Linie daran zu erkennen ist, dass ich den Dachboden kaum verlasse. Jackie hat inzwischen keine Lust mehr, mir die vielen Tupperwaremahlzeiten nach oben zu bringen, die Freunde und Nachbarn vorbeigebracht haben. Das Trostessen zur Unterstützung der Hinterbliebenen, bis diese wieder selbst für sich sorgen können.

Ich bin gerade einfach zu beschäftigt. Ich arbeite rund um die Uhr an einem Dad-ist-tot-Video. Nach und nach schleppe ich alle Fotoalben, Videokassetten, Dads Dias und sogar die Bilder aus dem Flur nach oben, um sie einzuscannen, zu digitalisieren, zu sammeln, zu benennen und zu registrieren. Es sind Tausende von Bildern und mindestens hundert Stunden Videomaterial. Ich bräuchte Jahre, um alles durchzugehen, selbst wenn ich es nicht mit der großen Behutsamkeit täte, mit der ich jedes Foto studiere, jedes Dokument mehrmals lese und jedes Video in Zeitlupe ansehe, um ja nicht zu verpassen, was bei ihrer Hochzeit im Hintergrund passiert oder wie Dad auf seinen Einsatz bei den Olympischen Spielen wartet.

Außerdem muss natürlich noch die richtige Musik ausgewählt werden. Ich höre mir alles an, was mir einfällt. Klassische Stücke (Barbers *Adagio for Strings*), Opern (*Nessun Dorma, Musettas Walzer*), Filmsoundtracks (*Requiem for a Dream*, Kenneth Branaghs *Hamlet*), Jazz (*Moon Dreams, Round Midnight*) und Blues (*Death Don't Have No Mercy*). Außerdem so unterschiedliche Künstler wie Milt Jackson, Jerry Jeff Walker und Esquivel. *Asleep* von The Smiths, *This Bitter Earth* von Dinah Washington, *100 Years* von Five for Fighting und endlose Betrachtungen zum Tod, darunter *Knockin' On Heaven's Door, Everybody Hurts, Time To Say Goodbye, Bela Lugosi's Dead, (Don't Fear) The Reaper, Always Look On The Bright Side Of Life* und *Danny Boy*. Natürlich muss ich jedes Video mit einem Lied unterlegen und so lange bearbeiten, bis Musik und Bild perfekt zusammenpassen. Das alles könnte noch sehr, sehr lange dauern. Gut, dass ich nach meiner Kündigung beim Ick Ick sonst nichts zu tun habe.

Nachdem ich eine Woche an dem Projekt gearbeitet habe, bin ich fürchterlich mit Ganja Din zugedröhnt und höre *Forever Young* in voller Lautstärke, während Dad auf meinem Laptop zum Leben erwacht, einen Treffer bei den Olympischen Spielen erzielt, Mom heiratet und vor seinem Lincoln Mark IV posiert. Als ich unglaublich dringend pinkeln muss, tue ich es aus dem Fenster, lange und ausdauernd, und stimme dabei im Geist Steves Kommentar von seinem Besuch zu, denn ja, das fühlt sich wirklich so viel besser als Sex an.

Nachdem ich das Fenster wieder geschlossen habe und mich umdrehe, sehe ich mich plötzlich Jackie und Mr. Weber gegenüber, deren Eintreten ich bei der Liedzeile *Hava a strong foundation when the winds of changes shift* überhört haben muss. Jetzt stehe ich also hier, weiß nicht, wie viel Zeit vergangen ist, bin mir aber bewusst, wie ich aussehe –

unrasiert, ausgehungert, stinkend, sprachlos, verloren und unten ohne.

»So kann man nicht leben«, murmele ich.

Zwei Sekunden später hat Jackie mir eine Ohrfeige verpasst.

Ich taumele nach hinten, und mein Laptop stürzt zu Boden, inklusive Musik, Bilder und Dad.

»Sag das nicht!«, schreit sie. »Sag das ja nie wieder!«

Damit stürzt sie die Treppe herunter und lässt mich allein mit Mr. Weber und dem Klingeln in meinen Ohren zurück.

Testament

Die Testamentseröffnung findet in Mr. Webers Büro statt.

Jackie weigert sich weiterhin, mit mir zu sprechen, ihr Kreischen hallt noch immer als schrilles Echo in meinen Ohren nach. Dass ich Dads letzte Worte als eine Art Selbstmorddrohung verwendet habe, war zu viel für sie. Sie hat mich vollständig aufgegeben, und mir fehlt sowohl die Energie als auch der Wille, sie vom Gegenteil zu überzeugen.

Ich nehme an, dass Mr. Weber das vertraute Bild einer zerbrochenen Familie vor sich sieht. Die Schwester redet nicht mit dem Bruder, die Mutter schluckt Trauer und Schuldgefühle hinunter, und der Sohn ist vollkommen hinüber, wie die hosenlose Begegnung auf dem Dachboden ausreichend bewiesen hat.

Ich mache mir Sorgen um Mr. Weber, der seit zehn Jahren im Ruhestand ist und nicht in der Verfassung, die Emotionen zu dirigieren, die er gleich hervorrufen wird. Er sollte sich zumindest vorher dehnen, damit er sich nichts zerrt. Doch er verliest nur ruhig das Testament, das sich noch auf dem Stand von vor der Trennung unserer Eltern befindet, so dass armlose Söhne und geschiedene Töchter darin unberücksichtigt bleiben. Ein Testament, laut dem mein Vater das Haus und die darin angehäuften, wertlosen Inhalte – die er als »weltliche Güter« bezeichnet – seiner geliebten Ehefrau hinterlässt, die sich nach dem Verlesen der letzten Worte zu uns umdreht und sicherlich ohne jeden bösen Hintergedanken verkündet: »Ihr beide müsst jetzt ausziehen.«

»Moment mal, du bist nicht mehr seine Ehefrau und erst recht keine geliebte.«

»Tatsächlich ist sie das noch«, schaltet sich Mr. Weber ein. »Eure Eltern haben sich nie scheiden lassen. Und ich weiß aus persönlichen Gesprächen mit eurem Vater, dass eure Mutter sehr wohl noch geliebt wurde.«

»Ihr habt euch nie scheiden lassen?«

»Ich habe ihn darum gebeten, doch er wollte nicht. Ich dachte, irgendwann kommt es schon dazu.« Meine Mutter wendet sich an Mr. Weber. »Fred, kannst du mir beim Verkauf helfen?«

»Ich kann Kontakt mit den Bowmans aufnehmen. Bruder und Schwester, beide Makler mit einem sehr guten Ruf.« Mr. Weber faltet das Testament zusammen und legt es in eine Akte. »Sie werden sich dann melden.«

Mom steht auf, und wir tun es ihr gleich. Eine freudlose Drei-Personen-Welle.

»Aber wo sollen wir denn hin?«, jammert Jackie.

»Zurück in eure Leben. Was auch immer das für euch bedeutet. Jackie, du hast einen Mann. Ja, er ist ein Idiot, impulsiv und benimmt sich wie ein kleines Kind, nur dass er dabei ganz und gar nicht entzückend wirkt, aber so war er auch schon bei eurer Hochzeit. Menschen ändern sich und wachsen zusammen. Seht mich und euren Vater an …«

»Das kann man nicht vergleichen«, unterbreche ich sie. »Dad hat dich nicht verlassen, um zusammen mit einem Feuerwehrmann in einer Jurte zu leben.«

»Wenn man beschließt, dass man etwas nicht mehr will«, ignoriert sie meinen Einwand wie ein Nilpferd eine Fliege, »dann geht man. Aber man macht dabei einen Schritt nach vorn, nicht zurück. Das Haus eurer Kindheit steht euch nicht mehr zur Verfügung.«

»Was ist mit Aaron?«

»Du musst dich nicht für mich einsetzen.«

»Halt die Klappe«, sagt Jackie, ohne mich anzusehen, doch immerhin hat sie wieder mit mir gesprochen.

»Ich dachte, dein Wiedereinzug sei nur vorübergehend, aber du hast das Gegenteil bewiesen.«

»Du dachtest, ich sei eine Eidechse und mein Arm würde nachwachsen?«

»Wir alle waren uns einig, dass du etwas Schreckliches durchgemacht hast«, schaltet sich Mr. Weber ein. »Und dass du stärker daraus hervorgehen würdest.«

»Manchmal ruinieren einen aber auch die Dinge, die einen nicht umbringen. Das wisst ihr, oder? Wir sind nicht alle Randy Fucking Pausch.«

»Wer ist Randy Fucking Pausch?«, will Jackie wissen.

»Schön, dass du wieder mit mir redest.«

»Das tue ich nicht. Fick dich. Und du dich auch!«, greift Jackie Mom an und stürmt davon.

Falls Mom verletzt ist, verbirgt sie das gut, wie ein kalter Eisberg aus Enttäuschung, von dem neun Zehntel unter der Oberfläche verborgen liegen. Sie nähert sich mir von meiner wehrlosen linken Seite, streicht mein Haar glatt und tätschelt mir den Klopf. »Es muss sein. Ich weiß es.«

Dann geht auch sie, und schon wieder bleibe ich mit Mr. Weber und dem Klingeln in meinen Ohren zurück. Zumindest bin ich diesmal vollständig bekleidet.

»Wie wäre es mit etwas zu essen? Wir sollten darüber sprechen, was wir mit dem verdammten Alligator machen«, sagt er und unterstreicht seine Einladung, indem er die Aktenschublade zuknallt, in der Dads Letzter Wille wieder in der Dunkelheit verschwindet, zusammen mit den letzten Wünschen anderer schon lange verstorbener Klienten.

Obdachlos

Das Haus ist leer. Der erste Teil ist bei einem zweitägigen Räumungsverkauf verschwunden (bei dem sich Fremde um die Überbleibsel unseres Lebens stritten), der Rest wurde von einem Entrümpelungsservice abtransportiert (der den Krempel wahrscheinlich auch weiterverkauft).

Jackie und mir wurde vorab eine kurze Durchforstung der sinnlosen Artefakte im Haus erlaubt. Eine archäologische Ausgrabung veralteter, nicht mehr funktionsfähiger elektronischer Geräte, von Stapeln längst eingestellter Zeitschriften und bündelweise Stiften aus Restaurants, dessen Küchen schon längst erkaltet sind. Getrennt voneinander, da Jackie noch immer meine Gesellschaft meidet, haben wir allerdings auch einige kleine Schätze zutage gefördert: das Handbuch zum Lincoln Mark IV, Jackies Babykleidung und meine alten Zeugnisse mit weitestgehend anständigen Noten in den Hauptfächern (bis auf die Vier von Mr. Madnick) und regelmäßigen »Ungenügend« für Verhalten, Selbstkontrolle und Einstellung, was mir Oberwasser bei allen Vorwürfen verschafft, ich hätte mich seit dem Unfall verändert.

Da unsere zu allem entschlossene Mutter das Haus weit unter Marktwert angeboten hat, ist das Haus schnell an eine Familie mit einem misslaunigen Teenagersohn verkauft, der die Tradition des Dachbodenschmollens verlässlich aufrechterhalten wird. Im selben Zeitraum, in dem man in der Nacht ein Teflonpfannenset bei einem Werbekanal bestellt und zugeschickt bekommt, bin ich also obdachlos.

Jackie ist bereits zurück in Kalifornien. Das ist zum einen auf Moms eisernes Regime zurückzuführen, zum anderen auf ihre Weigerung, das Haus ihrer Kindheit wie von afrikanischen Kampfameisen bis auf die Knochen abgenagt zu sehen. Von seinen früheren Bewohnern hat es nur Ali gut getroffen, den Mr. Weber bei sich aufgenommen hat.

Ich bin mir sicher, dass Jackie immer noch nicht mit mir sprechen will, doch ich muss es versuchen, als ich von Mr. Weber Moms Scheck über die Hälfte der Verkaufssumme bekomme, deren andere Hälfte vermutlich meiner Schwester zusteht.

Eine richtige Antwort erhalte ich nicht, nur eine SMS: »Fick dich.«

Nach diesem fruchtlosen Versuch wende ich mich auf der Suche nach Frucht an Mom. »Du hast uns aus dem Haus geworfen, es verkauft und uns dann das Geld gegeben?«

»Warum rufst du mich an und erzählst mir etwas, das ich bereits weiß?«

»Jackie und ich könnten doch einfach das Geld zusammenlegen und das Haus zurückkaufen.«

»Das bezweifle ich. Niemand zieht in ein Haus, nur um es dann an die ursprünglichen Verkäufer zurückzuverkaufen. Sinnloser geht es kaum.«

»Genauso sinnlos, wie uns rauszuwerfen und uns dann das Geld zu geben?«

»Jetzt habt ihr beide eine Grundlage, um euch weiterzuentwickeln. Wenn ihr euch allerdings entscheidet, zurückzugehen«, überlegt sie, »dann könntet ihr beide noch etwas auf den Kaufpreis drauflegen und so einen Verkaufsanreiz schaffen.«

»Ich weiß, wie Handel funktioniert.«

»Die Entscheidung liegt bei euch«, fährt sie fort. »Ich

habe keinen Einfluss darauf, was ihr tut, sondern nur auf das, was ich tue. Alles andere liegt nicht in meiner Macht.«

Ich nehme vom Dachboden so viel mit, wie in den Van passt. Außerdem packe ich einen Kleidersack voll mit Dads alten Anzügen und Schuhen ein, das Rennpferdgemälde aus dem Keller und einen Busch von Moms Zinnien, den ich in einen Blumentopf gesteckt habe, der jetzt neben mir auf dem Beifahrersitz steht und schweigt wie Dad unter seinem Einkaufsbeutel. Ich habe auch Dads Asche und bin dankbar, sie nicht im Garten verstreut zu haben, damit die Eichhörnchen darin herumtollen können. Ihn so zurückzulassen, wäre nicht schön gewesen.

Nachdem ich das letzte Mal aus der Auffahrt gefahren bin – genau vor dem Umzugswagen, der auf das Grundstück einbiegt –, steuere ich das Sunset Elks Motor Inn an. Ein dämlicher Schachzug, um es Mom heimzuzahlen und ihr großzügiges Geschenk bei einem Übernachtungspreis von neunundsiebzig Dollar pro Nacht zu verschleudern (neunundachtzig am Wochenende).

Mit Moms Zinnien im Arm frage ich nach einem Raucherzimmer und werde belehrt, dass es nur Nichtraucherzimmer gibt.

»In Ordnung«, antworte ich und werde mit einem skeptischen Blick bedacht, den ich von Dad kenne. Er hat ihn immer dann eingesetzt, wenn ich früher behauptete, keine Hausaufgaben aufzuhaben.

Dennoch bekomme ich eine Schlüsselkarte und gehe auf mein Zimmer, das so kahl wie eine Gefängniszelle ist.

Schon bald dampfe ich Moe Larry Hemp, das für die Wachheit gezüchtet wurde, die wahrscheinlich von einem The-Three-Stooges-Mitglied erwartet wird. Es wäre ziemlich ätzend, morgen an meinem ersten Tag ohne mein altes

Heim in einem einsamen Motelzimmer aufzuwachen, deshalb darf ich einfach nicht einschlafen. Ich mache mir keine Illusionen darüber, dass es unmöglich ist, diesen Zustand auf unbestimmte Zeit aufrechtzuerhalten, aber wenn ich ein oder auch zwei Nächte wach bleiben kann, habe ich danach entweder meine Situation akzeptiert oder bin zu erschöpft, um mir noch Gedanken darüber zu machen.

Nichts hält mich so gut wach wie schlechtes Fernsehprogramm, weshalb ich mich von einer Polizeirealityshow fesseln lasse, in der dämliche Autodiebe in unbewachte Luxusautos einbrechen, bei denen die Schlüssel stecken und in denen außerdem diverse versteckte Kameras montiert sind. Auch wenn es unverschlossen war, hat der übereifrige Täter bei dem Fahrzeug, das gerade über den Bildschirm flimmert, das Fenster eingeschlagen und sich anschließend auf der Suche nach Kleingeld durch die Mittelkonsole gewühlt, bevor er lachend davonfährt. Doch er kommt nicht weit, denn plötzlich erstirbt der Motor (die Cops hatten das Auto mit einer Fernsteuerung ausgerüstet). Verhaftet und in Handschellen scheint er seinen Fernsehauftritt zu genießen.

Während ich über diesen speziellen Typ eines kriminellen Geistes nachgrübele, der sich über seine mehr als zweifelhafte Berühmtheit freut, höre ich schon wieder Glas zerbersten. Kurz frage ich mich, wie die Sendung so schnell zu einem zweiten Handlungsstrang springen konnte, doch dann realisiere ich, dass das Geräusch von draußen kommt. Wo mein Van parkt.

Mit der einzigen Waffe, die ich auf die Schnelle finden kann, renne ich nach draußen und sehe gerade noch, wie zwei Jünglinge mit Vokuhilafrisur bei meinem Anblick die Flucht ergreifen. Entweder, weil die Fernbedienung in meiner Hand wie eine Pistole aussieht, oder – was sehr viel wahrscheinlicher ist –, weil sie Angst vor einem Verrückten mit nacktem Oberkörper und tätowiertem Armstumpf haben, der mit wildem Blick aus der Sicherheit seiner Drogenhöhle geschossen kommt.

Nachdem ich den Mann an der Rezeption aufgeweckt habe, um einen versuchten Einbruch zu melden, schnüffelt er verärgert die Luft in meinem Zimmer.

»Ich sagte, dieses Motel ist rauchfrei.«

»Hey, ich habe ein Rezept dafür.«

»Sie haben auch einen Führerschein. Das heißt nicht, dass Sie mit dem Auto aufs Zimmer fahren und darin im Kreis fahren dürfen. Rauchfrei heißt rauchfrei.«

Ich widerstehe dem Drang, ihn darauf hinzuweisen, dass, wenn wir hier schon alles wörtlich nehmen, »Motel« auch von »Motor« abgeleitet sein und ich deshalb sehr wohl hier hereinfahren und die besagten Kreise fahren könnte.

»Die haben versucht, meinen Van auszurauben!«, brülle ich. »Und jetzt ist ein Fenster eingeschlagen. Ich kann den Wagen nicht unbewacht stehen lassen.«

»Stimmt, denn Sie fahren jetzt sowieso ab.«

»Fick dich«, erkläre ich, schlage ihm die Tür vor der Nase zu und verstehe plötzlich, warum Jackie das immer sagt. Es fühlt sich verdammt gut an.

Als Nächstes klopft nicht der Typ von der Rezeption, sondern das mittlerweile bekannte Gesicht des Sheriffs, der bei meinem Anblick sichtlich in sich zusammensackt. »Ach, verdammt noch mal!«, kommentiert er unser Wiedersehen.

Wir streiten über meine Rechte, das mir verschriebene medizinische Marihuana auch verbrauchen zu dürfen und meine Verpflichtung als zahlender Motelgast, mich an Sicherheitsvorkehrungen zu halten. Da ich beide Diskussionen verliere, beginne ich eine neue über die vollständige Rückerstattung meiner Kosten, falls ich mich zur Abreise entschließen sollte. Doch auch diesmal unterliege ich den schlagenden Argumenten des Gesetzeshüters.

Glücklos gebe ich nach und gehe zu meinem Van, doch der Sheriff hält mich auf und windet mir sanft die Autoschlüssel aus den Fingern mit dem Hinweis, dass ich, ob nun mit Rezept oder ohne, bekifft nicht fahren dürfe.

In der Folge finde ich heraus, dass ein saftiges »Fick dich« die Dinge nicht immer besser macht, auch wenn es dieses Mal immerhin meine vorübergehende Obdachlosigkeit behebt. Statt am ersten Morgen außerhalb meines Zuhauses einsam in einem Motel aufzuwachen, erblicke ich das Tageslicht in der Arrestzelle des Sheriffs, wo mich Will, dank der frühen Stunde wieder armlos, durch die Gitterstäbe mustert und behauptet, meine Kaution zahlen zu wollen.

»Ich habe Ihren Freund angerufen«, erklärt der Sheriff. »Dachte, die Kaution ist er Ihnen schuldig.«

Auf dem Weg zurück zum Sunset-Elks-Parkplatz fragt Will: »Warum hast du mir nicht erzählt, dass du meine Kaution bezahlt hast? Ich dachte, sie hätten uns einfach gehen lassen.«

»Ihr hattet wegen mir Ärger. Dafür solltest du nicht auch noch zahlen müssen.«

»Es kam mir schon ein wenig komisch vor, dass sie uns einfach so haben gehen lassen.«

»Warum? Du scheinst daran gewöhnt zu sein, dass man dich bemitleidet und du mit allem durchkommst.«

»Nicht bei den Cops«, murmelt er, als wir auf den Parkplatz rollen, wo mein über Nacht fast völlig ausgeraubter Van steht.

Alles von materiellem Wert ist weg, doch was noch schlimmer ist, die Sachen mit dem größten ideellen Wert sind zum großen Teil beschädigt. Die Dias liegen wie übergroße Konfettischnipsel auf dem Asphalt verstreut, und Dads Urne ist umgekippt. Erfreulicherweise ist sie dabei jedoch nicht aufgegangen. Nur Dads altmodische Anzüge befinden sich noch im Wagen, genau wie Moms Zinnie, die auf dem Beifahrersitz steht, wo ich sie gestern Nacht abgestellt hatte, bevor mir der Sheriff den Autoschlüssel abgenommen hat. Der Hauptgewinn für die Diebe war garantiert der Monatsvorrat an Gras, Vicodin und Valium. Statt wie in der Realityshow als die Dummen vorgeführt zu werden, haben sie sich hier als die Triumphierenden in einer Spielshow wiedergefunden und wahrscheinlich vor Freude geheult und sich umarmt, während sie auf und ab sprangen, Luftballons und Applaus auf sie niederregneten und ihre Familien während des Abspanns auf die Bühne stürmten.

»Alles in Ordnung?«

»Ja«, lüge ich so mitleiderregend, dass Will mir anbietet, »so lange wie nötig« bei ihm unterzukommen, und auch wenn das eine äußerst schwammige Zeitangabe ist, wissen wir beide, dass kein Gast guten Gewissens so lange bleiben kann.

Ich danke ihm und erkläre, dass ich ihm im Van nachfahre. Als ich einsteige, zerquetsche ich unter dem Hintern unzählige Stückchen Autofenster. Ich will den CD-Spieler einschalten, doch den haben die Diebe genauso mitgehen lassen wie den Dad-ist-tot-Mix, der sie hoffentlich mehr verwirren als erfreuen wird.

Knirschend lege ich den Rückwärtsgang ein, schlage das Lenkrad hart herum und nehme beim Wenden einige Büsche mit. Dann reihe ich mich ohne Rücksicht auf Verluste in den Verkehr ein – wen kümmert's? –, gebe Gas und schließe zu Will auf. Er hebt den guten Arm zu einem asymmetrischen Schulterzucken, und ich sehe in seinem Rückspiegel, wie er mit den Lippen die Worte »Was soll das denn?« formt. Doch mir ist inzwischen alles egal, ich habe nichts mehr, um mich zu beruhigen oder zu beschwichtigen oder sonst wie zu -gen.

Um das Dröhnen des Blutes in meinen Ohren und das Vorbeirauschen der Welt an meinem zerbrochenen Fenster auszublenden, stecke ich mir die Ohrstöpsel in die Ohren, drücke auf Shuffle und lasse mich von den Judybats mit *Pain Makes You Beautiful* daran erinnern, dass Schmerz angeblich schön macht. In dem Wissen, demnach ein unglaublich umwerfender Motherfucker zu sein, verlangsame ich das Tempo.

DINGE, DIE ICH MIT EINER HAND NICHT FESTHALTEN KONNTE

- *Schwarzlichtposter*
- *Jogginghose*
- *Schuhe mit Klettverschluss*
- *Rennpferdgemälde*
- *Ein schicker Hugo-Boss-Anzug*
- *Laptop*
- *Eine Kiste mit lächerlichen Lebenshilfebüchern*
- *Externe Festplatte mit eingescanntem Dad-Material*
- *Eine Kiste mit armlosen Sportpokalen*
- *Meine CDs und Dads LPs*
- *Eine Flasche Fleischmann's*
- *Dads Erinnerungen an Olympia*
- *Vicodin (30x500mg)*
- *Ein Leben in Dias*
- *Gras (etwa fünfzehn Gramm)*
- *Knopflose Hemden*

Raketen

Will versucht, mich zu überreden, wieder beim Ick Ick anzufangen, doch das ist eine genauso schlechte Idee wie die Rückkehr eines eigentlich schon zurückgetretenen Boxers in den Ring. Ohne die konzentrationsfördernde Wirkung von Hocus-Focus und eine gerade Anzahl Vicodintabletten wäre ich nur ein Schatten meines früheren Fischzählergenies. Doch ich stimme zu, mich bei meiner alten Arbeitsstelle mit Will zu einem Mittagessen zu treffen, zu dem ich mich mit einem von Dads alten Anzügen und seinen weißen Lackschuhen herausputze.

Es überrascht mich, wie sehr sich alle über meinen Besuch zu freuen scheinen, sogar Percy, der inzwischen auch im Büro arbeitet. Lilith umarmt mich und presst ihre Brüste gegen mich, und ich spüre, wie ihre Brustwarzen steif werden. Als ich sie jedoch ein zweites Mal an mich drücken will, besagt ihr Gesichtsausdruck, dass gleich eine Ohrfeige folgen wird, weshalb ich meinen Angriff wie ein erfahrener Pilot abbreche und Kurs auf Will nehme, mit dem ich auf dem Damm zu Mittag esse.

»Du warst gestern ganz schön wütend.«

»Mein ganzer Besitz war in dem Van. Und plötzlich war nichts mehr davon übrig.«

»Das verstehe ich. Dein Vater, das Haus deiner Kindheit, die ganzen Sachen. Alles über Nacht verschwunden.«

»Vergiss nicht das zerbrochene Fenster, das ich immer so gerne hoch- und runtergefahren habe.«

»Ich bin auch wütend.«

»Aber du hast wenigstens noch ein Autofenster.«

Während wir eine Runde auf dem Damm spazieren gehen, ertappe ich mich dabei, wie ich die Fischleitern mustere und teste, ob ich *Acipenser pseudoboscis* auch ohne die Hilfe von leistungssteigernden Medikamenten erkennen kann. Doch in der Nebensaison geben sich die Störe damit zufrieden, flussabwärts zu paddeln, bis ihre genetisch programmierten Hormone ihnen sagen, dass es an der Zeit für den jährlichen Amoklauf ist.

»Diese Dinger töten die Fische«, verflucht Will den Staudamm. »Ganze Generationen, die hätten entstehen sollen, werden ausgelöscht, noch bevor sie überhaupt existieren.«

»Ist wie ein Generalschwanzblocker, dieser Damm.«

»Nur damit das Energieunternehmen Strom für einen Penny das Kilowatt produzieren kann.«

Will erklärt die Wirkungsweise des Dammes, wie ein Professor, der seinen Medizinstudenten die Vorteile der Anatomie anpreist, bevor er eine Leiche obduziert. »Er ist so gebaut, dass er sich flussaufwärts krümmt, damit sich das Wasser gegen die Wölbung drückt und ihn so stärker macht. Es wird richtig in das Fundament hineingepresst. Hier oben«, er deutet auf die Kante unter unseren Füßen, »ist der Damm am stärksten, doch je tiefer man geht, desto größerem Stress ist das Material ausgesetzt.«

»Und je mehr du über das alles redest, desto mehr steigt mein Stresslevel.«

Wir gehen schweigend weiter. Ich glaube, ein Fischpaar zu sehen, das sich durch ein Wehr kämpft, doch das ist wahrscheinlich nur eine Drogenentzugshalluzination.

»Also, warum hast du meine Kaution gezahlt?«, fragt Will noch einmal. »Was hat dir der Sheriff über mich erzählt?«

»Dass du nie bei der Army warst. Und dass du dir den Arm beim Basteln einer Bombe weggesprengt hast.«

»Du hältst mich also für einen Lügner.«

»Ich befinde mich nicht in der Position, über dich zu urteilen. Schließlich war ich derjenige, der einem kleinen Jungen mit Krebs weisgemacht hat, dass ein Alligator meinen Arm gefressen hat.«

Und dann erzählt mir Will alles. Er ist in Lebanon in Kansas aufgewachsen, der Stadt, die als das geografische Zentrum der USA gilt. Dort hat er für das Familienunternehmen gearbeitet und Feuerwerkskörper hergestellt. Und da wahrscheinlich jeder selbsthergestellte Sprengkörper ein gewisses Maß an Improvisation erfordert, gestehe ich ihm den Schwindel mit der Sprengfalle zu.

»Allerdings war es schon eine klitzekleine Uminterpretation der Sachlage«, bemerke ich.

»Nun, man wird besser behandelt, wenn man eine gute Story hat.«

»Genau, deshalb war es auch der Alligator, der meinen Arm gefressen hat.«

Will weiß nicht nur, wie man Dinge in die Luft jagt. Abhängig davon, wie es gebündelt werde, erklärt er, könne Schießpulver sowohl als Treibmittel als auch als Sprengstoff verwendet werden, der als Sprengkapsel in den Himmel gejagt wird, wo er dann explodiert. Wie man das Pulver in der Kapsel verteilt, entscheidet über das Muster des Feuerwerkskörpers. So kann man einen Stern erzeugen oder eine Karte von Amerika, eine amerikanische Flagge und wahrscheinlich alles andere speziell Amerikanische. Die Farben entstehen durch die Verbrennung von unterschiedlichen Metallsalzen, und die Pulver haben verschiedene Brennzeiten. Sie können ganz langsam verglühen oder in einer einzigen schnellen Explosion verpuffen. Das alles geht weit über meine eigenen Erfahrungen mit explodierenden Böllern hinaus. Außerdem wünschte ich, wir würden tatsächlich über Feuerwerk reden und nicht über das, was Will eigentlich meint.

Schließlich konfrontiere ich ihn damit. »Will, ich will dir nicht helfen, den Damm zu sprengen.«

»Davon habe ich nie etwas gesagt«, sagt er ein wenig zu entrüstet. »Du fängst immer wieder davon an. Bist du dir sicher, dass nicht eigentlich du ihn in die Luft jagen willst?«

»Würde das nicht alle Fische in der näheren Umgebung töten?«, widerspreche ich. »Und würde man ihn nicht einfach wieder aufbauen lassen?«

»Heute stehen der Regierung nicht mehr dieselben Mittel zur Verfügung wie noch vor fünfzig Jahren. Denen würde schlicht das Geld fehlen. Wenn dieser Damm über Nacht verschwände …«

»Oder zufällig explodieren würde …«

»Dann würden sie ihn nie wieder aufbauen. Und schon innerhalb weniger Generationen hätte sich die Fischpopulation fast komplett erholt.«

»Ich verstehe, dass ich theoretisch ein guter Partner für diesen Plan bin. Zusammen haben wir zwei Hände, was von Vorteil ist. Außerdem bin ich genauso wütend wie du, und das willst du dir zunutze machen. Aber wenn du dir einen zweiarmigen Kompagnon suchen würdest, stünden dir insgesamt drei Hände zur Verfügung. Außerdem bin ich nicht dauernd so wütend wie nach der Sache mit dem ausgeraubten Van. Um das Beste aus mir herauszuholen, muss man mich zur Weißglut treiben wie den Hulk.«

»Manchmal habe ich die Schnauze von den Zuständen so voll, dass ich einfach nur verschwinden will«, sagt Will nachdenklich. »Vergessen wir's«, fügt er schließlich hinzu, und ich gehorche.

Doch mir ist bewusst, dass ich inzwischen wütender bin als an dem Tag, an dem Will und ich mit Dad schießen gegangen sind, und wütender als an dem Tag, als Will und ich uns kennengelernt haben. Die Flugbahn meiner Wut führt steil in die Höhe wie die einer Rakete. Und Raketen kommen nicht zurück, sie explodieren spektakulär.

Während der nächsten Woche sprechen wir nicht mehr über den Damm.

Wir leben zusammen wie zwei Frischverheiratete. Unsere Hände ergänzen sich beim Kochen (ich halte, er schneidet, gemeinsam formen wir Fleischklöße), beim Abwaschen und Abtrocknen. Anschließend fallen wir vor dem Fernseher auf die Couch und streiten uns um die Fernbedienung. Während Will in der Arbeit ist, kümmere ich mich um die Wäsche und nehme mir sogar die Zeit, sie sorgfältig zusammenzulegen. Ein Schwierigkeitslevel, das die Aktion zu einem echten Liebesbeweis macht. Ich ziehe sogar einen von Dads Anzügen an, um hübsch auszusehen, wenn Will nach Hause kommt.

Er will keine Miete von mir, weshalb ich für so viel wie möglich zahle: Lebensmittel, Filme, Benzin, Handtücher für das Gästebadezimmer und das Essen im Dim Sum & Then Some, wo ich den Stift einstecke. Ich bin Wills Sugardaddy, nur ohne den Sex als Gegenleistung.

Da Pot und Pillen an die vanausräubernden Junkies verloren sind, habe ich wieder mit dem Joggen angefangen, um die überschüssige Energie abzubauen. Der gute Arm schwingt vor und zurück, der Stumpf bildet das Metronom dazu. Wenn mich der Vicodinentzug gelegentlich trotzdem gereizt stimmt, unterdrücke ich die Gefühlsregung mit Fleischmann's und Limonade.

Doch Will interpretiert meine Gereiztheit regelmäßig als raketenartigen Ärger, der irgendwann spektakulär in der Zerstörung des Dammes explodieren wird. Denn so ist das nun mal mit Wut. Der wütende Mann stiehlt in der Arbeit und betrügt seine Frau, ist unfreundlich zu Menschen, die ihm helfen wollen, und schreit Leute an, die es nicht verdienen. Er schmollt wie ein Weltmeister, wirft mit Sachen um sich, sagt »Fick dich« zu einem Sheriff und gießt Fleischmann's bis auf die letzten elf Tropfen in sich hinein. Doch so groß, dass ich deswegen einen Staudamm in die Luft jagen würde, kann meine Wut gar nicht sein. Das wäre doch verrückt.

»Der Fleischmann's ist aus«, höre ich mich mit der Stimme meines Vaters sagen, als ich meine Jacke nehme und das Haus verlasse.

Trauer unterscheidet sich fundamental von Wut. Sie wird von der Verzweiflung gestärkt, während die Verluste immer größer werden, bis nichts mehr übrig ist, das man verlieren könnte. Ich habe beinahe alles verloren. Meinen Vater, und das gleich zweimal – einmal an den Schlaganfall, das zweite Mal endgültig an den Tod –, und meine Mutter, die mich zurückgewiesen und meines Zuhauses beraubt hat. Und meine Schwester, die dreitausend Kilometer entfernt lebt, den Kontakt mit mir verweigert und deshalb genauso gut ebenfalls tot sein könnte, habe ich auch verloren. Und zu guter Letzt habe ich natürlich meinen Arm sowie das letzte bisschen Würde, an dem ich mich bisher noch festklammern konnte, durch einen YouTube-Hit verloren. Die letzten Überbleibsel aus meinem alten Leben sind Moms Zinnien. Und irgendwie reicht das auch. Diese Blumen stellen eine lebende Verbindung zu meinem verlorenen Zuhause und einer Vergangenheit dar, aus der sich niemals diese Zukunft hätte entwickeln sollen. Doch als ich aus dem Schnapsladen zurückkomme, hat Wills Katze auch diese letzte Erinnerung in grüne Fetzen zerkaut.

Ich wecke Will auf und sage ihm, ohne auch nur einen Hauch von Wut zu verspüren: »Lass uns den verdammten Damm in die Luft jagen.«

Als er mir mit einem knappen »Aha« antwortet, frage ich mich, ob die ganze Sache nicht von Anfang an meine Idee gewesen war.

Dammolierung

Wenn man Sprengstoff zu Feuerwerkskörpern verarbeiten kann, müsste man logischerweise auch Feuerwerkskörper in Sprengstoff umwandeln können, genauso wie man ein halb gegessenes BLT-Sandwich auseinandernehmen und den Speck retten kann. In über einem Dutzend Feuerwerksverkaufsstellen erwerben wir genug Raketen, Mörser und Kugelbomben, um eine Dritte-Welt-Armee auszurüsten. Darunter sogenannte »Exploding Rifle Targets«, die, wenn ich sie vor unserem Fake-Biathlon in Crawlywood gekannt hätte, noch viel mehr Spaß und Gefahr für einen kleinen Jungen bedeutet hätten.

So wie schon beim Kochen verbünden Will und ich unsere guten Arme und entpacken, entrollen und zerlegen die legalen Feuerwerkskörper, bis wir vor einem Haufen aus Papier, Plastik, Stäben, Hütchen und Zündschnüren auf der einen und einem zehn- oder zwölfpfündigen Stapel mit illegalem Schießpulver auf der anderen Seite stehen. Ich stelle mir vor, dass wir etwas Spektakuläres schaffen, das uns viel Bewunderung von den Zuschauern einbringt. Doch da die Explosion am schwächsten Punkt des Dammes stattfinden wird, nämlich unter Wasser, wären überwältigende Figuren wie Palmen oder Sterne so sinnlos wie ein Feuerwerk am helllichten Tag.

Als wir genug Schießpulver zusammen haben, beginnen wir mit dem Füllen der »Krollen« – bunten Kaurollen für Hamster, die Will in einem Zooladen gefunden hat –, deren Enden wir sorgfältig mit schwarzen Ohrlochweitern aus

Acryl verschließen. Als wir mit der zweiten explosiven Krolle beginnen, rollt die erste auf den Boden und fällt Wills Katze in die Pfoten. Sie tobt mit ihrem neuen Spielzeug durch das ganze Apartment, während Will versucht, es ihr abzunehmen, und ich die meiste Zeit »Verdammte Scheiße, verdammte Scheiße, verdammte Scheiße, Mist!« schreie, bevor Will dem Tier die Krolle entwinden kann. Die Katze beäugt sie noch eine Weile wie einen Preis, von dem sie weiß, dass sie ihn später noch bekommen wird, dann schleicht sie sich davon.

»Ich will mich ja nicht beschweren, aber heißt das, dass wir einen Blindgänger gebaut haben?«, frage ich.

»Das ist kein Nitroglyzerin und das Material auch nicht zwingend so unbeständig oder leicht entflammbar«, erklärt Will. »Man sollte das hier nicht zu oft tun, aber wenn wir alles richtig machen, sollte das Zeug erst bei Kontakt mit Feuer explodieren.«

Angesichts der Tatsache, dass Wills Katze überlebt hat, bin ich mir sicher, dass wir unsere Sache gut machen, trotzdem schlage ich einen echten Test vor.

Früh am nächsten Morgen fahren wir nach Crawlywood.

Als Will ein Feuerzeug an die Zündschnur hält, fällt mir ein wesentlicher Punkt ein, den wir bisher nicht berücksichtigt haben. »Wie soll das eigentlich unter Wasser brennen?«

»Ich denke mir was aus. Vielleicht luftdichtes Plastik.«

»Aber würde die brennende Zündschnur das Plastik nicht schmelzen?«

»Da gibt es Möglichkeiten.« Will wirkt aufgeregt. »Wir finden was. Und jetzt wirf das verdammte Ding endlich.«

»M80-Böller brennen unter Wasser«, erinnere ich mich und werfe die Krolle so weit ich kann zwischen die Bäume.

Sie explodiert bereits in der Luft, etwa dreißig Zentimeter über dem Boden, und die Erschütterung lässt Blätter von einem Busch in der Nähe mit der Effizienz eines atombetriebenen Laubbläsers regnen.

Zufrieden, keine Blindgänger produziert zu haben, verschwinden wir, bevor uns der Sheriff wieder mit Tränengas lahmlegen kann.

Zurück in der Wohnung, füllen wir Dutzende Rollen, die wir anschließend zu Bündeln zusammenschnüren.

Irgendwann schlingt sich Will einen Zehnerbund wie eine Bombenweste um den Oberkörper und lacht.

Zum ersten Mal, seit wir unsere Mission gestartet haben, fühle ich mich unwohl. Bis jetzt hatte ich vollkommenes Vertrauen zu Will. Die Tatsache, dass er sich den eigenen Arm zerfetzt hat, als er etwas ganz Ähnliches unter sehr viel sichereren und kontrollierteren Bedingungen getan hat, habe ich ignoriert. Sicher wusste ich schon vorher, dass diese Aktion gefährlich und dumm ist. Doch wie betrunkener Sex mit einer Fremden hat mir die Konzentration auf den dummen Teil ermöglicht, die Gefahren auszublenden. Jetzt bin ich alarmiert, und meine Leistung leidet darunter. Der Rhythmus ist dahin, mein Wille weiterzumachen, ist erschlafft. Als Will mich fragt, ob alles in Ordnung ist, schütze ich Kopfschmerzen vor.

Bis zum Morgen haben wir dreißig bunte Krollen mit flussbefreiender Munition zusammengebaut. Mir erscheint das sehr wenig für so eine große Aufgabe, doch Will weiß sicher, was er tut, und ich verlasse mich auf seine Erfahrung. Vielleicht müssen wir nur ein kleines Loch an der Stelle sprengen, an der der Druck am größten ist, und das hindurchströmende Wasser wird den Rest des Dammes nach und nach auseinanderreißen. Doch sicher bin ich mir da nicht. Je realer unser Vorhaben wurde, desto weniger Fragen habe ich gestellt. Mich völlig auf Will zu verlassen, erschien mir ohne die Hilfe von medizinischem Marihuana und Vicodin die beste Möglichkeit, dieselbe Konzentration heraufzubeschwören, mit der ich früher so hervorragend Fische gezählt habe.

Als wir fertig sind, öffnet Will zwei Dosen Bier, gibt mir eine, und wir stoßen an.

»Morgen«, sagt er. »Morgen tun wir's.«

Will wird den Sprengstoff mitbringen. Um sechs treffen wir uns am Damm. Früh genug für einen Rest Tageslicht, und spät genug, um zufälligen Beobachtern aus dem Weg zu gehen.

In der Nacht träume ich von Explosionen und rauschendem Wasser, von einem brüllenden Fluss, der lange Zeit im Zaum gehalten worden war, und von einer Million Fische mit Gehirnerschütterung, die mit aufgedunsenen Leibern dahintreiben und sich nacheinander in Arme verwandeln, die wie Holzstämme den Fluss hinabtreiben.

Gebucht

Damals, als sich ungeschlachte Männer in Amerika niederließen, zähmte man die Natur unter anderem, indem man sie verdammte.
Nein, ich fluche nicht, ich meine das ganz wörtlich. Man strukturierte Flüsse und Seen durch Staumauern, die zur Bewässerung oder zur Elektrizitätsgewinnung dienten und noch immer dienen.
Doch diese Dämme stellen ein ernsthaftes Hindernis auf den Laichwegen einiger Fischarten dar, vor allem derjenigen, die zurück zum Ort ihrer Geburt müssen, um sich fortzupflanzen. Versucht euch das mal vorzustellen! Als ob man zurück in den Kreißsaal müsste, in dem man seinen ersten Atemzug getan hat, um sich dort zu paaren. Ein ganz und gar romantisches Wochenende! Aber wenn das nun mal die Vorstellung eines Fisches von richtig viel Spaß ist, was soll man dagegen einwenden? In vielen Teilen des Landes ist es den Flussbewohnern inzwischen wieder leichter gemacht worden, ihrem Paarungsritual zu frönen. Seit den späten neunziger Jahren werden überall in Amerika Dämme entfernt, was den wandernden Fischen erlaubt, wieder ungehindert ihre Reise flussaufwärts anzutreten, etwas, das sich in manchen Fällen auf natürliche Weise seit hundert Jahren nicht mehr ereignet hat. Also, freut euch, ihr Fischdamen. Bald werdet ihr all die Verehrer haben, von denen ein ausgenommenes Mädchen nur träumen kann. Und dieses Mal werden die Männer von der Reise nicht so er-

schöpft sein, dass sie Gefahr laufen, sofort vor dem Fernseher einzuschlafen.
Hier spricht Sunny Lee für The Sunny Side. *Nicht vergessen, heute Nachmittag um fünf werde ich mein neues Buch,* Sunny Side Up, *bei Books-A-Million in Terre Haute am Highway 41 signieren.*

Bei der Ankündigung, dass zwei der bedeutsamsten Ereignisse meines Lebens am selben Tag, nur eine Stunde voneinander entfernt, stattfinden sollen, komme ich beinahe von der Straße ab.

Als Kind und Jugendlicher konnte ich schlecht Prioritäten setzen, wollte den Geburtstagskuchen immer sowohl unversehrt behalten als auch essen. Aus dem Verhalten der Erwachsenen in meiner Umgebung wurde deutlich, dass Reife bedeutet, regelmäßig auf das zu verzichten, was man will, um das zu bekommen, was einem versprochen wurde, doch ich hatte es damit überhaupt nicht eilig. (Der Moment, in dem sich die Prioritäten für Dad änderten, war wahrscheinlich nach seinem letzten Dia, als die wachsenden Forderungen seiner Familie dem Fotografieren einen Riegel vorschoben.) Ich habe mich immer geweigert, das, was ich wollte, gegen das einzutauschen, was man mir versprach, und mich wann immer möglich dafür entschieden, beides zu erstreben, wenn auch nicht immer ohne schlechtes Gewissen. Ich erinnere mich zum Beispiel, wie Moms Geburtstagsbarbecue auf denselben Tag fiel, an dem Artie an neue Böller gekommen war. Ich hatte mich unter dem Vorwand von gemeinsamen Hausaufgaben weggeschlichen, um mich mit ihm in Crawlywood zu treffen, und kehrte, mit dem Gestank von Schießpulver und Enttäuschung an den verbrannten Fingerspitzen, zu spät für Moms Party zurück.

Die heute zusammenfallenden Ereignisse werden sich wenigstens in der richtigen Reihenfolge abspielen: zuerst Sunny, dann der Damm. Umgekehrt müssten wir die Sprengung gegebenenfalls beschleunigen, um die Signierstunde nicht zu verpassen, was sicherlich nicht besonders klug wäre. Und das Risiko, verhaftet zu werden oder mich zufällig selbst in die Luft zu sprengen und deshalb die Begegnung mit Sunny zu versäumen, wäre definitiv zu groß.

Dennoch versuche ich, Will anzurufen, um ihn davon zu überzeugen, unsere Aktion eine halbe Stunde nach hinten zu verlegen, um auf der sicheren Seite zu sein (wenn es bei der Sprengung eines Dammes überhaupt eine »sichere Seite« gibt). Doch nach diversen hektischen Versuchen, ihn auf seinem Handy zu erreichen, gebe ich auf. Er geht nicht dran.

Um mich für meine heroische Aufgabe zu stärken oder auch mein potenziell letztes Mahl einzunehmen, fahre ich zum Four Corners, wo ich mir in Hühnerschmalz gebratenes Fleisch, Kartoffelbrei, Weißbrot, Soße und als Beilage Speck und geschmolzenen Käse gönne. Allerdings wäre das alles schöner, wenn Dad neben mir sitzen würde; und wenn Mr. Weber nicht so wütend wäre, als ich ihn nach dem Essen auf dem Parkplatz treffe.

»Wo zur Hölle warst du? Deine Mutter ist krank vor Sorge! Wenn du schon nicht an dein Telefon gehst, könntest du wenigstens zurückrufen.«

»Wenn sie so genau wissen will, wo ich mich aufhalte, hätte sie das Haus nicht verkaufen sollen.«

»Hör auf, dich wie ein jämmerliches Baby zu benehmen!«

»Ich wohne bei meinem Freund Will. Erinnern Sie sich an Will? Der Typ, mit dem ich zusammengearbeitet habe.«

»Was ist mit dem Job?«, brüllt er mich weiter an. »Gehst du zurück?«

»Es könnte sich herausstellen, dass der Damm in Zukunft nicht mehr als Arbeitgeber taugt. Außerdem«, hangele ich mich von subtilem Eingeständnis zu Schuldzuweisung, »muss ich mit dem ganzen Geld von Mom aus dem Hausverkauf nicht mehr arbeiten. Sie hat meine Eigeninitiative mit einem zehntausendeschweren Trustfund torpediert.«

»Himmel, ist das der Hausanzug deines Vaters?«, fällt ihm plötzlich auf.

»Sehr richtig!« Ich nehme die umwerfende Pose eines Supermodels am Ende des Catwalks ein, damit er mich genau in Augenschein nehmen kann.

Angesichts seines ungläubigen Schweigens versichere ich Mr. Weber, dass es mir gutgeht und entschuldige mich. Als ich in den Van steige, schlage ich die Tür laut genug hinter mir zu, um die Lüge zu unterstreichen. Eine vollkommen sinnlose Aktion, denn eine Sekunde später muss ich sie schnell wieder öffnen, da mein Magen seinen Inhalt von sich gibt, der meine Speiseröhre auf dem Weg nach oben verbrennt und schließlich die blauen Streifen des Behindertenparkplatzes überdeckt.

Als ich an Mr. Weber vorbeifahre, tut er mir leid, weil er ständig über den Sohn seines toten Freundes stolpert, der gerade irgendwelche Körperflüssigkeiten von sich gibt.

Der Verkehr auf dem Highway 41 rauscht am Books-A-Million vorbei, als gäbe es irgendwo ein besseres Ziel zu erreichen als Sunny Lee. Im Fenster hängt ein Plakat mit ihrem Buchcover und einem Foto von ihr – entzückend! – neben weit weniger bedeutenden Werken von Russo, Lethem, Helprin, Chabon und Franzen.

Im Rückspiegel untersuche ich mein Gesicht auf Spuren von Erbrochenem. Die Kinnstoppeln sind sauber, doch ich habe den Aufschlag von Dads Hausanzug getroffen. Da sich der Fleck auf der rechten Seite befindet, kämpfe ich einige Minuten lang mit der rechten Hand darum, die Stelle mit Speichel auf einem Taschentuch zu säubern.

Ich schwitze, allerdings nicht wegen der Hitze. Ein weiteres unangenehmes Symptom des Drogenentzugs infolge der Plünderung meines Vans. Ich wische mir mit der Hand über die Stirn, doch jetzt ist mein Haar zerdrückt, und so will ich Sunny Lee auf keinen Fall gegenübertreten. Also schalte ich erst einmal die Klimaanlage ein, um mich abzukühlen. Währenddessen scrolle ich durch das Verzeichnis verpasster Anrufe auf meinem Handy. Mom und Mr. Weber haben versucht, mich zu erreichen, doch Wills Name taucht nicht auf.

Als ich nach drinnen gehe, erwarte ich, auf eine lange Schlange kluger Leute zu treffen, die Scharfsinn und Humor und das Universum um sie herum zu schätzen wissen; und auf eine warmherzig lächelnde Sunny Lee, die das dicke schwarze Haar zurückgebunden trägt und deren dunkle Mandelaugen vor Intelligenz sprühen. Doch stattdessen befindet sich kaum jemand in dem Laden, der in der Mitte aufgebaute Tisch ist leer.

»Bin ich zu früh für die Signierstunde?«

»Zu spät«, sagt die Frau hinter dem Tresen. »Es waren vielleicht ein paar Dutzend Leser da. Sunny war etwa eine Stunde hier, hat signiert, sich unterhalten und ist dann wieder gegangen.«

»Aber es ist doch noch nicht mal fünf«, protestiere ich.

»Es *war* bereits fünf«, erklärt sie in einem Ton, der verrät, dass ihr das schon Tausende Male passiert ist, hier am

Highway 41 genau oberhalb der Meridiangrenze zur Eastern Standard Time.

Ein nachvollziehbarer Fehler für jeden anderen, aber nicht den Sohn eines Mannes, der für seinen Lebensunterhalt früher zweimal am Tag durch die Zeit gereist ist. Ich hätte vor einer Stunde hier, in der Zukunft, sein müssen, um Sunny zu treffen und anschließend zum Damm zu fahren. Stattdessen habe ich sie verpasst, und ich merke nicht einmal, wie am Boden zerstört ich bin, bis mir die Frau hinter dem Tresen zwanzig Prozent Nachlass auf Sunnys Buch anbietet, wenn ich dafür zu weinen aufhöre.

Mit dem Buch in der Hand und einer Zeitzonenstunde, die es vor meinem kriminellen Rendezvous totzuschlagen gilt, hinke ich zu der Kneipe auf der anderen Straßenseite und bestelle ein Bier. Als ich in Sunnys Buch blättere, entdecke ich einige bekannte Abschnitte über Heuschrecken und Anziehungskraft und Gehirnhemisphären, aber auch vieles Unbekannte. Ich wünschte, ich könnte es heute Abend friedlich im Bett von vorn bis hinten durchlesen, doch ich weiß, dass daraus nichts wird.

»Danke fürs Kommen«, höre ich eine vertraute Stimme, und als ich mich umdrehe, sehe ich Sunny Lee am anderen Ende der Bar, wo sie warmherzig lächelnd mit einem Glas Wein sitzt, das dicke schwarze Haar zurückgebunden und mit vor Intelligenz sprühenden dunklen Mandelaugen.

Ich will etwas Schlaues sagen oder eine brillante Beobachtung von mir geben wie Stephen Hawking, der ein weit entferntes schwarzes Loch entdeckt hat. Doch stattdessen starre ich sie nur an und beginne wieder zu schwitzen.

»Ich habe dich bei der Signierstunde nicht gesehen«, sagt sie und blickt auf meinen fehlenden Arm. »Ich würde mich erinnern.«

»War zu spät«, grunze ich. »Habe den Zeitunterschied vergessen.«

»Oh, ich bin hier in der Gegend aufgewachsen, und trotzdem passiert es mir immer wieder, dass ich die eine Stunde vergesse.«

»Geben wir den europäischen Eisenbahnen die Schuld«, rezitiere ich einen unnützen Informationsfetzen, den ich einmal an meine Schüler weitergegeben habe. »Die haben vier Minuten für jeden Längengrad hinzugefügt. Wenn es also zwölf Uhr mittags in Bristol war, war es zehn nach in London. Schwierig, da einen Zug zu erwischen.«

»Kann ich das klauen?«, fragt sie lachend und tippt auf ihrem Smartphone herum.

»Läuft das so? Fremde ansprechen und ihr ansonsten nutzloses Wissen stehlen?«

»Nur, wenn es so gut wie deins ist! Normalerweise finde ich die Themen durch Beobachtung meiner unmittelbaren Umgebung. Ich plane gerade eine Sendung zu Keimen in Buchhandlungen.«

Mein Handy klingelt, und es könnte Will sein oder Jackie oder ein Supermodel, der Präsident oder Jesus. Ohne hinzusehen, schalte ich es aus.

»Soll ich dir das signieren?« Sunny nickt in Richtung des Buches, und ich schiebe es ihr über den Tresen zu.

»Deshalb bin ich hier, eine Stunde in der Zukunft.«

»Soll es für jemand Besonderen sein?«

»Mich«, antworte ich, »auch wenn ich nichts Besonderes bin.«

»Okay, *mich*«, neckt sie mich.

»Entschuldigung! Aaron.«

»Aaron …« Sie beginnt zu schreiben und sieht dann zu mir auf.

»Du bist auf die Paris High gegangen?«

»Ja, stimmt. Allerdings nicht sehr oft. Ich habe viel geschwänzt. Die Welt da draußen«, ich mache eine entsprechende Geste, »von der du immer im Radio sprichst, war sehr viel interessanter als all das unnütze Wissen, das mir die armen Lehrer in den Kopf zwingen wollten.«

»Ich war eine Klasse über dir, mit deiner Schwester.«

»Das habe ich erst vor kurzem erfahren.«

»Ich war ein bisschen in dich verknallt«, erinnert sie sich beim Schreiben. »Du warst wirklich lustig. Und die langen Haare, so süß.«

»Weniger Haare sind unkomplizierter. Auch wenn insgesamt weniger von mir schon härter ist. Dafür weiß ich jetzt mehr über Nervenenden, Schmerzmanagement, Blutvergiftungen und Eidechsenregeneration, als ich je wissen wollte. Weißt du, dass das eher eine Legende ist? Ach, natürlich weißt du das.«

»Klingt so, als könntest du für mich schreiben.« Sie reicht mir das Buch, und ich drücke es an die Brust wie ein Pfarrer die Bibel.

»Ich habe viel über Details gelernt und über kleine Dinge, die in Wirklichkeit riesig sind. Ich weiß inzwischen mehr über das menschliche Gehirn, als ich glaubte, je darin unterbringen zu können.« Ich grinse sie an. »Wow, das klang jetzt aber ganz schön bescheuert.«

Sie lacht. »Du klingst wie zwei Dinge, die ich mag: interessant und interessiert.«

Ja, ich bin beides! Ich beiße mir gerade noch rechtzeitig auf die Zunge, um den Satz nicht laut auszusprechen und mich völlig lächerlich zu machen.

»Im Ernst, ich arbeite manchmal mit Freelancern«, führt sie das Thema weg von meiner Liebe zu ihr zu dem Grund, aus dem ich sie liebe. »Es ist nicht einfach, sich über dreihundert Themen pro Jahr einfallen zu lassen.«

»Ich wäre der beste Generator von verrückten, obskuren Ideen, den du je hattest«, wage ich zu behaupten.

»Nicht zu verrückt! Aber Humor ist gut. Schick mir ein oder zwei Textbeispiele per Mail.« Sie kramt eine Visitenkarte aus ihrer Handtasche und kritzelt ihre Mobilnummer auf die Rückseite. »Das hier ist meine private Nummer. Ruf mich an«, sie lächelt umwerfend, und der Schweiß strömt mir aus allen Poren. »Ich muss gehen. Grüß Jackie von mir.«

Mir bleibt gerade noch genug Zeit, um rechtzeitig zum Treffen mit Will am Damm zu kommen. Ich starte den Motor und werfe einen Blick auf mein Handy. Zwei neue Nachrichten auf der Mailbox: eine von Mom und eine von Jackie. Wenn Dad nicht bereits tot wäre, wäre dies ein sicheres Zeichen dafür, dass er gerade verstorben ist. Vielleicht hat Mom mich aber auch angerufen, um mir mitzuteilen, dass Jackie ums Leben gekommen ist, und Steve hat mich gleichzeitig von Jackies Handy aus kontaktiert, um mir dieselbe schlimme Nachricht zu übermitteln. Ich sollte zuerst Mom zurückrufen, doch wenn meine Schwester tatsächlich tot ist, möchte ich nicht, dass meine Mutter diejenige ist, die es mir sagen muss, weshalb ich lieber schnell Jackies Nummer antippe.

Kurz darauf stelle ich überrascht und erleichtert fest, dass sie selbst drangeht.

»Du hast keine Ahnung, wie schön es ist, deine Stimme zu hören. Selbst wenn du nur angerufen hast, um ›Fick dich‹ zu sagen«, erkläre ich ihr und stelle mir einen wütenden Stevie-Wonder-Song vor.

»Hast du mit Mom gesprochen?«

»Nein, aber sie hat eine Nachricht hinterlassen. Was ist los?«

»Nichts, abgesehen davon, dass Mom den Feuerwehrmann heiratet.«

»Oh, Gott, nein!« Fast wäre ich von der Straße abgekommen.

»Es wird noch schlimmer. Ich bin Brautjungfer, und du sollst sie zum Altar führen.«

»Das klingt jetzt schon furchtbarer als eine Hochzeit bei *Game of Thrones*«, wimmere ich und beschließe, mir Moms Nachricht niemals anzuhören.

Wir stöhnen zusammen über unsere Mutter und den Feuerwehrmann, lästern unisono über Jackies baldigen Ex-Mann, lachen darüber, wie mich der Sheriff aus dem Sunset-Elks-Motel gezerrt hat und betrauern die Gegenstände, die uns die Autodiebe genommen haben ebenso wie die zerfetzten Zinnien. (Ich mache ein besonders großes Theater um die Pflanzen, bis Jackie sagt, ich soll doch einfach zurück zum Haus fahren und fragen, ob ich noch einen von den verdammten Büschen mitnehmen darf. Eine lächerlich einfache Lösung für meine lähmende Trauer, an die ich irgendwie nie gedacht habe.) Als ich ihr erzähle, dass ich gerade Sunny Lee kennengelernt habe, wirft sie mir Stalking vor, was eine noch dramatischere Note bekommt, als ich hinzufüge, dass Sunny mir vielleicht einen Job als Schreiber für sie angeboten hat.

Gedankenverloren öffne ich das Buch, um die Widmung zu lesen:

»Immer noch so süß! Symmetrie wird überbewertet. Alles Liebe, Sunny.«

Neben ihren Namen hat sie eine strahlende Sonne gemalt.

Ich weiß nicht, ob ich mich jemals in meinem Leben besser gefühlt habe als in diesem Moment, selbst mit zwei Armen. Und dann erinnere ich mich daran, was ich gleich tun werde.

»Hör mal, toll, dass wir uns gesprochen haben. Wenn einem von uns während der Funkstille etwas zugestoßen wäre, wäre das sehr schlecht für den anderen gewesen.«

»Warum? Was sollte dir denn passieren?«

»Warum muss denn unbedingt mir etwas passieren? Es könnte genauso gut dich treffen. Du könntest von einem Block gefrorenen Urins getroffen werden, der aus einem Flugzeug fällt, oder dein Blinddarm bricht durch, vielleicht sogar noch, bevor ich diesen Satz beende.«

»Um Himmels willen, was ist eigentlich los mit dir?«

Ich ignoriere ihre Frage. »Nimm nur Dad zum Beispiel. Bist du nicht froh, dass du noch Zeit mit ihm verbracht hast und nichts bereuen musst? Außer dass du mit ihm drei Tage lang in einer dunklen Kammer sitzen musstest, meine ich.«

Sie schweigt lange. »Ich habe dir viel von dem, über das wir gesprochen haben, nicht erzählt. Weil ich etwas sauer war.«

»Warum?«

»Weil er sehr viel über dich gesprochen hat.« Sie klingt wirklich verärgert. »Wie gut du dich um ihn gekümmert hast.«

»Da hat er sicher ein paar Sachen ausgelassen.«

»Das kann ich mir vorstellen. Es war seltsam. Er sagte ungefähr hundert Mal, du wärest ›nett‹. Als würde das etwas unglaublich Tolles bedeuten.«

Ich bin sprachlos.

»Er hat mir auch von diesem armen kranken Jungen erzählt. Warum hast du nie mit mir darüber gesprochen?«

»Sagen wir mal so, *WünschDirwas* wird mich ganz bestimmt nicht anheuern.«

»Dad hat gesagt, du hättest endlich einmal aufgehört, an dich selbst zu denken und dir mehr Sorgen um ihn gemacht als um dich selbst«, sagt sie mit deutlich hörbarer Zuneigung in der Stimme. »Er war wirklich stolz auf dich.«

Es fühlt sich an wie ein Schlag in die Magengrube mit Samthandschuhen, ein wunderschöner und gleichzeitig übelkeiterregender Moment, als ich mir vorstelle, was mein stolzer Vater wohl über seinen Sohn den Dammbomber denken würde. Ich hatte schon oft im Leben gute Absichten, denen schlechte Ergebnisse folgten, und vielleicht wird es langsam Zeit, etwas daran zu ändern. Als ich diese besonders gute Absicht gedanklich noch einmal prüfe, komme ich gezwungenermaßen zum einzig möglichen Schluss: Scheiß auf die blöden Fische! Ich muss zu Moms Hochzeit, und ich habe eine Schwester, die mich entgegen aller Vernunft liebt. Und Sunny Lee denkt, was ebenso unbegreiflich ist, dass ich »immer noch so süß« bin und lässt mich vielleicht Texte für sie schreiben, die sie dann der Welt mit ihrer entzückenden Radiostimme verkünden möchte. Das sind die Dinge, die ich wirklich will, und dagegen ist das idiotische Versprechen, das ich Will gegeben habe, vollkommen unbedeutend. Während ich das Gaspedal durchdrücke, versuche ich mich selbst davon zu überzeugen, dass ich Will von unserem verrückten Plan abbringen und damit all das haben kann, ohne mein Versprechen ihm gegenüber zu brechen. Eine Sache, die mir bisher nie eingefallen war, wenn ich zwischen etwas, das ich wollte, und einem gegebenen Versprechen wählen musste.

»Jackie, ich rufe dich zurück …«

Als ich auf die Kreuzung fahre, blicke ich noch vor dem

Zusammenstoß in das Gesicht des anderen Verkehrsteilnehmers, und ich frage mich, ob mich der SUV-Fahrer, der mich damals gerammt hat, genauso gesehen hat – den gedrehten Kopf, die vor Panik weit aufgerissenen Augen, die volle Breitseite, Glas und Metall, wie ich hinter explodierenden Airbags verschwinde.

Als Letztes höre ich die Stimme meiner Schwester, die über einen Monat nicht mit mir gesprochen hat und jetzt ins Telefon brüllt: »*Was ist passiert?* Sprich mit mir! *Sag etwas!*«, was sich ziemlich gut anfühlt.

Dann wird alles schwarz.

Notfall

Als ich dieses Mal im Krankenhaus aufwache, ist alles anders, vor allem, weil mein Arm mit einer Handschelle ans Bett gefesselt ist.

Man hat mich also wegen kriminellen Terrorismus' verhaftet, der Damm ist gesprengt und Will in Gewahrsam (oder schlimmer), und ich war nicht einmal vor Ort. Was für ein bescheuerter Plan. Wir haben Tausende Fische getötet und jeden in der näheren Umgebung gefährdet, und jetzt wandere ich ins Gefängnis, wo ein einarmiger Mann leichte Beute ist. Außer ich schließe mich einer Gang an, die mich beschützt. Kurz frage ich mich, ob mir das Stumpftattoo Anerkennung im Knast verschaffen wird. Doch eigentlich ist mir das alles egal.

»Ist sie tot? Habe ich sie getötet? Was ist mit ihrem Arm? *Wie geht es ihrem Arm?*«, brülle ich den Vorhang vor meinem Bett an, bis dieser von Mom und Mr. Weber zur Seite geschoben wird.

»Beruhig dich«, sagt Mr. Weber.

»Es geht ihr gut, Schatz«, versichert mir Mom. »Siehst du?«

Die beiden treten zur Seite, und ich erblicke die Frau, deren Gesicht von den Airbags verschluckt wurde. Verwirrt und benommen sitzt sie auf einer Notaufnahmeliege. Der Mann daneben, der ihr beruhigend über den Rücken streicht, ist vermutlich ihr Ehemann. Außer ein paar Schnittwunden scheint sie nicht verletzt zu sein. Sie hat noch alle ihre Gliedmaßen.

»Es tut mir so leid«, schluchze ich, als mein eigener verdammter Damm bricht und Tränenbäche unaufhaltsam über meine Wangen rinnen und sämtlichen emotionalen Ballast aus mir herausschwemmen.

»Ooooh …« Mom nimmt mich in die Arme.

»Keine Aufregung«, versucht Mr. Weber, die Gemüter zu beschwichtigen. »Du hast überhaupt nichts falsch gemacht. Laut der Polizei hat sie eine rote Ampel überfahren.«

»Es tut mir so leid …«, wimmert die Frau. »Geht es Ihnen gut?«

»Die mussten meinen Arm amputieren!«, brülle ich und muss plötzlich lachen.

»Er ist hysterisch«, sagt Mom mit einem entschuldigenden Blick über die Schulter.

»Erheitert«, korrigiere ich sie.

»Warum ist er dann gefesselt?«, fragt Mom Mr. Weber, und ich breche wieder in Tränen aus.

»Alkohol oder irgendeine andere Substanz, nach deren Genuss man sich nicht hinters Steuer setzen sollte. Der Sheriff sagt, seiner Erwartung nach wird der Bluttest auf alle möglichen Drogen positiv reagieren.«

Wieder beginne ich zu lachen.

»Hat jemand seinen Kopf überprüft? Das sollte man wirklich tun.«

Natürlich wird der Test nach über einer Woche schmerzhaftem Entzug negativ ausfallen, und der Sheriff wird mich entlassen müssen. Abgesehen davon, dass die Notaufnahme jede Sekunde überfüllt sein wird mit Opfern der Dammsprengung, darunter möglicherweise Mitarbeiter der Spätschicht, deren Fenster in den unterirdischen Fischzählräumen zerbrochen sind, so dass diese daraufhin völlig überschwemmt wurden. Kollateralschäden, an die ich in meinem verwirrten, entzugsbedingten Zustand überhaupt nicht gedacht habe. Ich verdiene wirklich jede Strafe.

Gerade will ich meine Beteiligung an dem schrecklichen Ereignis gestehen, als ich auf dem an der Wand montierten Fernseher eine verwackelte Handyaufnahme sehe. Darauf ist ein Maskierter zu sehen, der mit einer Tasche voll Geld und einer Bombenweste aus dreißig bunten Krollen um die Brust aus einer Bank flüchtet.

Wenn ich genauer darüber nachdenke, hat Will vielleicht nie so konkret gesagt, dass es der *Damm* ist, den er in die Luft sprengen will.

Entscheidungen

Ich kann mir sehr gut die Verwirrung des hamsterbesitzenden Schalterbeamten vorstellen, als Will ihm seinen Bankräuberzettel zuschiebt. Eine Bombenweste aus bunten Kaurollen wirkt wahrscheinlich eher lustig als bedrohlich, wenn nicht gerade aus jeder Rolle ein angriffslustiger Mutantenhamster mit rasiermesserscharfen Zähnen herauskrabbelt. Doch Wills Nachricht, die von den Zeitungen veröffentlicht wird, hat garantiert jeden Zweifel an der Ernsthaftigkeit seines Unterfangens zerstreut:

> *»Ich trage Sprengstoff. Geben Sie mir alles Bargeld aus den Schubladen. Ich werde die Tasche überprüfen, und wenn Sie irgendwelche Farbpäckchen hinzulegen, versichere ich Ihnen, dass ich uns beide in die Luft sprengen werde. Ich habe nichts zu verlieren.«*

Sehr effektiv war auch seine Armprothese, die unter Ärmel und Handschuh verborgen war und an der die Beute bei seiner Flucht baumelte. Kein Zeuge bemerkte den falschen Arm, weshalb auch niemand nach einem einarmigen Bankräuber suchte.

Als ich endlich die notwendige Recherche tätige, die ich schon viel früher hätte durchführen sollen, erfahre ich, dass man mehrere hundert Pfund Sprengstoff benötigen würde, um ein Loch in den Damm zu sprengen. Sehr viel mehr als das bisschen, das wir aus den Raketen und römischen Lichtern gepult haben. Will hatte niemals etwas so Edles im

Sinn wie die Befreiung der Fische, sondern hat stattdessen nur die Gelegenheit ergriffen, sich meiner einfältigen Komplizenschaft zu bedienen, um ein ganz anderes Verbrechen zu begehen. Folglich sehe ich keinen Grund, meine Beteiligung an der Vorbereitung der Straftat zu enthüllen. Und da Will sehr darauf bedacht war, mich nicht zu eng miteinzubeziehen (er hatte die Feuerwerkskörper ohne mich gekauft, und durch den Treffpunkt am Damm hat er mich bewusst weit weg vom Tatort gelenkt), wird er mich sicher nicht erwähnen, falls man ihn jemals fassen sollte. Was sehr unwahrscheinlich ist.

Eine Stunde nach dem Raubüberfall explodierte ein gestohlenes Auto, auf das die Beschreibung des Fluchtwagens passte, beim Überqueren einer Brücke und stürzte ins Wasser, wo es wahrscheinlich viele Fische tötete. Trotz der Tatsache, dass weder eine Leiche noch das Geld gefunden wurde, ist man der allgemeinen Auffassung, dass der unbekannte Bankräuber gestorben ist, wie er gelebt hat: Ohne einen Blick zurückzuwerfen, hat er sich und das Geld in winzig kleine Partikel gesprengt. Mein Gefühl sagt mir jedoch, dass Will nicht so dumm war, die Bombenweste nach dem Überfall noch lange zu tragen. Es erscheint mir nicht unwahrscheinlich, dass er die Explosion in dem fahrenden Auto herbeigeführt hat, ohne selbst darin gesessen zu haben. Trotz der erniedrigenden Täuschung ziehe ich es vor, an Will als einen einarmigen D. B. Cooper zu denken, der immer noch auf freiem Fuß ist.

Mit reinem Gewissen, einem negativen Drogentest und ohne Gehirnerschütterung werde ich aus dem Krankenhaus entlassen. Fred Weber bietet mir an, vorübergehend bei ihm zu wohnen, wenn ich verspreche, mich um einen Job zu kümmern und aufzuhören, Dads alte Anzüge zu tragen. Es ist ein freundliches Angebot und besser als die einzige Alternative, die sich mir bietet, nämlich zu Mom und ihrem Feuerwehrmann in die Jurte zu ziehen (auch wenn sie nichts dergleichen erwähnt hat).

Dads Anzüge bringen im Secondhandladen genug ein, um das gesamte Four Corners zum Frühstück einzuladen. Ich ermutige alle, ein Holzfäller Spezial zu bestellen. Nachdem ich zum allgemeinen Anstieg des örtlichen Cholesterinspiegels beigetragen habe, laufe ich durch die Straßen, bis ich das »Aushilfe gesucht«-Schild im Fenster von Broken Records entdecke.

»Ich bin der Mann, den Sie suchen«, verkünde ich, als ich zu Mr. Madnick in den Laden trete und das Schild aus dem Fenster nehme.

»Eigentlich suche ich gar nicht nach einem Mann, sondern eher nach einem Schüler, der nach dem Unterricht ein paar Stunden aushelfen kann.«

»Irgendein gelangweilter Teenager, der den ganzen Tag auf sein Handy starrt und keine Ahnung von Musikgeschichte hat? Dann verlieren Sie doch erst recht den Glauben an eine Zukunft für die Menschheit«, argumentiere ich, und sein Schweigen gibt mir recht.

Ich erhöhe den Einsatz, indem ich ihm erkläre, dass ich seine Wissenslücken füllen kann, mit Musik, die in den späten achtziger Jahren erschienen ist und in den für mich prägenden Neunzigern. Bevor er etwas einwenden kann, lade ich auf meinem Handy jeden Song herunter, den ich von A3 bis Z-Ro kenne, um ihm anschließend die Lemonheads, Meat Puppets, Nas, Outkast und Portishead um die Ohren zu hauen. Ich beeindrucke ihn schwer damit, dass ich alle Songs von Digable Planets' *Reachin'*-Album aufzählen kann, und mit dem Wissen, was aus allen Gründungsmitgliedern der Fine Young Cannibals geworden ist.

Er erinnert mich daran, dass es keines der Stücke auf Vinyl gibt und stellt mich dann trotzdem ein. Gut für ihn. Jetzt muss ich wenigstens nicht mehr die Behindertendiskriminierungskarte ausspielen, die ich als Nächstes gezogen hätte.

Als ob er mir beweisen wolle, wie wenig Diskriminierung er im Sinn hat, gibt mir Mr. Madnick vor allem Arbeit, für die man zwei Hände braucht, wie etwa Kisten mit Platten herumtragen und das antiquierte Kreditkartengerät mit den Durchschlägen bedienen, während er selbst mit der einhändig zu benutzenden Preisaufkleberpistole hantiert. Rache an einem früheren Schüler ist offensichtlich ein Gericht, das am besten mit zwei Händen serviert wird und oft aufgewärmt werden sollte.

Nach der Schule kommt einer dieser unglücklichen Teenager, der mit seinem iPod verwachsen zu sein scheint, herein und stöbert eine Stunde lang abwechselnd in den Platten und tippt auf seinem Handy herum. Sein Verhalten macht er allerdings durch seine Musikauswahl wieder wett: Bob Marley, Frank Zappa, die Ramones und George Harrison (an den er sich nostalgisch als einen Traveling Wilbury erinnert, nicht als an einen Beatle). Erst nachdem ich seine Kreditkarte durch das Gerät manövriert habe (inklusive Durchschlag, den er ungläubig anstarrt), fällt es mir auf. All diese Musiker sind an Krebs gestorben. Doch zumindest waren sie nicht erst elf Jahre alt.

Am Schulgebäude angekommen, für das man mir ein lebenslanges Besuchsverbot ausgesprochen hat, wäre ich wahrscheinlich sofort von dem Security-Schrank weggeführt und/oder getasert worden, doch er erkennt Krebsboys Mutter.

»Es tut mir leid, Miss, aber ich darf ihn nicht ins Gebäude lassen.«

»Er begleitet mich.«

»Ich darf nicht …«

Als Krebsboys Mutter zu weinen beginnt, tritt der Wachmann schnell beiseite und verbeugt sich, als begrüße er einen ausländischen Würdenträger. Sobald wir im Gebäude sind, fasst sie sich wieder, doch als wir am Büro des Direktors abgewiesen werden, beginnen die Tränen sofort wieder zu fließen.

Die Assistentin des Rektors befiehlt uns, »genau hier« zu warten, und eilt in sein Büro.

»Das können Sie gut«, bemerke ich.

»Ich hatte viel Übung. Viel schwieriger ist es, wieder mit dem Weinen aufzuhören.«

Der Direktor begleitet uns persönlich in Krebsboys Klasse, wo sein Lehrer bei meinem Anblick zusammenzuckt. Doch wir dürfen zu den Schülern sprechen, und schon bald werden Einverständniserklärungen verteilt und ein Ausflug für den nächsten Tag organisiert.

Ein Tag außerhalb des Klassenzimmers ist das größte Geschenk, das man Kindern machen kann, und diese glücklichen jungen Schüler bilden da keine Ausnahme. Zwei Jungs müssen davon abgehalten werden, mit Anlauf in den Haufen mit verrotteten Shop-Smart-Couponheften zu springen, und es dauert eine Weile, bis alle ruhig dastehen und sich konzentrieren.

Wir sind hier, um ihrem gefallenen Klassenkameraden zu gedenken, ihrem Freund, an den sie sich gelegentlich als Erwachsene erinnern werden, gewöhnlich um einen sehr viel kleineren Rückschlag besser zu verkraften. (Ich hätte auch mit elf an Krebs sterben können wie mein Mitschüler damals in der fünften Klasse.)

Nachdem die Schüler während der einführenden Worte des Lehrers genug gezappelt haben, richten sie ihre Blicke anschließend wie durchdringende Laserstrahler auf mich. Zweifellos hoffen sie darauf, dass ich ihnen meinen Seeschlangenstumpf zeige. (Der kleine Junge, der sich beim letzten Mal übergeben hat, wirkt dagegen eher ein wenig ängstlich.)

»Jimmy …«, ich muss mich daran erinnern, ihn vor seiner Mutter nicht Krebsboy zu nennen, »kam nur einmal hierher. Hier konnte er einfach ein ganz normaler Junge sein anstatt das Kind mit Krebs. Er rannte und lachte, spürte die Sonne auf dem Gesicht und berührte die Bäume. Er war weder müde noch krank … oder des Krankseins müde.«

Für einen Moment verzieht Jimmys Mutter die Mundwinkel anerkennend zu einem Lächeln, doch nur für einen Moment.

»Er hat einem alten, kranken Mann geholfen, sich wieder lebendig zu fühlen. Er hat bei der Rettung eines Alligators geholfen, indem er ihm sein Sandwich gegeben und ihn mit drei weiteren in Sicherheit gelockt hat.« Als ich den ungläubigen Blick von Jimmys Mutter bemerke, erinnert mich das daran, dass sie die Geschichte gar nicht kennt, und ich wechsele rasch das Thema. »Und hier hat er auch sein erstes Bier getrunken, genau wie ich.«

Krebsboys Mutter schlägt eine Hand vor den Mund und schüttelt den Kopf, und der Lehrer stößt einen Seufzer aus.

»Wie auch immer«, versuche ich, meine Rede wieder in den Griff zu bekommen. »Ich will nicht abschweifen, sondern etwas über den Jungen erzählen, den ich kennenlernen durfte. Er hat einem Gang voller Krankenschwestern seinen nackten Hintern gezeigt und wie ein Profi Blackjack gespielt. Sein Lieblingswort war …« Die offensichtliche Neugier auf dem Gesicht eines kleinen Mädchens hält mich davon ab, »Scheiße« zu sagen. »Das Wort fängt mit S an, und noch nie hat es jemand mit mehr Freude ausgesprochen als er. Zugegeben, Bier zu trinken und wie ein Seemann zu fluchen, Kugeln auszuweichen und von einem Alligator verfolgt zu werden, nur um daraufhin auf der Polizeiwache zu landen, mag nicht gerade das sein, was sich viele Leute unter den Aktivitäten eines ›normalen Kindes‹ vorstellen. Aber wisst ihr, was er neben normal garantiert auch nicht war? Traurig. Er war nicht jämmerlich. Er war nicht krank. Zumindest nicht der Junge, den ich kennengelernt habe.«

Seine Mom schluchzt laut auf. Ich fürchte schon, zu weit gegangen zu sein, da bringt sie mühsam ein »Danke« heraus.

»Soll ich weitermachen?«

Sie wischt sich übers Gesicht und nickt, und falls der Lehrer Einwände haben sollte, behält er sie für sich.

»Ich habe eine Plakette anfertigen und an diesem Stamm hier befestigen lassen.« Ich trete zu einem Baum, der teilweise mit einem Stück Stoff umhüllt ist. »Diese Bäume waren schon lange vor Jimmy hier, und sie werden noch immer hier stehen, wenn wir alle längst gegangen sind …«

»Wohin gehen wir denn?«, fragt ein kleines Mädchen traurig.

»Wir werden ausgestorben sein«, tröste ich sie. »Und diese Plakette wird eine kleine Erinnerung an den normalsten Tag im Leben eines Jungen sein, der nie etwas Besonderes sein wollte.«

Ich ziehe den Stoff weg und enthülle die kleine Bronzeplakette, die genau unter Dads Einschussloch in den Baum gebettet ist.

JIMMY FERRIS
ER WAR EIN GANZ NORMALER JUNGE

Jimmys Mutter bricht wieder in Tränen aus, und die Kinder klatschen unsicher.

»Hier, an diesem besonderen Ort, an dem sich Jimmy so lebendig und gesund gefühlt hat, möchte ich auch kurz an meinen Vater erinnern.«

Ich hole Dads Asche hervor und verstreue sie um den Baum herum. Es fühlt sich richtig und natürlich an. Dad kehrt zurück an den letzten Ort, der ihm etwas bedeutet hat. Dann wirbelt eine plötzliche Windböe die Asche um die Kinder. Einige beginnen zu weinen, weil sie nichts mehr sehen, andere bringt Dad zum Würgen. Einige husten noch, als ihr Lehrer sie bereits zurück zum Bus drängt.

Jetzt weiß ich, wie es dem Sheriff mit den Pfadfindern ging.

Liebe

Als ich Mom am Arm den Mittelgang in der Kirche entlangführe und sie ihrem Feuerwehrmann übergebe, fällt mir zum ersten Mal und mit einem mulmigen Gefühl auf, dass diese Verbindung den früheren Mr. Februar zu meinem Stiefvater macht.

Er sagt »Ich will«, und sie sagt »Ich auch«, und von irgendwoher sieht Dad auf uns herunter, während ihn mein amputierter Arm gruseligerweise tröstend umarmt und ihm versichert, dass wir ihn alle immer noch lieben.

Ich muss an die Liebe denken, daran, wer mich eines Tages lieben wird und wen ich zurücklieben könnte. Wenn ich mir die perfekte Frau aus den Frauen meines Lebens zusammenbauen könnte, dann hätte sie die Unschuld der sechzehnjährigen Pam Jaffe, Arianas Anbetungswürdigkeit, Liliths hervorstechende Äußerlichkeiten, Consuelas Dreistigkeit, die Toleranz von Krebsboys Mom, Jackies Beharrlichkeit, Moms Zen und die Bereitschaft meiner Ex-Frau, mich zu heiraten. Doch wäre dieses Frankensteinideal das Ebenbild von Sunny Lee?

Vielleicht finde ich es schon bald heraus, denn Jackies Begleitung entpuppt sich als Sunny. Nachdem sie den Kontakt zu ihr wiederaufgenommen hat, hat sie sie eingeladen. Ein großzügiger Akt des Begleitertauschs, vor allem, da ich allein komme.

»Du scheinst überrascht, mich zu sehen«, sagt Sunny mit einem melodischen Lachen und wirft mir einen Blick aus funkelnden Mandelaugen zu.

»Ich gebe zu, du hast mich aus dem Gleichgewicht gebracht. Sogar noch mehr als sonst.«

»Erinnerst du dich, wie ich gesagt habe, dass Symmetrie überbewertet wird?«

»Ich habe da ein wenig recherchiert, und du hast recht. Ein Großteil des Universums ist asymmetrisch.« Ich erzähle ihr von Spiralgalaxien und der DNS-Helix und Muscheln, die sich nur in eine Richtung drehen, und einem Universum, das mehr aus Materie denn aus Antimaterie besteht. »Ich glaube, es wird Chiralität genannt«, sage ich abschließend, was dazu führt, dass alle um mich herum an die Bar flüchten und mich den Rest des Abends meiden.

Sunny jedoch tippt eine verkürzte Fassung meines Monologs in ihr Handy und sagt: »Glaub bloß nicht, dass ich das nicht stehle.«

Der Empfang ist schlicht, wird jedoch durch die Feuerwehrmänner aufgelockert, die, wenn sie nicht gerade Flammen bekämpfen oder für Kalender posieren, offensichtlich wie die Piraten essen und trinken. Das Motto lautet »Feuerwehrmann«, weshalb alle in Rot gekleidet sind, das Bier durch einen Schlauch gezapft und die Hochzeitstorte, die wie ein Feuerwehrhelm geformt ist, mit einer Axt angeschnitten wird. Moms stilvoller Handschrift haben wir eine eiskalte Flasche Fleischmann's auf jedem Tisch zu verdanken sowie die kleinen eingetopften Zinnien, die Jackie und ich auf ihre Anweisung aus unserem alten Garten stehlen mussten. (Ich konnte nicht glauben, dass die Arschlöcher, die das Haus gekauft hatten, nein gesagt haben.)

Nach einem Teller ultrascharfem Chili schwärme ich Sunny von ihrem Buch vor, das unbedingt aus dem Autowrack gerettet werden musste – »Nein, man kann mir kein neues Exemplar kaufen, ich muss dieses hier haben!« – und das ich im Krankenhaus gelesen habe. Ich zitiere diverse Einzelheiten aus dem Kapitel über den Mondzyklus, die Zikadeninvasionen und die Gezeitenbeckenkaulquappen, bis sie mich, verlegen und beeindruckt, unterbricht.

Wir widmen uns stattdessen dem neuen Material, das in Hülle und Fülle um uns herum existiert, und ich mache mir Notizen auf der Papiertischdecke, während Sunny googelt.

Zum Thema Ehe liest Sunny vor: »Theorien zum Ursprung der Ehe gibt es viele, unter anderem das Bedürfnis des Mannes, sich der Vaterschaft für seine Kinder zu versichern. Daher ist er bereit, eine Braut im Austausch gegen sexuelle Exklusivität zu bezahlen.«

»Wollen Sie die hier Anwesende zu Ihrer Frau nehmen«, kritzele ich, »damit diese Ihren Samen bis zur Geburt austrägt?«

»Sehr romantisch!«, bemerkt Sunny.

»Der erste eindeutige Nachweis für Destillation stammt von griechischen Alchemisten, die im ersten Jahrhundert in Alexandria wirkten«, zitiert Sunny aus einem Artikel zum Thema Alkohol.

»Gott sei gedankt für die Griechen, die uns …« Ich kritzele eifrig. »Die uns die Philosophie gaben, die Demokratie, den Kater und unangenehme Morgen danach in fremden Betten.«

»Du bist richtig gut!«

Zum Thema Hochzeiten findet Sunny ebenfalls etwas. »Der Ehering ist möglicherweise auf den römischen Glauben an die Vena amoris zurückzuführen, die man für ein Blutgefäß hielt, das direkt vom Ringfinger zum Herz verläuft …«

»Das erklärt aber noch keine Nasenringe. Oder Zehenringe. Oder …«

»Cockringe«, verkündet Sunny, schnappt sich den Stift und schreibt das Wort in dicken Großbuchstaben auf die Tischdecke. »Ich weiß noch nicht, ob wir es verwenden können, aber das lasse ich mir nicht entgehen.«

Sie hat »wir« gesagt. Mein Gesicht steht in Flammen, und ich bin mir ziemlich sicher, dass es sich um keine neue Infektion handelt.

Sunny liest einen Satz zum Thema Tanzen vor. »Tanz ist eine Kunstform, die zur Musik passende Körperbewegungen umfasst, anhand derer auch manchmal eine Geschichte erzählt wird oder die als Vorspiel zur Paarung eingesetzt werden.«

»Ich glaube, bei den beiden«, sage ich und deute auf ein Paar auf der Tanzfläche, das eine Art Balzritual zu vollführen scheint, »kommt es heute garantiert noch zur Paarung. Das ist offensichtlich.«

»Zum Thema Liebe habe ich Folgendes«, sagt Sunny. »Zwischenmenschliche Liebe beruht auf einem sehr viel mächtigeren Gefühl als dem simplen Mögen einer anderen Person. Biologische Modelle stellen die Liebe als einen Trieb der Säugetiere dar, der mit Hunger oder Durst vergleichbar ist.«

»Wie wäre es mit einer Sendung mit dem Titel *Säugetierliebe?* Das wäre auch ein toller Song … Baby, Baby, Baby, ich verzehre mich so sehr nach dir.«

»Du machst mich zum Tier«, stimmt sie ein.

»Sehr einprägsam! Was reimt sich auf Säugetier?«

»Bier!«

»Ich rieche da einen Hit.«

»Wenn wir schon Rockstars werden, sollten wir auch wie welche trinken«, verkündet Sunny und greift nach der Fleischmann's-Flasche.

»Das ist purer Rockstarwodka, das Beste, was man für fünf Dollar achtundneunzig bekommt.«

Als die Flasche leer ist, führe ich Sunny zu ihrer angemessenen Überraschung Dads Elf-Tropfen-Hypothese vor. Nachdem wir unsere letzten elf Tropfen und dann noch die aus den Flaschen vom Nebentisch getrunken haben, ziehen wir an die Bar weiter, um weitere brennende Shots zu kippen. Anschließend geht es auf die Tanzfläche, wo wir mit unseren, der Musik angepassten, Körperbewegungen Kunst erschaffen. Bei einem langsamen Lied nimmt Sunny ohne zu zögern meine Hand und legt ihre andere auf meinen Schulterstumpf. Ein Akt, so intim, wie man ihn nur in einem Raum voller Menschen vollziehen kann, die sich nicht gerade bei einer Orgie befinden.

Ich tanze mit Mom und gratuliere ihr zu ihrem neuen Ehemann, bevor ich mir ihren Wagen samt Chauffeur ausleihe und Sunny sicher nach Hause bringe, was mir einen Kuss auf die Wange und ein Lächeln einbringt.

Bevor ich die Limousine zurückschicke, lasse ich mich bei Fred Weber absetzen, der noch bei der Hochzeit ist. Ich betrete das Haus durch die Hintertür, die ich in meinem betrunkenen Zustand offen stehenlasse, so dass Ali schon wieder entwischt. In etwa einem Jahr wird er wieder auftauchen und einen Munitionstaucher beim Damm erschrecken, der mittlerweile stillgelegt ist, da er als »unüberwindbares Risiko für gefährdete Fischarten« bewertet wurde. Die Explosion, die bei seiner Entfernung zu sehen ist, ist ganz schön beeindruckend.

DINGE, DIE ICH MIT ZWEI ARMEN NIE GETAN HABE

- Joggen
- Handschellen tragen
- Fische zählen
- Einen Alligator retten (zweimal)
- Im Schulunterricht etwas über mich erzählen
- Einem sterbenden Kind eine Freude machen
- Eine nuttige Wikingerin an Halloween aufreißen
- Eine Pflegerin ohne Papiere anheuern (die später von der Homeland Security eingestellt wurde)
- In einem YouTube-Hit auftreten
- Einen Van pimpen
- Eine Bombe bauen
- Zinnien stehlen
- Mithilfe zu einem Bankraub leisten
- Ein Kreditkartengerät mit Durchschlag bedienen
- Mich um meinen Vater kümmern
- Meinen Schwager eliminieren
- Erkennen, dass mich meine Schwester liebt
- Auf der Hochzeit meiner Mutter tanzen
- Ein perfektes Set aus 1970-Stereokomponenten zusammenstellen
- Co-Autor für Radiobeiträge sowie einen schrecklichen Song sein
- Ein Kinderbuch über einen Fluss voller magischer Fische und eine dammzerstörende Seeschlange namens Bob schreiben

Danksagung

Zu allererst möchte ich Mitchell Waters danken, den ich in der Highschool kennengelernt und dann Jahrzehnte später befragt habe, ohne mich an seinen Namen zu erinnern. Ich bin immer noch überwältigt, dich wiedergefunden zu haben, und dankbar, von dir vertreten zu werden, für deine Toleranz und deine durchdachten Anmerkungen zu *Der Einarmige, sein Alligator und die sonnigen Seiten des Lebens.*

Danke auch an Steven Salpeter für die Antwort auf meine Leseprobe und den Hinweis, dass Mitchell mein Buch gefallen könnte. Danke, April Osborn, dein Enthusiasmus für *Der Einarmige, sein Alligator und die sonnigen Seiten des Lebens* hat mich begeistert, und ich bin dankbar für dein Versprechen, unser Champion zu sein. Ich hoffe auf viele zukünftige Jahre.

Mit größter Dankbarkeit und Bewunderung möchte ich hier die Autoren Bruce Cameron und Joseph Monniger erwähnen. Sie haben sich die Zeit genommen, eine frühe Fassung zu lesen und diese sogar gelobt, durchbrochen von wohldurchdachten Anmerkungen zur Verbesserung. Eine Unterstützung, die ich mir nie erträumt hätte. Gleichermaßen danke ich all jenen, die gnädigerweise die Zumutung auf sich genommen haben, das Werk eines Debütautors zu lesen und Quotes dazu zu formulieren. Eine der undankbarsten schriftstellerischen Tätigkeiten überhaupt und deswegen eine umso nettere Geste.

Dankbar führe ich hier Sandra Loh auf, die Stimme von *The Loh Down on Science,* die mich zu der Figur Sunny Lee inspiriert hat, und in die ich mich, wie Aaron, vielleicht ein wenig verliebt habe, als ich bei meiner Ankunft in Los Angeles zum ersten Mal ihre körperlose Radiostimme hörte. Außerdem muss ich zugeben, dass ich, als ich verzweifelt nach einem Namen für eine Figur gesucht habe, die sowohl warmherzig als auch sehr bodenständig ist, schließlich nur an den früheren Seemann Fred Weber denken konnte, der meines Wissens nach keine Erfahrungen aus erster Hand mit Jura oder medizinischem Marihuana gesammelt hat.

Bei so viel »echter« Wissenschaft und Medizin sollte man einige Quellen angeben (außer einem Nicken in Richtung Wikipedia), doch ich habe nur folgende zu bieten: einen *60-Minutes*-Beitrag vom Juni 2008 über gefährdete Lachse; *Fish Fuss*, moderiert von Lesley Stahl und produziert von Karen Sughrue; zwei E-Mails vom U.S. Army Corps of Engineers, Portland District, die meine Vorstellung vom Zählen von Fischen über Wasser zunichtegemacht haben und mich ganz wörtlich dazu zwangen, tiefer zu graben; außerdem diverse Besuche auf der Webseite des U.S. Fish & Wildlife Service.

Doch auch wenn ich viele Webseiten zu Fischen und Dämmen, Amputationen und medizinischem Marihuana konsultiert habe, ist das hier immer noch eine erfundene Geschichte, und ich gestehe, mir beinahe alles ausgedacht zu haben – von dem unglaublich hässlichen Blauen Breitschnauzstör, der in Wahrheit nicht existiert, bis hin zu den vielen Sorten medizinischem Marihuana, bei deren Benennung ich viel Spaß hatte. (Ich gestehe nur eine vorübergehende Bekanntschaft mit den Auswirkungen von Vicodin in Kombination mit medizinischem Marihuana, und auch das in sehr viel geringeren Dosen als hier beschrieben.) Was meine Erfahrungen mit der Einarmigkeit angeht, kann ich immerhin sagen, viele Stunden damit verbracht zu haben, im Selbstversuch die Tätigkeiten eines normalen Tages mit einem Arm zu bewältigen. Das kann den Auswirkungen und Einschränkungen einer solchen Verletzung natürlich niemals gerecht werden, doch es war schwer genug, um große Ehrfurcht und Bewunderung für diejenigen bei mir hervorzurufen, die als Betroffene tagtäglich die Kraft dafür aufbringen müssen.

Was die schriftstellerischen Freiheiten in Sachen seltsame Familienmitglieder angeht, sollte ich erwähnen, dass meine Familie für keine Person Vorbild gestanden hat. Meine Mutter erfüllte ihre Rolle hingebungsvoll und engagiert, zu einer Zeit, als das als altmodisch galt, und hat mich bis ins Erwachsenenleben unterstützt. Mein Vater ist alles andere als ein verschlossener Stoiker, sondern eher lebhaft und engagiert, interessiert und interessant und immer ein Freund. Meine jüngere Schwester ist überschwenglich und freigiebig, wo die fiktionale Jackie nur aus manischer Kalkulation besteht.

Als Letztes möchte ich, viel zu wenig angemessen, die Mühen meiner unglaublichen Frau erwähnen und mich für ihre akribische Überarbeitung von *Der Einarmige, sein Alligator und die sonnigen Seiten des Lebens* von den ersten Entwürfen an bedanken. Ebenso dankbar bin ich für ihr gründliches Lektorat und ihr gutes Gespür, mit dem sie einige allzu verrückte Dinge gelöscht hat, was die Geschichte enorm verbessert hat. Während ich dieses Buch schrieb, arbeiteten wir beinahe jeden Tag zusammen in einem Büro daheim, Rücken an Rücken, und ich werde mir für immer ihrer ruhigen Omnipräsenz in meinem Schreiben und meinem Leben bewusst und dafür dankbar sein.

4 Reisende, 3 Richtungen, 1 Ziel

Emma Hooper

Etta und Otto und Russell und James

Roman

Die 83jährige Etta hat noch nie das Meer gesehen. Mit einem Gewehr, etwas Schokolade und ihren Wanderschuhen begibt sie sich auf die 3000 Kilometer lange Reise quer durch Kanada. Ihr Ehemann Otto lässt sie ziehen – trotz aller Sorgen – und ist von nun an auf sich selbst gestellt. Russell, Ottos Freund aus Kindertagen, hingegen will sie unbedingt zurückholen. Auf ihrer Wanderung freundet sich die alte Dame mit einem Kojoten an, den sie James tauft. Je näher sie ihrem Sehnsuchtsort kommt, desto lebendiger werden die Erinnerungen der drei alten Freunde an ihre gemeinsame Jugend, an ihre Gefühle füreinander und an die Erfahrungen, die sie nicht miteinander geteilt haben – immer in der Gewissheit, dass ihre Liebe und ihre Freundschaft füreinander alles überstehen wird.

»Eine rührende, entwaffnende Geschichte über eine lebenslange Liebe.«

The New York Times Book Review

DROEMER

Hochamüsant und kultverdächtig

Paul Sussman

Das letzte Geständnis des Raphael Ignatius Phoenix

Roman

Raphael Ignatius Phoenix hat Stil. Manchmal lebt er seinen leichten Hang zur Exzentrik aus, aber letztlich geht ihm nichts über Eleganz und geordnete Verhältnisse.

Daher ist es selbstverständlich, dass er zu seinem bevorstehenden 100. Geburtstag ein Geständnis ablegt. Denn sein Ehrentag wird der Tag seines Todes sein. Und da es sich nicht schickt, einfach so aus der Welt zu scheiden, schreibt er zuvor den längsten Abschiedsbrief aller Zeiten – und beichtet ganz nebenbei zehn Morde, die ihm unter anderem mit Hilfe eines Halloween-Kürbisses, der Reißleine eines Heißluftballons und eines Erdbeer-Sahnehörnchens unterlaufen sind.

»Ungezügelt, exzentrisch und unterhaltsam.«

The Guardian

DROEMER